重返黎明 2

THE DAWN

王茁源 —— 著

广东旅游出版社
GUANGDONG TRAVEL & TOURISM PRESS
悦读书·悦旅行·悦享人生

中国·广州

图书在版编目（CIP）数据

重返黎明.2 / 王茁源著. —广州：广东旅游出版
社，2018.6

ISBN 978-7-5570-1166-6

Ⅰ.①重… Ⅱ.①王… Ⅲ.①长篇小说－中国－当代
Ⅳ.① I247.5

中国版本图书馆 CIP 数据核字（2017）第 288561 号

出 版 人：刘志松
责任编辑：官　顺
责任校对：李瑞苑
责任技编：刘振华
装帧设计：DHARMA设计事务所
QQ:447664112 TEL:13718948928

重返黎明 . 2
CHONG FAN LI MING.2

广东旅游出版社出版发行

（广州市越秀区建设街道环市东路 338 号银政大厦西座 12 楼 邮编：510060）

邮购电话：020-87348243

广东旅游出版社图书网

www.tourpress.cn

北京博艺印刷包装有限公司

（北京市通州区马驹桥镇房辛店村 288 号）

880mm×1230mm　　　　32 开

10.5 印张　　　　207 千字

2018 年 6 月第 1 版第 1 次印刷

定价：35.00 元

目 录

contents

第一章

生存训练

我闭着眼睛，四仰八叉地半躺半坐在回廊下面享受着难得的休息时间。冬天的太阳暖暖地照在身上，我的四肢百骸像是被熨斗熨过一遍，无一不舒坦，无一不酥软。我感觉似乎连握紧拳头也做不到了，骨头像是被抽空了，整个人像是融化的冰淇淋，只想就这么瘫着，永远不用醒来。

耳边传来萧洁和张依玲跟小凯西玩闹的声音，也不知道今天她们又要给凯西编一个什么新发型。幸亏有她们俩在，才让刚失去冯伯、陈姨和老吕的我们不至于太过压抑，让小凯西也很快从悲伤中平复过来。

我微微睁眼，扫了一眼院子一角的三座新坟，心里暗叹一声，不知道以后还要往那里埋多少人，下一个是谁，会不会是我。经历了这场生离死别之后，我感觉死亡也并不是那么可怕和不可接受了，甚至隐隐有一些向往，就像是站在高楼往下看，虽然害怕，却会有一丝往下跳的欲望。

"×！"三毛突然唾骂了一句，接着我闻到了一股浓烈的臭味。我转头一看，只见三毛脱了鞋袜，正在狠命地搓着脚丫子，一层层黑泥被搓成一条条黑色的蚯蚓，窸窸窣窣地从指间落下。

"痒死了！"三毛又咒骂。我看到他搓掉黑泥之后，露出了鲜嫩粉红色的、并且肿得像根胡萝卜一样的小脚趾。

被他这么一说，我也觉得自己因为前几天的极寒长出冻疮的地方——手指、脚趾、耳垂开始钻心得刺痒，我挠完了耳垂挠手指，又用脚在地上猛跺，但越挠越痒，正在欲罢不能的时候，却听见 Maggie Q 平淡的声音从背后传来——

"三级警报！"

我像条件反射似的从椅子上跳起来，抓起手边的 AK 步枪和装备带，飞快地跑向自己的"狗洞"。还没到"狗洞"边缘，我便把自己摔倒在地，用给一个类似足球铲球的动作滑进洞口，然后抓起一边用一扇拆下来的冰箱门做的伪装盖往头上一盖。

我透过伪装盖的缝隙往周围细看，大力、猴子、杨宇凡甚至三土都已经顺利进入他们的"狗洞"，连萧洁、张依玲也各自占好了攻击位置。只剩下三毛一边咒骂一边慌慌张张地穿鞋系鞋带。

"时间到！解除警报！"Maggie Q 看着自己的手表面无表情地说道。

我舒了一口气，掀开伪装盖从"狗洞"里爬出来。其他人也从各自的掩体走出来，在屋檐下排成一排。

"60秒内未能完成战术动作！"Maggie Q环视我们一圈，慢慢地说道。

"唉……"所有人都长叹一口气，自动卧倒在地，开始做俯卧撑。

"1、2、3、4……"小凯西脆生生给我们数数。

直到男的做完50个，女的做完20个俯卧撑，大家才从地上站起来。

"都怪你！没事抓什么臭脚丫子！还是当兵的呢，哼！"萧洁嘟哝着嘴对三毛骂了一句。

"我……"三毛一时语塞，尴尬地抓着后脑勺喃喃地争辩了一句，"我不是当兵的，我是警察。"

"那还不一样?！"张依玲也是满脸懊恼地训斥。

"都闭嘴！"Maggie Q轻喝一声，所有人立马住了嘴。

"一个团队，就是一个整体！"Maggie Q板着脸从我们面前走过，"在团队里，没有单个的个体，每个人都是团队的一部分，一个人出错，就可能造成团队其他成员的伤亡……"

"对啊……都是三毛的错，为什么要罚我们……"张依玲又小声嘟哝了一句。

Maggie Q倏地回头，走到张依玲跟前："他的错难道你就不用负责任吗?"

"我……"张依玲怕得声音都颤抖起来，但还是小声道，"为什么要我负责任？"

"他在脱鞋的时候你为什么没有去制止？"

"可是……"张依玲还想继续分辨。

"没什么可是！"Maggie Q 打断她的话，"记住，你的每一个疏忽都可能害死身边的队友，同样，队友的疏忽也可能害死你。所以，在团队里，不仅要做好自己分内的事，完成自己的任务，还得时刻关注你的队友，在他试图做出伤害团队的事情时，立刻制止！"

"现在，所有人注意！"Maggie Q 提高音量。

我们马上立正，昂首挺胸。

"囚徒深蹲 100 个，开始！"

"唉……"我们所有人又都哀叹一声，把手放在头上开始深蹲。

"1、2、3、4……"小凯西脆生生的声音又响了起来。

冯伯他们去世的第二天，Maggie Q 就主动找上门来，毫不留情地辱骂了我们一番。用她的话说我们"就是一群废物，撞了狗屎运才活到今天……绝不相信你们还能交上狗屎运活到明年开春……"然后她表示为了感谢我两次救了她，并且她还拿了三土的阿修罗印，作为交换，她可以训练我们。对这个建议，我们自然是求之不得。除了三土对他的国宝文物还表示了一些心疼和关切以外，其他人都有些欢呼雀跃。

但训练刚一开始，所有人都叫苦不迭。Maggie Q 的训练简直就是惨无人道，而且不仅仅是肉体上的折磨，还有精神上的蹂躏，动不动就蹦出"废物点心""你妈怀你的时候是不是吃屎了""这个世界有多荒谬才会诞生你这样的白痴"之类直接侮辱人格的话。一开始每个人都不堪其辱，但在三毛首先站出来试图挑战她的权威被她一脚踢飞到 3 米开外以后，所有人都在 Maggie Q 面前噤若寒蝉。

训练内容包括体能、力量、射击、格斗和求生技能。其中求生技能中很大一部分是改造我们的庇护所。

用 Maggie Q 的话说："你们现在的庇护所，跟纸糊的没什么区别，没有任何价值。"

训练的第一天，Maggie Q 就带着我们设置了几道新防线。

第一道是院墙。Maggie Q 要求每隔 3 米便拆出两块砖，平时用砖堵住，有情况时既可以当观察窗，又能当射击孔。

第二道便是那些"狗洞"。"狗洞"是张依玲想出来的称呼，事实上据三毛说这应该是脱胎于军队的散兵坑。我们在院子里一共挖了六个"狗洞"，彼此相距大约 4 米，这样既能相互掩护，又能形成交叉火力。Maggie Q 要求每个人都自己挖自己的，不允许别人帮忙。每个"狗洞"都是深到肩膀，并且还要额外挖出 30 厘米的深度，上面铺上细沙，再垫上一块钻了很多空洞的木板，以用作排水。不仅如此，Maggie Q 还要求每个"狗洞"都要在底部额外挖出两个直径 10 厘米、深 1 米、斜 40 度向下的斜坑，她说假如有人把手雷扔进洞里，洞里的人可以把手雷踢进这些小洞，这样就算爆炸，也不会造成很大的伤害。我说现在哪里来这么多的手雷啊？Maggie Q 白了我一眼说你怎么知道没有。

第三道也是最后一道防线，便是室内。Maggie Q 否决了我们把窗户完全封死的做法，说这"既愚蠢又危险，外面看不进来也就意味着你们也看不到外面，还影响采光"。她让我们用钢板做了一些活动盖板盖在窗户上，平时就用小木棍支起来，有情况的时候再放下，而在钢板下端都留了一截空作为射击孔，这样，像上次那样的烟雾弹就扔不进来了。在入户门上，她又设计了一个巨大的门闩，她让猴子用钢锭车了一条足足有五六厘米厚的钢条出来，然后用一个活动的插销悬在门的一侧，紧急情况下，我们只要拔出插销，钢条门闩便会自动落下，刚好卡进另一边的卡槽里。

接着，我们又建造了逃生通道。在厂房最靠外的房间挖了一个可供一个人趴着爬出去的洞，这样当我们被困在房子里的时候，就能借助通道逃到户外了。

改造庇护所足足用去我们两周时间，但完成之后，每个人都对这样的设计赞不绝口，三土更是连连高呼，真是固若金汤，这下不怕任何人了。

改造庇护所的同时，各项训练也在同步进行当中，体能和力量训练更是每天必练的。体能训练由于只能在院子或室内进行，Maggie Q 设计了花样繁多的高强度间歇有氧运动，还有负重跑楼梯，徒手攀爬，等等，总之每天不把我们虐得欲仙欲死不罢休。

Maggie Q 还让猴子用钢锭制作了一些简易的杠铃和哑铃，来给我们做力量训练。每一天，无论男女，都要按时完成规定的肌肉部位训练。"一力降十会！"Maggie Q 说，"没有任何的格斗技巧不是建立在力量之上的。"

格斗技巧方面，Maggie Q 教了我们一套拳法和一套刀法。拳法只有短短几招，以攻击人体的各种薄弱环节为主，插眼睛、锁喉、踢下阴无所不用其极，还有击打各个能引起剧痛的关节部位。"在格斗中没有任何的人道主义，能最快制服对手的拳法才是好拳法！"Maggie Q 说，"任何对对手的仁慈，都是对自己的谋杀！"

刀法则更简单，只有一招，出刀刀身下垂刀口朝自己，一刀撩起来，刀背磕开对手的武器，同时刀锋向前画弧，正好砍对手脖子。因为劈、砍是一个动作，对手来不及回防就中招了，这一招刀法既能对付活人，也能对付感染者，只要刀锋再往上一些，便刚好能砍中脑门。为此，我们又赶制了一批大刀。这刀也是Maggie Q 提供的设计，长约 1 米，刀面比传统大刀略窄，但比剑和武士刀稍宽。传统的刀是一面开刃，这刀的刀头却是两面开刃，接近刀把的地方才恢复成单刃。为了方便用力，刀把长八寸至一尺，可以两只手同时握刀，砍向对方。

"这难道是无极刀？"三毛在练了几天刀法之后提出疑问，但Maggie Q 并没有回答，我问三毛什么是无极刀，他说是抗战初期武术名家李尧臣为 29 军特意设计的刀法，专门为跟鬼子拼刺刀而设计的。

"哦，我知道，就是'大刀向鬼子头上砍去'那个大刀队！"

猴子听完之后附和。

射击是最难训练的，虽然从黑衣人那里我们获得了长枪短枪各七把，足够一人一把，但一来我们没有充足的弹药，二来也怕枪声被感染者或者别人听到，所以我们只能听 Maggie Q 传授一些理论：除非对方攻进你十五步之内，否则绝不能扫射，每次扫射最多不能超过五发子弹，还有交叉火力设置、火力掩护，等等。当然，还有每天 1 小时的静态瞄准训练，站姿、跪姿、卧姿的瞄准，一瞄就是几十分钟不能换姿势。

除此之外，便是枪械的保养，每隔几天，枪械都要集中保养一次，拆卸、清洁、上油，这是每个人必须学会的。"枪是非常娇贵的……" Maggie Q 说，"你要像爱护自己的生殖器一样爱护它！"

接下来，就是各种求生技能训练，包括如何识别有毒植物，打各种绳结，在野外如何辨别方向，如何利用透明避孕套装上尿液做成一个放大镜来聚光引火，如何用自己的袜子装上细沙制作一个简易的过滤水工具……

每天的训练结束之后，Maggie Q 都会消失，我们不知道她住在什么地方，是一个人还是几个人一起，对她的情况，我还是一无所知。

这一天，Maggie Q 来得特别晚，太阳已经升起来了，她还没有到，这是从我们训练以来从未有过的。正在我们开始担心的时候，放哨的杨宇凡突然说："她来了！"

我们连忙打开门，远远地就看见 Maggie Q 快步向我们走来，手里还提着一大堆东西。

我们赶紧迎出去，我从她手里接过东西，入手非常沉重，我奇怪地往里面看了一眼，发现是一个锈迹斑斑的铁疙瘩。

"今天你们要打一口浅井。"还没等我开口问，Maggie Q 自己就开口说道。

"打井？"我们都奇怪地问。

Maggie Q 点点头说："现在这个基地最大的弱点就是缺水，水源问题得不到解决，再坚固的防线也没用，敌人就算攻不进来，困也把你们困死了。"

"可是打井没那么容易啊……"大力说，"我在农村的时候看人挖过，那得有技术，而且工程量很大。"

Maggie Q 难得地笑了笑说："你说的是那种抛一个水桶下去提水上来的传统水井，我们不需要那么麻烦。"

Maggie Q 指了指南面又说："这个地方靠近江边，一定是有浅层水的，很可能只需要往下打三四米就会碰到含水层，而这个城市就是建在海堤上的，底下都是沙质土，挖掘很容易……你们去拿几根最粗的螺纹钢来。"

幸好这个建了一半的厂房里各种建筑材料都不缺，我们很快找了几根 40 毫米的螺纹钢，在 Maggie Q 的指导下先把其中一根分别截成 1 米、2 米、3 米长的三段。

接着她让我们在院子的西北角靠近房子的地方开始往下凿钢筋。

"为什么不在那边开井？"猴子一手指着我们经常坐的屋檐边问，他单手握着螺纹钢，大力则用一个16P的大铁锤抡圆了往下猛砸，每一下都准确地落在螺纹钢上，螺纹钢随之一震，猛地钻进土里一大截，只几下的功夫，1米长的螺纹钢便只剩下短短的一截露在外面。大力和猴子两人又合力把它拔上来，然后把2米长的螺纹钢塞进刚打出来的洞里，开始继续往下捶打。

"因为你们这群蠢猪把厕所建在了那里！"Maggie Q指着屋檐对面的茅房说。

"呵呵……"大力在换上第三根3米长的螺纹钢的缝隙笑着说，"井肯定要打在厕所的上游，不然咱们以后就只能喝粪水了。"

"那另外的污染呢？"我担心地问，"那么多尸体，会不会有尸水渗下去？"

Maggie Q摇摇头说："只要污染源距离不是太近，大部分污染物都会被土壤过滤掉，但为了保险起见，这里的水还是要煮沸后才能喝。"

"那洗菜洗衣服没问题吧？"站在旁边看热闹的张依玲说。

"还有洗澡！"萧洁掩饰不住的兴奋，脸上的表情就像危机前的女生看见什么名牌包包一样。

随着大力的最后一锤，3米的螺纹钢也终于到了底，我们合力把它重新拔出来，一个酒杯粗细的洞呈现在我们眼前。

Maggie Q把准备好的满满一桶水倒进洞里，我们所有人都满怀希冀地挤过来看，头碰着头，大气也不敢出，好像一出声就会把水吓跑了一样。

但水注满之后，只是打了个旋，便迅速地往下掉，仅仅几秒钟之后，注入洞口的水便消失不见了。

"啊……"张依玲和萧洁都捂着嘴惊呼出声，我也在心里大大叹了口气，似乎在院子里打一口井的希望也随着水流走了。

但Maggie Q却直起身，目光灼灼地环视我们一圈，面带笑意地说："恭喜你们，打到含水层了！"

"耶！"我们都欢呼起来，纷纷跟身边的人击掌，比吃肉还高兴。

我们在Maggie Q的指导下，又用同样是40毫米直径的PVC塑料管插进洞里，然后拿出了她带来的东西，一番组装之后，我认出来了，这个铁疙瘩是以前农村常见的手摇水泵。

大力和猴子二人此时又当起了水管工，用一个水管接头把PVC管和手摇水泵接在了一起，然后用钢筋焊了个架子，一个像模像样的手摇水井就出现在了我们面前。

我几乎是颤抖着把手放上摇把摇动起来，开头的几下，只是水泵里的皮碗和泵壁摩擦，发出"空空"的抽气声，在摇动了十几下之后，一股涓涓细流从手摇泵口子上流了出来。

起初，流出来的是伴着沙土的黄水，慢慢的，水越来越清澈，到最后，杂质完全消失不见，泵出来的水就像是一条白练倾泻下来。

我们不停地欢呼着，在泥水中跳跃，不顾严寒把头伸进水流里冲洗。每一个人都抢着来摇水，把所有的容器都拿出来盛满，到今天为止，困扰我们的最大问题终于彻底解决了。

"今天我们庆祝一下！吃鸽子肉……一人一只！"自从冯伯和陈姨去世后一直掌管厨房的我大声地宣布。

又是一阵欢呼，我转头瞄了瞄 Maggie Q 说："今天留下来吃饭吧？"

Maggie Q 轻轻一笑，看着我微微点了点头。我没想到她能同意，一下愣了，三毛看见，马上开始起哄打趣起来。

因为不敢拿出去大肆交易，自己也舍不得吃，我们的鸽群已经发展到了 30 多只的规模，鸽笼已经挤得满满当当，不堪使用。大力说再不吃掉一些，它们就要自己分群了。

我打算做炖乳鸽，既能吃肉又能喝汤，我抓了 9 只鸽子，连小凯西在内，人人有份。

大力和猴子二人自告奋勇地把鸽子开膛破肚，两人动作都异常娴熟，一只手把鸽子的脖子扭到背后跟翅膀抓在一起，另一只手用刀在脖子上一划，只一刀便割断了血管和气管，然后把血接到一个放了些许细盐的碗里。

放完血，便由张依玲和萧洁接手，把鸽子拔了毛，鸽子肚子里那些细小的内脏也不浪费，反正现在水源不再是问题，连肠子都给翻出来细细地洗了。两个女生在井边洗得双手通红，脸上却笑得跟开了花似的。

我拿到洗剥干净的鸽子，把它们整齐地码到那只 Le Creuset 深铸铁锅底部，葱姜蒜这些佐料自然是没有的，但我们在一次外勤任务里搜查了一家中药店，拿了很大一批药材回来。我在鸽子上面丢了一些切成片的天麻，一小把冬虫夏草，然后加上清水浸过鸽子，等水开之后，我撇去浮沫，盖上锅盖。

为了节省燃料，我又在锅上面放了一屉蒸笼，里面蒸上一堆土豆，今天有鸽子汤，就不吃米饭了。

半个小时之后，鸽子肉合着中药材的浓香从锅中喷薄而出。我们又焦急等待了半个小时，我拿开笼屉，一阵热气蒸腾，等白色的水蒸气慢慢散尽，众人都发了一声喊——9只鸽子正亮晶晶地冒着热气。我又往锅里撒了一些枸杞，把金黄色的鸽子汤衬托得更加诱人起来。

我一直希望 Maggie Q 能搬过来跟我们一起住。并不仅仅因为我对她有那么点说不清道不明的情感，最大的原因是她的能力实在太强了，如果她能加入我们的团队，无疑会让我们的生存能力提高一大截。虽然我和团队中其他人屡次提起，但她都是断然拒绝。

我问她为什么，是嫌我们这伙人太废柴吗，她却摇头说不是。沉默很久之后她说她还有很重要的事要去干。

"是要去追查索拉姆？还有……另外那些点金石吗？"我问。

Maggie Q 又沉默了一会儿，点点头又摇摇头说："也许吧。"

"这个世界都已经这样了，你找它还有什么意义呢？"

Maggie Q 非常少见地叹了口气说："其实我也不清楚，可总觉得要去寻找，就好像……就好像我生出来就是为了这个。"

关于 Maggie Q 的来历，我在这段时间又追问了她很多次，最终确定她并不是想对我有所隐瞒，而是确实失去了一部分记忆，她只记得她的使命——追查造成感染者危机的索拉姆病毒的来源并阻止病毒的扩散，以及追查并找到点金石，找出二者之间的联系。可是到底是谁命令她这么做的，她属于什么组织，甚至来自哪里，真名是什么，她自己一无所知。

我一直记得她给我们上的最后一课，那天 Maggie Q 教我们的是求生纪律，比如三倍安全法则，是指对于重要的生存物资或者要素，譬如食物、饮用水、能源等，必须准备至少三个不同的供应来源，即使某个来源断绝或者枯竭，也不至于立即导致危机。

还有灯火管制，每天日落之前，必须放下门窗上的挡板。每天天黑之前，当天当班的人要负责绕房子走一圈，看有没有什么地方需要纠正。哨位也一样，想使用手电筒，就必须挡上两层遮光布，如果你要看地图之类的东西，一定要把哨位的射击孔挡上，如果在行进中需要看地图，可以在披巾下面看，以免漏光，等等。

还有热量平衡法则，是指在饥饿的状态下，开始每一种行为之前都应该先估算热量消耗。如果一个获取食物的行为本身所消耗的热量接近或者大于获取的食物能够提供的热量，那么这个行为就没有实施的必要。

这就是说，如果你到水边钓鱼，或者到树林里打一头猎物，到头来钓到的鱼或者打到的猎物还不足以补充你今天的体力消耗的话，这样做只会令你更加饥饿，最终比不去更糟。就算是在完全没有其他食品的情况下，捕猎是唯一的途径，也必须先考虑设置陷阱之类的守株待兔的方式，以逸待劳。

最后是食物安全法则，意思是如果你不能保证食物的安全性，那即使你再饥饿，也要忍住不吃。因为在缺医少药的情况下，即便只是最普通的食物污染导致的腹泻，也可能置人于死地。而人体对饥饿的耐受度其实比我们想象的要高很多，普通人即使不摄入任何的热量，只喝水也能坚持七天，对饥饿的恐慌更多的是来自我们本身的焦虑。

"在这个世界上，最重要的不是你有多好的装备，不是你有多强的身手，更不是你有多丰富的储备，而是你的运气！"Maggie Q最后说道，"而运气来自于概率，避开那些危险的地方，就能让你的生存概率增加一大半。记住，别去那些你们认为有食物的地方，凡是你们能想到，别人也能！最后，也是最重要的两点：隐蔽是生存的第一要义，暴力是解决问题的最后选择！"

说完这些，Maggie Q 朝我们环视一圈，点点头，转身就走。

"欸……"我失声喊了出来。

"还有什么事吗？"Maggie Q 转过头看着我。

"那个……我们还会再见面吗？"

Maggie Q 嫣然一笑："我相信会的。"

第二章

地底石窟

五个月零六天前。

我的第一反应是——"难道那人没死？"但随即便想到那个在车底下被扯断大半个脖子的周令武的哥哥周令文。

幸运的是，这个黑衣人似乎腿上受了伤，走起来一瘸一拐，跑不快。三毛和道长已经远远地把他甩在了身后，但毛头的两条小短腿根本跑不快，毛头吓得哇哇直叫，像个皮球一样往前跌跌撞撞，但跟黑衣人的距离就越拉越近了。

三毛本来已经跑到我身边，回头一看毛头的处境，怒骂了一声，又折回去，一把抓起毛头，脚前头后地扛在自己肩膀上跑回来。

被毛头这一拖，那黑衣人离我们又近了许多，我借着微弱的手电光慢慢看清了他的脸。他的脸色呈一种显然不似正常人的青灰色，眼睛则是灰白色，眼珠子像是翻白眼一样缩在眼皮上面，他喉咙发出"咯咯"的号叫声，双手直直地伸向前方胡乱抓着。总之，看起来绝对不是活人。

我们接到三毛和毛头，转身继续狂奔。这时候前面的周令武已经全无踪影，甬道一片漆黑，只有手电微弱的光斑在前面不住地摇晃。

我原本以为沿着这条最靠边的通道总能够找到出口，但我们一直跑了很久，通道像是无穷无尽一般，既没有尽头，也没有拐弯。而身后的黑衣人虽然跑得慢，但只要我们稍一松懈，停下来歇口气，总会听见那让人毛骨悚然的呻吟声越来越近。

我已经跑得喉咙冒火，小腿和屁股开始像火烧一样痛。三毛背着毛头显然体力不够，开始慢慢落后，而道长则更加不堪，好几次都大叫着自己不行了，扶着墙急促地喘着粗气，我们不得不都停下来等他。

正在我们痛苦不堪的时候，我的手电筒突然照到了什么东西，反射出一片白色的光，我以为那是出口处射进来的光线，还没等我庆幸，那片白光却突然动了起来！

我定睛一看，竟然是两个穿着白大褂的人。我刚想高呼救命，却发现这两人也是把手伸在身前，身体直直地向前跑着，那姿势跟追赶我们的黑衣人一模一样！

我大喊了一声，这时三毛也看见了前面两人，大叫道："用枪打！"

我愣了一下，随即想起身后还挂着一把步枪呢。我赶紧从背后捞过步枪，抬起枪口，胡乱瞄准了一下便扣动了扳机。

但什么反应也没有，扳机根本压不下去！

"拉枪栓！松保险！"三毛一边喊，一边把毛头放下，也拿起自己身上的枪开始瞄准射击。

我听到他喊马上反应过来，略微回想了一下上一次三毛带我打靶的经历，拉开枪栓，松开保险，然后瞄准两个白衣人的胸口，扣下了扳机。

"哒哒哒哒……"密集的枪声在密闭的隧道里猛烈地响起，让人震耳欲聋，一阵大力从枪上传来，枪托猛地撞到我的肩膀上，枪口剧烈地向上跳动，隧道里一阵叮当响，隧道顶部的管线上冒出一溜火星。我扣着扳机一直没放，仅仅几秒钟之后，枪机就发出"啪"的一声，子弹打光了！而我这一梭子弹大半打在了天花板上！

可那两个白衣人连脚步都没停一下，继续用那种滑稽的姿势往前跑。

这时三毛的枪也响了，"砰砰砰……砰砰砰……"两个稳定的三连射，准确击中白衣人的胸口，子弹巨大的动能把他们凌空击飞，向后倒下。

"耶！"我一声欢呼，但欢呼声的回音还没消散呢，就看见两个白衣人像只是不小心摔了一跤一样，又从地上翻身而起！

这时白衣人已经离我们只有十余米距离，那青灰色的皮肤，苍白的眼睛，还有喉咙发出的号叫声跟黑衣人如出一辙。

“妈呀！又一个'粽子'！”毛头惊恐地大叫。

“快跑快跑！”我把没子弹的枪扔在地上，抄起毛头扛在肩上，但一转身却看见那黑衣人正从黑暗中一步一步现身。

“往那边！”三毛大喊着指着旁边的一条岔道。我虽然不想重新跑进那如迷宫般的通道里面去，但现在的情形我们根本别无选择，只得一咬牙跑了进去。

我刚才已经跑得上气不接下气，这时还加上了一个毛头。虽然毛头个子小，但怎么着也有五六十斤的重量，没跑几步，我就觉得自己的小腿肚开始拧成一块，我知道自己快抽筋了。

这时我们的先后顺序倒了个个儿，三毛拖在最后开枪阻击那几个活死人，道长则成了跑得最快的人，在最前面带路。

我跟着道长在繁杂的通道里不停地钻来钻去，我一开始以为他是认识路，胸有成竹，但几分钟之后，我觉得不对了。

“停下！停下！”我朝道长大喊。道长又跑了几步，才停下脚步，转过身，脸色铁青，眼神失焦，满脸惊恐，我才知道他根本不认识路，而是过度惊吓慌不择路了。

我正想骂他几句，却听见几声枪响之后，三毛一声欢呼：“我知道了！打脑袋！打中脑袋这些家伙就死了！”

我转头一看，三毛正兴高采烈地挥舞着手里的步枪，而他后面，那原本紧追不舍的两个白衣人现在只剩下一个，另一个已经倒在地上一动不动，看样子总算不会起来了。

三毛紧接着又掉转枪口，瞄准了剩下的那个白衣人，好一会儿之后才扣下了扳机，但步枪却只发出"咔塔"一声，没子弹了！

"×！快跑！"三毛大声咒骂了一句，转身就跑！

我心里暗叹一口气，又伸过手去抓毛头，毛头却挥手拒绝了。

"现在你跟我跑得一样快，还是我自己跑吧！"

我朝他点点头，又拍了拍道长的肩膀，当先跑去。

但此刻我已经完全失去了方向感，只能用早先我一个人迷路的时候用过的笨办法，一条道走到黑，先找到迷宫的边缘再说。

好在我们的位置离边缘并不远，跑了不到1分钟就碰到了丁字路口，我随便选了个方向往前跑。又跑了一段路之后，我看到左边的墙上有一个记号，我用手电照了照，发现是一个箭头。

"我们又回来了！"三毛在我身后喘着气说。

我们仅仅是在箭头前站了站，身后那瘆人的号叫声便越来越近，这时那黑衣人已经和白衣人兵合一处，两人一前一后，一黑一白，像是刚走出地狱的黑白无常，蹒跚但坚定地向我们逼近。

此时容不得我们考虑，只能把心一横继续往里跑。不多久就来到我曾经摔下去的那个台阶前面，我略微犹豫了一下，但身后紧跟的黑白无常根本由不得我多想，三毛又一把抄起了毛头，四人噔噔噔跑下台阶。

台阶尽头便是那个巨大的深洞，这个洞穴异常宽大，一片漆黑，我们手里的几个手电在这空旷的地底空间里只划出三道幽暗的微光，青白色的光晕在不远处便悄然消失，像是被无边的黑暗吸收了一般，洞里吹出一阵阵阴风，让我身上直起鸡皮疙瘩。

"这是墓道吧？里面不会还有'粽子'吧？我说要带黑驴蹄子嘛！"毛头喘着粗气说道。

"现在就算是刀山火海也得往里闯了！"三毛指了指身后喊道。虽然还看不到"黑白无常"的影子，但那让人心里发毛的号叫声已经清晰可闻。

"跑！"我大喊一声当先跑去。

我们在这无尽的黑暗之中奔跑，像是奔向地狱之门，在我们的背后，"黑白无常"的呻吟声越来越近，他们好像永远不会疲惫。我的腿越来越痛，每走一步都像是有一只烧红的烙铁在小腿肌肉里搅动，喉咙也像是被灌了辣椒水，火辣辣的疼。这时我心里第一次升起一个念头——我今天不会死在这里吧？

正在我的心渐渐陷入绝境的时候，我突然感觉脚下一凉，紧接着一阵哗哗的水声。我低头一看，只见脚底有一层浅浅的积水，刚刚没过了我们的脚背。我用手电向前照射，光柱在水面反射出一片亮晶晶的光斑，在光线所及范围内，到处都是积水。

"这是什么？"三毛也突然停下脚步，用自己的手电照向旁边的洞壁。我循着看去，只见这个原本看似天然形成的洞穴，四周出现了人为的痕迹，三毛照射的洞壁上，赫然印着两个暗红色的文字——警告！

"警告？"道长双手撑着膝盖，像盛夏阳光下的狗一样伸着舌头剧烈地喘气，一边艰难地问，"警告什么？"

"别管了，光跑吧！"毛头人喊。

那号叫声又近了。我们赶紧继续向前奔跑，但积水增加了跑步的难度，这让我们更加疲惫不堪，可是再疲劳，也没人停下，显然身后那两个活死人对我们的威慑力无比巨大，似乎每个人都宁愿累死、淹死，也不愿意面对那样超乎想象的可怕的东西。每个人都体力透支了，根本没有力气说话，只知道机械地迈着两条腿，河水在我们脚下发出有规律的"哗哗"声。

这时，我突然间心里一动，为什么这"哗哗"的水声像是在哪里听到过一样？我再仔细一想，一下子反应过来，是那个电话，那个用摩斯密码报出 SOS 求救信号，并且告诉我们这里的经纬度的电话。在那瘆人的"格格格格"的声音之前，就是一段这样的蹚水声！

我连忙四处张望，既然已经听到一样的声音，那说明发出求救信号的人一定就在附近，而那个人不管是不是 Maggie Q，既然能发出求救信号，就说明他暂时的人身安全是可以得到保障的，而我们现在的情况，已经不是救人，而是需要他来搭救一把了。

正在我想把他们三个喊住，告诉他们我的发现的时候，前面的毛头突然一声惊呼："靠！什么情况！呜……"他的骂声戛然而止，像是被人突然捂住了嘴巴。

我心里一惊，连忙把手电放低，去看毛头到底发生了什么事情，但是手电光所及之处，却只有平静的水面，哪里还有毛头的踪影。

我一阵纳闷，这几秒钟的功夫，这人怎么会不见了，难道摔进水里了？我看了看脚下，此处虽然水位略有升高，但也只淹到我小腿肚子下面，毛头虽然个子小，也不至于完全被淹没啊。

我一边想，一边又向前走了几步，突然脚下一空，这里的水下竟会突然出现了一个非常巨大的落差！

"靠！"我也只来得及发出一声惊呼，便被一阵巨力卷走了。原来这水面看起来平静，下面却有一道强劲的暗流！

我只觉得自己被暗流裹挟着飞速奔流，根本睁不开眼睛，耳边尽是汩汩的水声，我要用尽全身的力气才能扑腾出水面吸一口空气。我马上感觉筋疲力尽，连呛了两口水，胸口闷得像要爆开一般。正在我觉得自己肯定要淹死在这里的时候，突然感觉身下一空，整个人又向下跌落，幸运的是，这次入水之后，水流并不湍急，我挣扎着浮出水面，发现这里是一个水潭，上面有一道瀑布，我正是从瀑布上跌落下来的。

还好，有了上次摔倒的经验，我把手电的绳子一直牢牢地套在自己手腕上。而且幸运的是这支贵得要死的 SureFire 手电筒，跟它在广告吹嘘的一样，防水功能强劲，完全没有受到水泡的影响。

我用手电四下照了照，找了一个离自己最近的水岸，游过去上了岸。上了岸以后，我马上四下搜寻毛头的踪影，很快发现他在水潭另一侧的一块高地上，因为角度的原因，我只能看到他的一个头，还有他那极其微弱的手电光芒。

"毛头！"我叫了他一声，但他毫无反应，我又叫了一声，还是没得到回应。我心里一惊，以为他出了什么事，赶紧朝他那边跑去。

绕过水潭，我才发现这里竟然有几段台阶，毛头正在台阶最上面。这时我救人心切，也没有细想这地底深处为什么会出现人造台阶，几步便跑了上去。

跑上台阶，我便看到毛头直直地站着，手电照着前方一动不动，我循着他的手电光往前看去，只见他的正前方又是一个巨大的洞穴，黑洞洞的直插入地底，跟我们来时的洞穴不一样的是，这个洞穴顶上有木板固定，底下还有两条铁轨一直向前延伸，很显然是人工开凿的！

这洞穴非常大，直径至少可供四五人同时进出，以非常大的角度向下倾斜，看起来很像煤矿的矿井。

我向洞里稍微探进半个脑袋，手电光在远处带起了一溜反光，似乎是照射到了某种金属。我好奇地往里走了几步，发现一辆运货的轨道车倒在铁轨一边。

"这是盗墓贼留下的吧？"毛头紧跟着我，朝里面探头探脑地说。

"听说过盗墓贼在地底修铁路的吗？"我噎了他一句，蹲下身子仔细查看轨道车，发现这辆车的扶手上有一块铭牌，因为年代久远，铭牌已经完全锈蚀，只留下浅浅的一行印记，看不真切上面写了什么。

"毛头，照个亮。"我对毛头招手，把自己的手电灭了揣兜里，拿出小刀用力刮掉铭牌上的铁锈，铁锈后面的文字慢慢地露了出来。

"怎么是日文？"毛头奇怪地嘟哝道。

我也倍感诧异，这铭牌上蚀刻的文字我一个也不认识，但从字形看分明便是日文。难道这个地底深洞是日本人修建的？而且年代如此久远，很可能是日军侵华时期留下的秘密基地，只是他们为什么要秘密修建这么深的地底甬道呢？

我掏出自己的手电又往洞穴深处照了照，黑魆魆的深不见底。

"你们这儿是不是有什么珍稀矿产什么的，比如稀土之类的？"我朝毛头问道。

"没有啊……我们村那边倒是有个萤石矿，也是1949年前就被废弃了，可那是露天矿，再说萤石也不值钱，犯不着挖这么深来采啊。要我说啊，这就是盗墓的，是鬼子要挖，他们知道我们地底下埋着好东西呢，弄这么大阵仗得是什么大墓啊？说不定是秦王陵呢！"

"秦王陵不是应该在陕西吗？"

"那是疑冢！"毛头兴奋地大声叫嚷，声音在甬道中激起嗡嗡的回声，"故意挖出来迷惑盗墓人的。你想啊，秦始皇这么尊贵的人，怎么可能就用些泥人泥马什么的来陪葬呢？好东西肯定都藏他那真的墓里了，什么和氏璧啊，传国玉玺啊，《兰亭集序》真迹啊……"

"《兰亭集序》？王羲之是晋朝人吧？"

"就那个意思……反正下面肯定都是宝贝，就是不知道是不是被人挖光了……"

正在我被毛头无穷的想象力震得两眼发黑的时候，我们身后突然传来"扑通、扑通"两声响。我心里一抖，心道该不会是扑不死的活死人跟来了吧？连忙回身跑出甬道，跑到水潭旁边，只见水潭里两道手电光不断地乱晃，原来是三毛和道长也下来了。我心里一喜，连忙冲他们又是喊又是招手，一边飞快地跑下台阶，把他们两人拉上岸来。

两人上了岸，还是惊魂未定，一边趴在岸边不停地喘粗气，一边不停地往瀑布那边张望。我知道他们是在看那两个"黑白无常"会不会也被水冲过来，按照他们刚才那种对我们"不离不弃"的态度，似乎没有任何理由会导致他们停下脚步，而且这条水道似乎也没有别的岔路，所以这几乎是肯定的事情。

果不其然，我刚把三毛和道长拉上岸，就听见水潭里又响起"扑通、扑通"两声巨响，"黑白无常"应声而至。

"快跑！"已经成为惊弓之鸟的道长大吼一声，从地上一跃而起。

这时我却冷静了下来，拉住三毛的手说："咱们四个人，还怕他两个吗？抄家伙跟丫拼了。"

"对啊！"三毛也像是如梦方醒，摸着脑门说，"为什么不跟丫拼了？"

我掏出贝尔求生刀，拔刀出鞘抓在手里。三毛从背包里掏出一根警用甩棍，"啪"的一声甩开，跟我并肩而立。道长却没有任何的家伙，他哆哆嗦嗦地左右四顾，走到坑洞旁边，从地上捡了一根黑乎乎的长条状东西过来，我原以为那是一根树枝，他走到我跟前我才发现那竟是一把严重锈蚀的老式军刺。

"道长，你去我们后面！"这时我自然没空深究，只是把道长拦到我身后。这老小子虽然懂得多，平日里也称得上足智多谋，身体却着实不行，真要打起来，他不瞎添乱就算好的了。

毛头也从台阶上下来，手里抓着一把将近一尺长的匕首，按照他的身高比例，就像是一柄宝剑一样，他一边挥舞着匕首，一边鬼叫："对！弄死这两个黑白'粽子'，拿了这古墓里的东西，出去咱就发了！"

"你还真是做'大宝剑'的啊！"三毛笑骂了一句，我们大伙都笑了起来，这一笑，原本紧张万分的气氛顿时一松，我心里对活死人的恐惧也去了大半。

"黑白无常"显然不擅长在水里行走，他们在水潭中挣扎了好一会儿才上了台阶，在台阶上则更难掌握平衡，只能双手撑地，像野兽一样爬过来。

"记住，打他们的头！"三毛咬着牙关说道。

我点点头，抓着求生刀严阵以待。"黑白无常"一步一步地接近，正当他们快爬上最后一步台阶的时候，水潭那边突然又是"扑通、扑通"的连声巨响。

我赶紧用手电照去，只见水潭里多了七八个身穿白大褂的人，他们一站起身，便朝我们不断地咆哮着冲过来，看他们笨拙的身形，分明便是跟"黑白无常"一样的活死人！

"快跑！"我一脚把"白无常"踹进水潭，大喊了一声，转身就跑。

第三章

办年货

现在。

Maggie Q 走后，我们像是完全变了一群人，从原先的灰暗、绝望、得过且过，变得更加的自信、积极、乐观。Maggie Q 让我们明白，即使是在世界末日，也可以开动脑子，寻求各种可能，让我们的生活变得更加的舒适美好。

张依玲和萧洁两位女生捡起了冯伯和陈姨的菜地，两个之前十指不沾阳春水的姑娘，现在整天在菜地上忙活，除草、翻土、收割、留种甚至是用粪便施肥都毫无怨言。

猴子这时候显出了他的全方位才能，他除了老本行敲白铁皮之外，泥水工、木工甚至水管工都会一点，连原先我们在建造方面最大的人才王大力同志都只能给他当下手。他带着大家改造了厂房原先既有的自来水系统，把不锈钢储水塔从六楼楼顶搬到了三楼，并且更换了原来坏掉的一些管线，现在我们只要把井水搬上三楼，倒进水塔里，就有自来水可用了。自来水接通的当天，我们大家都欢呼雀跃，纷纷称赞猴子，连一向不大拿正眼看他的张依玲都眼露温柔。搞得三毛很是郁闷，一直哀叹这个世界人贱不如狗，长得帅不如会一门手艺。"想当初我还是西湖区六九之王呢！"三毛看着给猴子擦汗的张依玲幽怨地说。

除了这些，每天的训练照样继续。除了小凯西以外的所有人，包括两位女生，都已经能做到连续不间断奔跑 5 公里。虽然离 Maggie Q 所说的负重 20 公斤奔跑 10 公里还有不小的差距，但对于三土和杨宇凡这种原本连跑 1 公里都痛不欲生的体能困难户来说也算是进步神速了。

那套拳法和无极刀也是每天必练，特别是大力，对无极刀简直就像是入了迷，在原先仅有的那一招基础上，又自创了几个变化，这招原本就刚猛异常的刀法，被天生神力的王大力舞将出来更是虎虎生风，气势非凡。

枪械上更不用说了，现在连萧洁和张依玲都能做到在 60 秒内拆装 AK 步枪和 92 式手枪。在我们非常有限的实弹打靶训练上，杨宇凡表现出了非同一般的天赋，竟然在几发射击之后，便跟原来的警校射击冠军三毛不相上下，并且他对枪械的调教也非常上心，Maggie Q 在的时候他请教了不少的问题，现在他的枪械知识已经不弱于三毛。

这些训练和改造庇护所的工作让我们每一天都非常充实忙碌，每天除了吃饭睡觉以外的休息时间，只有午饭后的 1 小时。

在修好自来水之后的第二天午后，我们还是一群人围坐在屋檐下晒太阳。

大力突然幽幽地说："再过三天就要过年了哦。"

"过年"这个词已经离我们太过遥远，以至于大力说完，所有人都愣了好久。我搜肠刮肚地用力回想，想知道今天的确切日子，却发现自己对于日期的记忆已是一片空白，就连今天是几月份也搞不清楚。

"过年？"三毛有些茫然地说，"你怎么知道的？我连阳历今天是几号也弄不清楚。"

大力憨憨地一笑，举起手臂撸了一下衣袖，露出手腕上的手表："这还得感谢阿源了，他送给我的这只手表上有日历，虽然是阳历的，但冯伯会算日子，他给换成了农历……"大力叹了口气，"我们种田的人哪，特别在意农时，春耕秋播丝毫马虎不得，所以还得看农历。"

我想起上次跟老吕、杨宇凡和林浩搜刮过的那个豪宅，里面的一间密室里藏了很多的手表珠宝，我拿了一块江诗丹顿，回来以后顺手就把之前戴的万国葡萄牙万年历表送给了大力，没想到现在却让他派上了用场，不禁莞尔一笑，但随即想起当时跟我一起搜索民宅的老吕和林浩都已不在，心里又一阵黯然。

"过年好啊！"萧洁咯咯笑着蹦起来说，"咱们是不是该做些什么，搞些仪式庆祝一下？"

"对对对……"杨宇凡随声附和，这段时间他已经跟萧洁打得火热。

"你这算妇唱夫随？"我打趣着说。顿时把杨宇凡弄了个大红脸，萧洁却不以为意，还搭着杨宇凡的肩膀假意要亲他一下，把众人都逗得哈哈大笑起来。

"不过阿源……"等笑完了，大力探过脑袋在我跟前正色说，"我看这年哪，咱们还是要过它一下，大家辛苦这么久了，也得歇歇，高兴几天。"

我抬起头，看到大家都目光火热地注视着我，显然都是盼着过年。我胸中也生出一股劲头来，便说："好，咱们就过一过这个年，这世道越艰难，咱们就越要活出个人样来给这贼老天看看！"

"对！"大家都同时欢呼，杨宇凡更是把萧洁抱起来转了一个圈，也不知道他是不是趁着这个机会揩油。

"那大家说说，这年咱们是怎么一个过法呢？"等大家重新安静下来，我又问道。

"要吃肉！"张依玲大声说道。

众人闻言都哈哈大笑，三毛笑骂道："你就这么点出息？不吃肉，哪能叫过年？"

张依玲气鼓鼓地嘟着嘴说："我说的可不是鸽子肉，我要吃大肉——红烧肉、扣肉、炖猪蹄、回锅肉、辣椒炒肉、水煮肉片、干煎排骨、干锅肥肠、爆炒猪肝、烤脑花……"

众人听完张依玲报的这些菜名都馋起来。我也只觉得嘴里唾沫直往外冒，赶紧咽了，摆摆手说："肉当然要吃的，我们明天再去鬼市，找上次换给我们腊肉的老钱，听说他们还养了两头猪，咱们想办法弄他一扇过来，再搞一根肥肠。"

大家又欢呼一声，猴子笑道："让依玲去换，上次老钱看见她啊，眼睛都直了，拔都拔不出来。"

"让依玲去你舍得？"众人又打趣。

"嗨，这是计策……舍不得孩子套不着狼，舍不得媳妇抓不住流氓不是……"猴子呵呵笑着说。

众人又是一阵哄笑，张依玲白了他一眼："给你根杆子，你还就顺着往上爬。"

"他不是猴子嘛，可不就顺着爬，上次在食品厂，咱早就见识过了。"三毛揶揄道。众人又大笑。

我也跟着笑了一通，好不容易止住，才摆摆手说："行了行了，还有呢？过年还得干点啥？"

"得穿新衣服！"萧洁跳起来高喊道。

"这个简单，鬼市回来的路上，顺便溜个门撬个锁就成了，就上次那个啥楼盘……啥189个传奇，那边好东西多。"猴子说。

"好你个大头鬼！"张依玲杵着猴子说，"小萧说的是新衣服，懂吗？什么叫新衣服？别人没穿过的才叫新衣服！"

"嗯，新年穿新衣服，那是天经地义的……"我点头道，"咱们可以去一趟时代广场……这个商场没有超市，也没有乱七八糟的饭店啥的，就是纯粹卖服装百货的，感染者不会在那集中，咱们去拿些衣服，顺便看看还有没有什么其他的日用品之类的。"

"还有呢？"我又问。

"放鞭炮！"杨宇凡说。

"切！"大家同时发出嘘声，三毛重重拍了一下他的后脑勺，"你脑子让驴踢了吧？"

杨宇凡委屈地说："没鞭炮……叫什么过年呢。"

"嗯，就怕你过年了，感染者也过年了！"三毛说。

"这条过！"我挥手说，"不可能！还有其他的吗？"

"哎……那个……"大力犹豫着说，"能不能贴春联？看着喜庆，也求个好彩头。"

"这个可以有！"猴子抢着说道，"上次咱不是在那个文具店拿了很多纸吗？还没烧完吧？里面有一些红纸，那家店也不远，我再去搞几支毛笔和一瓶墨汁来，有春联贴上，过年的气氛就出来了！"

既然大家都同意，我自然也没有话说，春联就这么定下来了。

"还得大扫除！过年得干干净净的。"

"还有红包，过年得给红包！小凯西和我都有份！"

"除夕晚上要守岁，咱们开着炉子，通宵打牌！"

"去找李阿姨拜年！"

"……"

众人又七嘴八舌提了很多想法，越聊越兴奋，甚至把下午的训练都耽搁了。我们似乎又回到了儿童时期，那时候才会对过年如此期盼，后来长大了，年味却越来越淡。等到工作了以后，甚至都有些害怕过年了，没结婚的被逼婚，结了婚的被逼孩子，欠债的被逼债，没欠债的被老婆逼着去要债……总之过年就是各种麻烦的集合。可现在，在各种物质文明离我们远去的时候，好好的过个年，似乎又成为我们最大也是唯一可以盼望的事了。

"还有没有？有想法一定要趁现在提哦，过了这个村可就没这个店了！"我再一次问道。

所有人都冥思苦想了一阵，但长久都没有人说话，我正想站起来宣布我们的第一次春节庆祝计划，冷不防听到张依玲幽幽地说了一句：

"要是能洗个热水澡就好了。"

众人闻言都收敛了笑容，我也暗叹一口气。别的事都可以努力去做到，唯独这一件，却是只能在心里向往一下，是不可能完成的任务。因为在水源问题得到解决之后，燃料紧缺已经成为我们的第一大难题，平常连做饭都是能省一点是一点，烧水洗澡就太奢侈了。

张依玲也意识到自己的提议不切实际，赶紧捂了嘴摇摇头，接着说："我也只是说说……就是觉得过年又是吃好吃的，又是穿新衣服，身上还是这么脏兮兮，实在不配。"

我也觉得背后一阵刺痒，忍不住扭动身子在椅子背上摩擦了一下："大家都洗热水澡是不可能了，要不这样吧，除夕那天，咱们多烧点水，给凯西洗一洗，其他人就擦一把，行不？"

"呃……"这时猴子突然说道，"想洗澡也不是不可能……你们知道那种大水包吗？"

"什么大水包？"我愕然地问。

"就是那种……黑色的……搁屋顶上的……装水的水包……农村用的比较多……"猴子连说带比画。

"啊！我知道了！"我一下想起来有一种户外用太阳能热水袋，用黑色的 PVC 塑料布做成，里面注水，只要有太阳，两三个小时就可以把水温加热到接近五十度。

"可这玩意以前都是网购，现在咱们也没地方弄啊。"我说。

"不一定非得要搞个成品，这玩意技术含量不高，只要能弄到黑色的塑料膜，咱们自己也能做一个，我看里面不是有台手摇的缝纫机吗？"猴子说。

我呆了一下才想起猴子说的缝纫机，那是当初我和三毛刚加入团队的时候，一次在一个老旧小区里拿的。当时为了搬它还跟三毛大吵，他认为花这么大力气搬个铁疙瘩回去没必要，我则认为以后缝缝补补肯定用得上，可后来这玩意一直被束之高阁，为这事，三毛没少埋汰我。

"可 PVC 塑料膜哪里有呢？"杨宇凡问。

"这个简单，这是很普通的建筑材料，很多人家里用来当桌布啥的，以前的建材城，现在的鬼市，一定有！"猴子笃定地说。

"那倒好办，到时候找找张队长，他一定愿意帮忙。"我说。

第二天一早，我们便前往鬼市。这次出来的是我、三毛、猴子和大力四人，照样是独轮车开道，我们带了四只活鸽子，五十斤大米，一小筐土豆，还有两瓶瑞典"绝对"伏特加，再加上这段时间从各处搜刮来的一些日用品，准备再去鬼市交易。

这一路已是轻车熟路，我们刚到鬼市门下，梯子已经降下来，我抬头一看，军士长张志军正探着头朝着我们笑。

"这么久都不来看看我？"我刚爬上去，张志军就冲我胸口打了一拳。

我跟他笑闹了一通，又塞给他半盒"南京"牌香烟，张志军也不客气，马上就抽出一支叼嘴上。

"今天怎么这么多人？"我居高临下地看着广场上吵吵嚷嚷的人群说。

"这不快过年了嘛！"张志军喷出一口烟，又略微看了看我们带的东西，"又是鸽子，我说你们哪来的这么多鸽子？"

我打了一声哈哈说："运气好，我们住的附近有个鸽群。"虽然跟军士长已经非常熟络，但对于我们珍贵的食物来源，我还是不愿意暴露。

"对了张队长，还有个事要拜托你。"我把找黑色 PVC 塑料膜的事跟他说了，但没说具体是什么用处，只说我们有用。

"应该没什么问题，我找两个小鬼给你们找找，到时候我跟陈市长说一声，也别收你们东西了，反正这玩意搁这儿也没什么用。"军士长爽快地说。

我们谢过军士长，下到广场里。今天的人起码比平时多了一倍，一些老相识看到我们纷纷打招呼，还有一些则拼了命地向我们推销自己的产品，似乎我们已经成了鬼市的大客户。这引起了我的警惕，我们之前好像有些太过露富了，在这个时代，树大招风可是最要不得的事。

我们用一瓶伏特加和三十斤大米成功从老钱那里换到了一整条猪腿带半扇排骨，外加半副猪肝。猪不大，我们拿了差不多四分之一，却只有大约二十来斤，跟我们人一样，没什么肥肉，就算是五花腩部位，也只有浅浅的几层脂肪。

我问老钱，这猪是怎么养的，如今这世道，人都吃不饱，怎么能有余粮养猪呢，这又不是农村，能弄点猪草野菜什么的喂。老钱却只是摇头不语。我当然知道这是人家的机密，就跟我们的鸽子一样，自然是不希望别人知道的，所以也没有继续追问。

最让人意外的是，市场上竟然还有卖豆腐的。一个上了年纪的老大妈看着摊子，我们还没等走近，便闻到了一股浓浓的盐卤豆腐香味。这香味实在太过诱人了，自从尸变爆发以来，我一直吃的便是各种简单加工的东西，不管是肉、菜、米，都是煮一煮就吃了，像豆腐这样需要复杂深加工程序的食物根本就是连想也不敢想的东西。

不用说，我们又用仅剩的一筐土豆换了大约十公分见方的一块豆腐，这一趟鬼市之行，算是圆满了。

"嘿，这不是源哥、二毛哥吗？"我们正待走呢，冷不防从人群里闪出一个熟悉的人影挡住我们的去路。我一看，正是自称武林门小牛郎的老鼠。

"这都个把月没来了吧……"老鼠熟络地说，"最近忙什么呢？对了吕哥呢？这次没一起来？"

说起老吕，我们不由得脸上一黯。老鼠看到我们的表情，一下子明白了，也是黯然地道："唉……这年头，早死早超生！"

"对了源哥……"毕竟这个时代死人的事太过平常，老鼠马上便重新活泛起来，他贼眉鼠眼地看看四周，压低音量对我说，"你们听说了没有？鬼市可能要撤……"

"撤？"我奇怪地问，"撤什么？往哪儿撤？"

"嘘嘘……"老鼠赶紧让我噤声，又看看周围，拉着我的手把我带到角落人少的地方，这才开口说，"千万别说是我说的……听说啊，陈市长决定，等开了春，他们……就是这些部队的人，就撤了，说是要过江！"

"过江？拿什么过江？船全在对岸，要是过得去，咱们不早过去了！"三毛说。

"听说陈市长想出了一个办法，具体是什么办法，我也不知道。"老鼠摇着头说。

我沉吟了一会说："你确定消息是真的？"

老鼠点点头："现在都传开了，大家但凡有点关系，都在到处托人，想跟着一块儿走呢。"

"可过江了又能怎么样？"猴子说，"当初他们把桥炸了，船都搜走，可也不是没阻止感染者的扩散吗？现在对岸哪里还有人影？说不定情况比这边更糟糕呢。"

"主要还是担忧粮食吧。"我说，"城市里可以找到的粮食越来越少，总有一天要吃完的，困在这里，怎么都是死路一条，还不如出去，到农村碰碰运气。"

"要不，一会儿去找李医生和军士长探探口风，看是不是真有这档子事。"三毛说。

我点点头，心里暗忖如果鬼市撤离的话，说什么我们也得搭上顺风车，要不然这里的形势只能越来越恶劣，再这么困下去只有死路一条。

正说着，我却看见从对面楼里走出一个熟悉的身影，定睛一看，正是刘国钧。

刘国钧满脸阴鸷，一副天下人都欠了他几百万的样子，急匆匆地走出门外，正好台阶上一个卖红薯的挡了他的去路，他猛地推了那人一把，把人推了个趔趄。刘国钧走下台阶，可能觉得还不解恨，一回首又朝人家的红薯篮子狠踢了一脚，红薯乱糟糟滚了一地，那人心疼地大喊一声，却也不敢对刘国钧发怒，只是满地追着捡红薯。

"这老小子一点没变！"三毛恨得牙痒痒，往地上啐了一口骂道。

其他几人都转过头去看，大力一向忠厚，虽看不惯刘国钧的为人，倒也不像我们这么憎恶。猴子来时刘国钧已经离开，更没什么恩怨，倒是对我们的态度有些奇怪。

"你们跟他有仇？"猴子问。

我摇摇头："仇倒是说不上，这家伙以前是开发区管委会的主任，现在还当他自己当着官呢，就是个小丑，特讨厌罢了。"

"嘿！岂止是讨厌啊……"老鼠突然插话说，"简直就是人神共愤！"

"咦？你怎么也这么恨他？"我奇怪地问。

"别提了，就是你们没来的这一个多月，这家伙突然做了收税官，以前张队长收税，多少有个度，大家伙心里也服，而且一些老弱他看着可怜能不收就不收了。这家伙那个心狠手黑啊，以前张队长差不多就收个十分之一，他倒好，看心情收，有时候运气差，来的人差不多得搜走近一半东西，现在大家给他起了个外号，叫'刘扒皮'！"

"这样啊？"猴子笑着说，"你们等着，让我去治治他！"说着便往刘国钧的方向走去。

第四章

摩斯密码重现

五个月零六天前。

这个地底空间除了那条铺了铁轨的甬道以外没有其他出路，我们无处可逃，只能一头扎了进去。甬道斜插入地底，跑起来倒是毫不费劲，我们昏天黑地地跑了一阵，慢慢地听不到那些活死人的声音了。

甬道周围日本人留下的痕迹也越来越多，水泥墙上开始出现一些已经风化剥落的日语标语，一些武器、工具散落在地上。我们试图找到一支尚能发射的枪支，但地下潮湿的空气早已把所有的金属腐蚀殆尽。三毛拿起一杆靠在轨道车上的38式步枪，但随手一抓，除了刺刀以外的其他部分全都碎成了粉末。

我们跑了足足十几分钟，起码跑了有两千米以上，这甬道竟然还是一成不变，笔直地插入地底。我越跑越心惊，心想当时日本人到底在这里做什么？要知道以当时的技术条件，这样的地底通道可是一个巨大的工程，这里面又不像是有什么贵重矿产的样子，他们费这么大的力气，是想要什么？还有地面上的那些类似研究所的建筑，那些"黑白无常"，他们是什么人？最关键的是那架失踪这么久的飞机，为什么会出现在这里？还有周令武，为什么就他一个人活了下来？

这一团乱麻似的谜团让我的脑子乱成了一锅粥，只顾机械地跟在三毛后面奔跑，没承想三毛一个急刹车，我一头撞到了他的后背。

"怎么了？"我连忙问。

三毛用手电晃了晃前方，我定睛一看，只见我们已经来到了一个更加巨大的空间，头顶的岩壁至少有十米以上的高度，而我们的正前方，竖着一堵密不透风的砖墙，墙上有大字，正中是竖写的"警告"两个字，下面还有一行稍小一点的日语——立ち入り禁止。字体用血红色的油漆刷成，看起来让人毛骨悚然。

"这儿有个门！"毛头突然大喊一声，跟狗似的趴在地上，敲打他面前的墙面，发出"咣咣"的金属声。我拿手电一照，发现下面有个门洞。

这门洞刚好到我的腰那么高，正好跟毛头齐平，以至于我跟三毛慌乱之间竟然没有发现。我蹲下身，用手电向里面照去，只见门洞里面衬着一块铁板，跟外面的金属器物一样，表层也已经被猩红的铁锈完全覆盖，但敲起来声音还是显得厚实沉闷，说明这块铁板厚度相当惊人，铁板整个嵌入石墙里面，连门框也没有，铁板中间横着一道手臂粗的钢筋门闩，上面没有锁，而是用电焊整个焊死了。

三毛倒转他手里的甩棍，用甩棍的尾部当成锤子猛砸铁板，但除了在铁板表面留下几个浅浅的划痕之外，没有任何可见的效果。

"等等！"道长突然一声断喝，"你们不觉得奇怪吗？"

"什么奇怪？"我狐疑地转过脑袋看着道长。

"费尽心思花这么大的力气挖这个洞，然后又用这么厚一道墙给封回去，到底是为什么，你们看这道墙有多厚？"道长比着门洞里凹陷的厚度，"足足半米多！他们很可能是怕里面什么东西跑出来？"

"也许是日本人战败撤走的时候封的，不想落到中国人手里。"我说。

"那不是应该把整条坑道都炸毁吗？方便又一劳永逸，犯得着在这地底深处花大力气砌一道墙？"道长反问了一句。

"啊呀！这都什么时候了？"正在我哑口无言的时候，三毛突然大吼一声道，"别犯书呆子气了好不好？也不看看后面老虎都快追到脚后跟了？前面就算是火坑也得往里跳！"

"对啊，现在后有追兵，只有这华山一条路……"毛头以一种类似京剧唱腔的语调喊道，"我看小日本就是在这儿盗墓，当年战败了，匆匆忙忙在这儿砌一堵墙想着以后继续来挖呢，上面那个研究所就是现在的日本人搞的，盖起来就是为了掩盖下面的盗洞。"

"我靠，我怎么觉得你小子越说越有道理？"三毛打了毛头一脖拐，把毛头扇得向一旁跟跄了好几步。

三毛自己双手扶着门洞，抬起脚朝着铁板猛踹，铁板被踢得咣咣直响，但还是纹丝不动。

"等等！"道长又是大喝一声。

"又怎么了？"三毛的一条腿抬在空中，硬生生止住动作，像是要抬腿撒尿的狗一样停在空中。

"你们刚才谁用刀砍过这里？"道长指着门洞下方道。

我顺着方向看去，只见那里有一道浅浅的白色刀痕。我们三人互相看了看，同时摇头。

"这痕迹是新的，看起来没几天。"道长蹲下身，摸了摸刀痕说。

"哎，你管他是新是旧，现在逃命要紧！"三毛急躁地说着，又去拉道长的后脖颈。

"等等！"道长一手伸过肩膀张开五指挡住三毛，然后继续俯下身，双手在铁板上慢慢摸索起来。

"啊呀，我说你摸来摸去摸鬼呢？"三毛在道长身后急得团团转。

"道长！"我听到身后的甬道里传来一些零零星星的声响，知道是那些"活死人"已经追近了，忍不住也出声催促。

"等等！"道长突然用肩膀顶住铁板，用力大吼了一声，那铁板发出一阵让人牙酸的声音，竟然向一侧开了一条缝。

"这是移门！"道长哈哈大笑着说。

"好你个老小子！"三毛也是大喜过望，蹲下身子去帮忙拉铁板。

这时我们背后的甬道里突然传来哗啦啦一阵巨响，好像是什么器械被碰倒在地，我连忙回身用手电照去，只见第一个"活死人"已经出现在了手电的光斑之中，离我们只剩下二三十米的距离。

"快快快！"毛头失声大喊。

"道长你走开！"我一把拉开道长，把手电塞在他手里，自己弯下腰开始用力拉铁板。

这时铁板已经被三毛和道长拉开一条不到一指宽的缝，我一蹲下，就感觉一阵热风从缝隙里吹出来，好像门里边烧着一个大型的锅炉一样。但现在的形势根本容不得我细想，唯一的出路就是把铁板推开逃命。

这铁板内部大概已经完全锈死，而且光秃秃没有任何可供抓手的地方，我和三毛拼了命，费了九牛二虎之力总算把它拉开一条可以插入手指的缝隙。有了借力的地方之后就快了，毛头把整个身体匍匐在地上，抓着铁板边缘加入进来，三个人六只手合力，终于把铁板慢慢地推开。

"行了行了！"道长在我们身后大喊，"能钻过去就好，一会还得关上呢。"

我只顾着用力，经道长这么一提醒才抬头看，只见铁板不知不觉间已经被我们拉开了一条可供一个人侧身通过的缝。我再扭头一看，只见那些"活死人"已经离我们只剩十几米远了。当先的一个穿着白大褂，眼窝深陷，腮帮子上可能是挨了一枪，破了个黑乎乎的大洞，旁边是半排白森森的牙齿。

我感觉自己全身的汗毛一下子全竖了起来，失声大叫道："快走快走！"当先把头探过铁板挤了过去。

没想到另一边地势陡然低了半截，我刚滚过门洞，便觉得身下一空，紧接着便扑通一声摔进了水里。

我只觉得周身一烫，感觉自己像是掉进了开水锅里，忍不住惊叫着扑腾了几下，但马上便发现水位不过刚刚没过我的膝盖，水温也不过泡澡的温度，虽然烫，但不至于不能忍受。

这时门洞处手电光闪烁，毛头也大呼小叫地钻了过来，我赶紧上前，发现门洞后面其实有几级台阶，我刚才动作太急，一下子滚过了台阶，直接落到了下面水潭里，我爬上台阶把毛头接过来，然后是道长被三毛推着挤进来，三毛最后进来，头刚伸进来便大喊："快，快把门推回去！"

我向他身后一看，只见那脸上破了个洞的"活死人"已经近在咫尺，吓得赶紧用力推铁板，好在铁板拉开过一次以后原本锈死的地方略有松动，推回去比拉开省力多了，等三毛完全过来之后，我们一起合力，终于"砰"的一声把铁板推回原位。

"这是什么地方？"三毛喘了几口气之后说道，"他妈的哪家桑拿房吗？"

我从道长手里接过手电筒，向里面照去。

"靠！"我和三毛不约而同地骂道。

道长咧着嘴直抽冷气。

毛头咕咚一声咽了一口唾沫说："我早说了嘛……"

水潭之上水汽氤氲，水雾成团地围绕在我们周围，手电光射入其中，就像大雾天开远光灯行车，变成一团团的光雾，不过我们的视线还是透过雾气的缝隙，看到水潭正中卧着一口巨大的棺材。

"我说哥几个……"毛头又轻声说，"这回咱们发了……这棺材这么大，里面得有多少金银财宝陪葬啊！埋地下这么深，肯定是什么皇帝的墓吧？我说是秦王陵，秦始皇下江南的时候修的……这么大一棺材，也就他了……"

"这不叫棺材。"道长突然出声道，"这叫棺椁，里面像俄罗斯套娃一样还套着好几层，最里面那层才叫棺材……确实是古代王公贵族才有的墓葬规格……"

"招啊！"毛头一声怪叫道，"那就对了，咱们赶紧开棺，也不知道宝贝还在不在，别让小日本给全偷完了。"说完他"扑通"一声扎入水里，飞快地朝棺椁游去。

"哎！你别……"我赶紧伸手试图拉住他，但这潭水水深到我膝盖上方，对正常成人来说是既无法潜入水中游泳，又不能蹚水走路的深度，但对毛头这么矮小的小孩身材来说就正好合适，我一把没拉住，自己还打了个趔趄差点摔倒。

我怕他有闪失，只好跟上，穿过一团团的浓雾，我看到那棺椁像幽灵似的浮在水面上方，在扰动的浓雾之中，竟像是在浮空飘动一般。

　　"嘿，这家伙是啥玩意儿做的？该不会是金子吧？"毛头的声音和"咣咣咣"的金属敲击声从前方传来。

　　"别乱动！"我和道长三毛几乎是异口同声地大喊。

　　但话音刚落，我们脚下突然传来一阵隆隆的响声，我们脚下的池水也突然翻滚、旋转起来。

　　"怎么回事？"我惊慌地问。

　　"水！"道长说，"排水了！"

　　果然，没一会儿之后，水面上出现一个巨大的旋涡，就像是有人按下了抽水马桶的开关，水位迅速地下降，仅仅一两分钟的时间，这潭池水竟然在我们面前消失得无影无踪。

　　整个水潭都暴露出来，水潭底部在手电光的照射下反射着一种墨绿色的光泽，那是厚厚的青苔。这些青苔下面似乎有一个非常深的洞，我们可以听见水流的声音在不停地离我们远去，片刻之后便轻不可闻，到最后悄然无声，石窟里变得无比安静，我甚至能听见自己砰砰砰的心跳声。

　　"这……"我艰难地咽了一口唾沫，完全被眼前的超自然现象惊呆了，想说点什么却不知道从何说起。

　　潭水消失，热气也跟着消散了许多，视野清晰起来，原来那棺椁下面有一个巨大的高台，高台长期被水浸，变成如潭水一样的青黑色，跟水面融合在一起，以至于刚才看起来棺椁像是漂浮在空中一样，毛头正站在高台之上，棺椁旁边，一手高举着定在空中，傻傻地看着我们说："你们是不是碰上什么机关了？"

道长这时候却来了精神，像是只刚出洞的老鼠一样，东看看西摸摸，最后走下水潭，在水潭底部观察了半天，还捞起一些青苔仔细地闻了闻，然后他上岸点点头说："这应该是一口间歇泉！"

我一下想起以前在 Discovery 看过的纪录片，那些火山活动频繁的区域，经常会隔几分钟就喷发一次的泉水。

"难怪这水这么烫，原来是温泉。"我说。

道长点点头说："这里应该有一条非常大的地下河流直通大海，因为潮水返涌的原因，造成了水位差。也许今天刚好是什么大潮日，让咱们给赶上了，不然这里应该是没有水的！"

"管它是什么泉，咱们先开了棺再说……幸好我带了这个……"毛头突然从他的包里翻出一只扎得严严实实的塑料袋，从袋子里拿出四根白色的短棍，我仔细一看，竟然是四根蜡烛。

"三位爷……规矩你们肯定比我懂，一会儿开棺，还得您哥几个打头阵。这帝王墓里，肯定机关重重，说不定还有'血尸粽子'。我入行浅，不懂的地方，您多教教我。"毛头一边说着，一边往棺材的四个角落放蜡烛。

"对了道爷，您见多识广，来瞅瞅这到底是哪位皇帝的墓？"毛头在棺椁四角点好蜡烛，朝道长问道。

道长早已按捺不住好奇心，听毛头这么一说，连忙紧赶两步登上高台去看那棺椁。他围着棺椁走了两圈之后，突然整个人都呆了，嘴唇也哆嗦起来，眼睛里散发出狂热的光。

　　这时候我才发现棺椁上有一些细密的花纹，我站在道长身后，随着他的手电光一点点地跟着看。只见这棺椁四周刻着一圈螺旋形的几何纹饰，我认出那是饕餮纹，在商代和西周早期应用得非常多。

　　难道这棺椁是周朝之前的东西？我心里嘀咕着。随着道长的手电不断地移动，那饕餮纹显得更加的繁杂起来，像迷宫似的一条条层层叠叠，循环往复，就好像是整个纹饰都由一条线衍生出来一般。

　　我想起这饕餮纹又叫兽面纹，饕餮是一种人们臆想的猛兽，非常的贪吃，馋起来会把自己的身体都吃光，而古人在器皿上刻上这种纹饰，也有天道循环、绵绵不尽的寓意。

　　这不就是衔尾蛇吗？想到这里我突然心里一动，想起道长说过的圣殿骑士团的故事，说过那衔尾蛇也是各个古代文明经常使用的一个纹饰，难道远古文明真的是相通的？

　　我一边胡思乱想着，一边跟着道长的手电光观察着棺椁上的花纹，手电从周围往中间移动，我冷不防看见一张脸正直勾勾地看着我！

　　我吓了一跳，赶紧再凝神细看，这下看清楚了，原来棺椁中央是一张浮雕的人脸。我想起商周时期人脸装饰纹确实比较常用，有个国宝级的青铜鼎就是人面方鼎，这让我越来越确定这具棺椁起码是周朝之前的器物。

但是再细细一看，这张雕刻在棺椁中间的人脸，越看越别扭，只见这人脸上半部分跟一般人无异，头上有冠，额头宽阔，双目炯炯有神，但到了下半部分，口鼻处，却诡异地向外突起，变成了牲畜一样长长的吻部，怎么看怎么像一只狗！

我正纳闷呢，这帝王的墓，见过往上面刻龙刻凤，刻狮虎、刻毒蛇，刻各种猛兽的，可从来没见过也没听说过把狗刻在自己棺材上的！要知道古代，对于礼仪是有一套异常严苛的规矩的，特别是王侯将相，他的继位、婚配、死亡都要按照他的品级、爵位来办，丝毫马虎不得，如果一不小心弄错了，哪怕只是小小的花纹，可能就是僭越之罪，严重的可是要抄家杀头的！所以古人说"礼不下庶人"，指的并不是对普通老百姓不用尊礼，而是这套礼仪太过繁杂、严苛，老百姓不需要严格遵守而已。

"徐偃王……这是徐偃王……"道长突然哆哆嗦嗦地低声嘀咕起来。

"什么？"我一时没听清，追问了一句。

"你的GPS呢，手机也行，快拿出来我看看！"道长忽地转身，也不回答我的话，只是急切地问，就差没动手抢我的包了。

"不知道有没有被水泡坏……而且这地下，也没信号啊"我见他问的急，连忙卸下背包，从包里掏出GPS，按了开机键，发现虽然能开机，却是真的没信号，而且我们二人的手机也九一辛兔，都泡了水开不了机了。

"嘿，这里还能有信号！"毛头突然高高地举着他的手机赞叹了一声。

"你的手机怎么没泡水？"我奇怪地问道。

"从城里出来就用防水袋包上了，我想这不是要盗墓吗？在地底下走，难免进个水啊沙啊什么的。"

我们都无奈地摇头，道长从他手里接过手机，我看了一眼，发现果真信号是满格的。

"应该是上面的研究所……他们的设备好，信号强！"三毛指了指头上说。

我心下了然，看着道长打开手机，又调出手机上的地图软件，地图慢慢出现，一枚大头针钉在地图上的中心点，代表了我们所在的位置，道长用两个指头放大地图，地图清晰地显示，我们正处在三省交界的地方，道长细细对比了一阵子之后，喃喃地说道："我就知道……"

"什么？你就知道什么？你倒是说明白一点！"我不满地大声说道。

"虺龙石窟！"道长放下手机，看着我们轻轻地说，"这里是虺龙石窟！"

我一听愣了，虺龙石窟是虺龙县的一个著名旅游景点，号称"世界第九大奇迹"，是一系列巨大的地下石窟群，也是至今被发现到的世界上最大的古代地底人造建筑。而它的功用，到底古人挖掘出这么大的地下石窟是干什么的，到现在还是众说纷纭，没有定论。我曾经去过虺龙石窟旅游，那些气势恢宏的地下石窟跟眼前的空间确实非常像，也有这样的大石阶，甚至底部也有跟这里的水潭一样的石池！

"道长你说啥呢，虺龙石窟，那不应该在虺龙县嘛？怎么跑这儿来了？"还没等我追问，三毛抢先问道。

道长伸出手上的手机，指着上面的地图说道："我们刚才在山里绕来绕去，其实已经离虺龙县不远了，再在这地底下跑了半天，就离得更近了！"

道长放下手机继续说："明面上的虺龙石窟只有五个，也就是景区对外开放的那几个，还有已经探明，没有对外开放的石窟还有 25 个，而我曾经加入过一个业余的石窟研究组织，根据他们的估计，在这片地方，大概会有不下 70 个石窟，这么庞大的石窟群，延伸到距离核心景区只有几十公里的地方，一点也不出奇吧？"

"虺龙石窟？……倒是离我们这儿不远。可不是说虺龙石窟是外星人造的吗？怎么还会有口棺材在这里？"毛头抓着后脑勺纳闷地说，完了又指着棺椁惊叫一声，"啊！难道这是外星人的墓地？这里面葬的是外星人？难怪，这上面刻的一点都不像咱们，感情压根就不是人！……这里面，该不会有个外星'粽子'吧？"

"不是……不是……"道长苦笑着摆摆手说，"如果我没猜错的话，这个应该是倏偃王的墓！"

"徐偃王？"我们三人都没听说过，异口同声地发出疑问。

"对！"道长把手机还给毛头，走到那棺椁前指着那诡异的狗脸人，"徐偃王是西周时期徐国的国君，是个非常神秘的人物。"

果不其然！我心里暗忖自己刚才猜的没错，这棺椁果真是商周时期的东西。

道长笑了笑又说："这个徐偃王，传说他出生的时候，没手没脚，面目不清，就是个肉球，他的父亲认为这是个不祥之物，就把他拿到水边扔了，可他家的看门狗不知道怎么回事又从水边把他给叼了回来，并且把外面的皮给咬破，里面竟然出现了一个男孩！"

"这条狗名叫鹄苍，后来成了徐偃王的守护神，也成了徐偃王家族的图腾。据说它是龙变化而成的，传说中在它快死的时候，它的头上生出了角，屁股上长出九条尾巴，'虺龙'这个地名可能也是因此得来的。"

道长伸手摸着棺椁上的狗脸继续说："纵观中国历史，除了徐偃王，就没有其他的名门望族有崇拜狗的说法了，这应该就是他的墓！"

听到这里，我心中一动，朝道长问道："可你刚才说这徐偃王是古徐国国君，我没记错的话，这古代徐国，应该在现今的徐州一带，差不多是山东和江苏的交界处，怎么他的墓地会在这里呢？"

"你说的没错。"道长点点头，又说，"古徐国确实在徐州附近，在西周的时候，政治经济中心一直在黄河流域，今天的陕西一带，徐国已经属于偏隅，按当时的说法，属于'东夷'。"

"徐偃王所属的徐戎部落，是东夷中的盟主，原本国力就比较强大，徐偃王的父亲死后由他继位国君，因为治国有方，国力蒸蒸日上，大为强盛！后来竟发展到周边小国不知有周室、只知有徐国的地步。史书记载当时有'方五百里，三十有六国'都向他朝贡，这自然引起了周王朝的警惕。加上对他点石成金的法术的觊觎，到后来便找了个逾制的罪名出兵讨伐了。

"徐国虽然国力强大，但跟当时正是春秋鼎盛的周王朝自然无法抗衡，马上便兵败灭国，徐偃王也弃国出逃。历史上对他的逃亡去向一直存在各种争论，其中之一，便是逃到了这里，建造了这些地下洞窟，用以藏兵、藏粮，以图东山再起。"

道长说到这里，顿了顿，笑着摇了摇头说："真是想不到啊！原先在虺龙石窟的各种猜测中，我觉得关于徐偃王的猜测是最不可能的，甚至不如外星人建造的说法靠谱，但今天事实摆在眼前，却是不由得我不信。"

"可是……"我看看四周，这个巨大无比的地下空间，有些疑惑地问道，"按道理，徐偃王是个亡国之君，怎么可能还有这么大的力量，建造这样的地下建筑呢？这么大的项目，按照当时的生产力水平来说，几乎是不可能完成的任务吧？如果是整个周朝，用举国之力建造，还有那么一丝可能，他徐偃王一个流亡的草头王，哪里来的人力和财力造这样的工程？"

"那是另一个神秘的传说了。"道长神秘的一笑，"据说徐偃王天生便有三只眼睛，额头上有一只竖生眼，不能视物，但却有点石成金的功能，史书记载，'其状偃仰'。偃王因此得名！"

道长说了这么久，似乎有些口干，拿出自己的水杯抿了一小口，又说道，"传说中，这徐偃王有一些非常手段，会邪术，所以他又有个外号，叫'妖王'！"

"呵呵……"一旁的三毛闻言嗤笑了一声，讽刺道，"三只眼？还带一条狗，那不成二郎神杨戬了？"

道长不以为意，反而点点头说："古代封神榜中关于杨戬的传说，现在很多学者都分析原型来自徐偃王……呃，还有哪吒，也是来源于他！"

我一想，可不是吗，这哪吒出生时也是个肉球，也被父亲视为不祥之物。

这时毛头实在按捺不住，出言问道："我说道爷，您说了这么多，咱什么时候开棺啊？"

此时别说毛头了，这徐偃王被道长说的这般神秘莫测，连我也是心痒难耐，恨不得马上打开棺椁看看他到底长没长三只眼。

就在这时，我突然感觉眼前光线一暗，我以为是谁的手电电池用光了，正想提醒大家轮流，一次只开一盏手电，以节约用电。头一低，却看见毛头傻愣愣地偏着头看着一个方向，我顺着他的视线看去，只见原本点在棺椁四角的蜡烛，此时灭了一支，正袅袅地冒着白烟！

"这……这……"毛头哆哆嗦嗦地说道，"咱们还没开棺呢，怎么就给吹了灯了？"

"你们谁动了？"我奇怪地问。但三毛和道长都瞪大了眼珠子连连摇头，一副不可置信的样子。

我伸出手，想试试有没有风，但这个密闭的空间里根本连一丝空气的流动都感觉不到。

"也许是刚才蜡烛被浸湿了吧。"我这时只是略微有些奇怪，也没往恐怖的方面去想，但紧接着，一阵"格格格格"的声音忽然响起来！

这声音来得如此突然，在这极其安静的地下显得如此清晰，甚至有些刺耳。

"格……格……格……格格格……格格格……"

我一下子觉得毛骨悚然起来，这声音不正是那个电话里用摩斯密码告诉我们这个地方经纬度的声音吗？

而且这声音的来源……非常清晰，就是从我们眼前这座巨大的棺椁里传来的！

我不可思议地看看道长，发现他也是脸色铁青，连一向神经大条的三毛也是微张着嘴，满脸惊恐。

"这这这……这……道爷说的徐偃王，怕是有上千年了吧？这怎么就变成了'粽子'？"毛头吓得牙关咯咯作响，颤抖着说。

我心道一声西周可是距今有三千多年了，这要是真的徐偃王的僵尸，可真是千年老尸了！

道长伸出一只手，示意我们别说话，他深吸了两口气，似乎是在强行按捺自己的恐惧，然后又侧耳倾听了一会儿。

"格……格……格……格格格……格格格……"

声音还是在持续不断地响着，而且明显就是棺椁中有人……或者什么怪物在敲击。

"还是 SOS ！"道长听了一会儿之后，抬起头说，"怕是有人困里面了！"

我跟着仔细听了听，确实是三长三短，这也就意味着里面绝不是什么妖王僵尸，我无论如何也不相信一个几千年前的怪物还能懂得摩斯密码！

是不是 Maggie Q？我心里暗忖，刚想提议是不是把棺盖打开看看，冷不防光线又是一暗，我低头一看，蜡烛又灭了一支！

"啊！"毛头大喊一声，瞪圆了眼睛直勾勾地看着那支熄灭的蜡烛，"我看到了，这里面根本就没风，这根蜡烛突然就一阵晃动，就像是被鬼吹了一口风，就这么自己灭了！这是祖师爷在警告咱们呢，这棺材里的'粽子'厉害，咱们惹不起呀！"

我被毛头这一吓，也觉得浑身起了一阵鸡皮疙瘩，而棺椁里的"格格格……格格格……"的声音还在不停地响起。

怎么办？要不要开棺？我心里举棋不定，看看道长和三毛，二人也是一脸迷惑。正在此时，下面的水潭处突然又传来一阵水声。

我转过头拿手电筒一照，只见那水潭底部的洞里，又开始往外汩汩地冒水。

"怎么？你不是说这地方应该没水的时候多吗？"我问道长。

"奇怪……"道长挠挠头说，"按理说，不应该这么快涨潮啊……难道是……"

"难道什么？"我追问道。

道长似乎有些不敢相信地摇摇头说："我曾经在某本古书中见过一种阵法，说是古人能按照每月的潮汐涨落，严格计算，开凿出若干水道，而这些水道，会根据各处水位的不同，互相连通或者阻断，最终的目的便是，每隔一个固定的时间，比如一个时辰，便会借潮汐之力，往水池中注入清水……差不多就是古代的钟表了。我当时看的时候，只觉得神乎其技，好像只存在理论上的可行性，可这个……似乎有点像那个阵法！"

"以水为钟？"我喃喃地问了一句。

"嗯……"道长点头说，"一边的潮水涨起来，水流就会流向另一边，等潮汐落下，另一边的水位高了，因为重力差的原因，积水就开始回流……但说起来容易，实际操作却非常复杂，首先要精确地计算潮涌时间，然后根据潮涌开凿水道，因为潮涌的时间各不相同，需要连通好几条地下河。"

"这得多难？"三毛惊叹一声，"这皇帝老儿也是吃饱了撑的，这地底下，黑咕隆咚的，又没人看，弄个钟干吗？他难道还想按时上朝啥的？"

道长摆摆手说："徐偃王不是皇帝，只是个诸侯国君……"

"嗨，那不一回事嘛！"三毛满不在乎地说。

道长摇摇头，继续说："古人对自己死后的世界看得可比活着的时候还重要，特别是王公贵族，认为自己死后是要升天的，这时辰是最重要的事，可是一丝一毫都不能搞错了！"

既然这水是计时用的，现在便对我们没什么害处，我本想喊三毛和道长别看了，还是回来想想要不要打开棺椁的盖子要紧，可话还没说出口，就听见一阵让人毛骨悚然的呻吟声突然传来！

我吓了一大跳，以为那"黑白无常"终于钻过水洞追过来了，赶紧重新抄起贝尔求生刀。可是盯着瀑布看了好一会儿，却迟迟不见它们出来。

"我靠！在那里！"毛头突然一声惊呼，用手猛指水潭底部，我循着线路一看，不禁倒吸了一口凉气！

只见水潭底部的洞口，这时正缓缓地冒出一个人头！

这人头漆黑，满头满脸的全是淤泥，我们甚至分不清他的口鼻五官，他从水洞中被水流推着，一边呻吟，一边缓缓现身，就像是地狱冒出来的猛鬼！

这面目狰狞的恶鬼一冒头就看见了我们，盯着我们开始不停地嗥叫，很快他便冒出了半个身子，他的双手刚一得到解放，便朝我们挥舞着，似乎我们是什么金银财宝或者绝世美味一般。

很快，就像是一条蛇吐出它囫囵吞下的猎物一般，这个浑身漆黑的恶鬼也被水洞完全地推涌出来，紧接着，就像是生产双胞胎一样，另一颗人头又开始在洞里冒出来！

"'粽子'……这么多'粽子'……"毛头牙关咯咯颤抖着说，"早知道'鬼吹灯'不是好兆头……"

水洞像是玩大变活人魔术一样，一个接一个地往外吐着这些怪物，转眼之间，已经吐了十来个出来。幸运的是，这些怪物似乎是被水泡久了，一个个行动非常笨拙，尤其是在水里，根本连站也站不起来，只是挣扎着向我们爬过来。

这时我慢慢看清楚了，这些人身上虽然涂满了黑色的淤泥，大多浑身赤裸，皮肤像是被硝过的皮革一样蒙在骨骼上面，但仅有的几个衣衫褴褛的活死人身上，赫然穿着破烂的军服，头上戴着带"屁帘"的军帽，看样子竟然是几十年前侵华日军的装扮。

"这……这……这可怎么办……"道长也是哆哆嗦嗦的，话都说不完整了。

我心急地四处张望，想找个地方避开这群活死人，可是这石窟四四方方，除了我们进来的那个门洞之外，再没有其他出口。

这时那群怪物越爬越近，当先的几个已经逼近了高台，摇摇晃晃地站直了身子，张牙舞爪地向我们逼过来。他们的身体大概经过了长期的水浸，每个都肿胀发白，脸肿得跟猪头似的，有几个脸上应该被子弹打中过，伤口向外翻着，伤口的血已经流尽，泛着死灰色，像是泡发的海参。

"×！"三毛又甩开他的甩棍，骂了一句，就要往前冲。

"别冲动！"我一把拉住他。这时爬到岸边站立起来的僵尸已经有十几个，而那水洞还在不停地往外吐着，按这个势头，我们不可能靠一条甩棍几把小刀就能把它们弄死。虽然这个时候我还不能确定这些东西会咬人，并且有传染能力，但本能地觉得这些东西非常危险，应该避而远之为好。

"那你说怎么办？"三毛怒吼着，喘着粗气不甘地说。

这时，那棺椁里的敲击声突然重起来，而且没有了"格……格……格……格格格……格格格……"的规律的提示音，那里面的东西，像是也知道外面的情况，变得暴躁起来。

我看看棺椁，又回头看看不断逼上来的感染者，心里突然一动。

"她是在提醒我们！"我突然明白过来！

"什么？谁在提醒我们？"三毛吼道。

"她！"我指着棺椁说，"快，打开棺盖，我们躲里面去！"

三毛闻言一愣，但转头看看那些感染者，走得快的已经上了台阶。

"他娘的！不管了！"三毛大吼一声，拉着我回身就跑。我们二人跑到棺椁跟前，抓着棺盖用力推动，这时道长也加入进来，在三人的合力之下，棺盖开始缓缓移动。

棺盖发出沉闷的响声，从一条缝隙慢慢扩大。由于棺椁整个比我的身高还高，打开棺盖，高度也跟我的脑门齐平，所以我压根看不到里面是什么样子，等我们推开一半，已经完全可供人进出，刚想踮起脚看看里面长啥样，我突然感觉手上一凉，一只干枯惨白的手不知道什么时候从棺盖的缝隙里伸了出来，正抓在我的手腕上！

第五章

神秘的点金石

我被吓得差点心脏骤停，大叫着疯狂甩手，想把那只手甩脱，可那手力气很大，像是钳子一样牢牢抓着我，我觉得一阵剧痛，腕骨都快被捏碎了。

这时我听到一阵支支吾吾的女人发出的声音，我心中一动，连忙不再挣扎，顺着抓着我的手，踮起脚尖一看，果不其然，Maggie Q 正侧着身，脸朝下塞在棺椁之间的缝隙里。

我赶紧和三毛一起把她拉起来，Maggie Q 显然已经在棺椁里卡了很长一段时间，脸色苍白而虚弱，但此刻我们也没时间问她为什么会如此狼狈。Maggie Q 也是刚坐起来，就招呼着我们继续打开里面套着的内层棺椁，我们打开第二层棺盖，把它丢在地上，紧接着第三层棺椁又露了出来。

我们继续打开第三层棺盖，里面却是再没有第四层了，按照当时的殡葬大礼，天子棺椁为四层，诸侯君王是三层，看来这徐偃王还是没把自己当成皇帝天子，行的还是诸侯王的礼数。

我本以为这最终的棺材里面会有至少一具枯骨，还有各种腐烂成泥的衣物之类的陪葬品，但一开之下，却没有我想象当中的恶臭扑面而来，我手电光稍微一扫，只看到正中间有个盒子模样的东西，其余的空空如也。

"快进去！"Maggie Q朝我们连声呼喝。

我扭头一看，只见那些活死人已经走上了台阶，最近的离我们只有咫尺之遥。我连忙双手攀住棺椁最上沿，一个耸身，爬了上去。

"接着！"三毛把毛头抱起来，高高地举过头顶，我双手接过，把他扔进最中心的棺材。然后抓着道长的手把他拉上来，这时三毛也自己爬了上来，我们都进入了最中心的棺材。接着，我们抓住最外层的棺盖，奋力把它给重新合上。

我听到外面噼里啪啦的一阵响，虽然我们身处最内层，但也感觉到棺材壁一阵震动，我知道是那些活死人撞上了棺椁。

我们蜷缩在棺椁里面，大气也不敢出，好在这具棺椁足够沉重，虽然动静很大，却没有半分的晃动，我这时才吐出一口气，放下心来。

这棺材空间很大，我和Maggie Q坐在一边，三毛和道长坐在我们对面，这样面对面坐着，却连各自的膝盖也碰不到。毛头坐在一端，我们就像是围着一张西式餐桌吃饭一样，只是大家都面色惨白，惊魂未定。

"我们不会被闷死吧？"毛头突然说道。

我转头看看旁边的 Maggie Q，她只是缓缓地摇摇头。我自己仔细感觉了一下，觉得这里面看起来密封，却没有非常憋闷的感觉，我伸出手在各处试探了一下，发现棺材的角落里，有一些若有若无的凉风吹进来，我用手电照了照，看到角落里有几个细小的通风口直通外面。我一下反应过来，刚才的"鬼吹灯"，一定是因为这几个通风口，内外空气因为温度不同产生了气压差，造成了空气流动，吹灭了蜡烛。

我又问 Maggie Q 为什么会一个人陷在这里，她沉默了一会儿才简短地做了回答。

原来 Maggie Q 因为调查活死人事件来到了这里（关于她到底在调查什么，就算我一再追问，她也不给我正面回答），然后跟我们一样误入这个石窟。而这个石窟里，当时布满了那些活死人，她情急之下就打开棺椁翻了进去，却没想到里面还有一层，然后就跟我们当初看到的一样，被不上不下地卡在了两层棺椁之间，虽然她靠露在上面的一只手，单手盖上了棺盖（我刚刚见识过她的力量，相信她绝对靠一只手就能拖动那个死沉死沉的棺材盖），但却从此动弹不得。她摸出手机想求救，却不料一个没拿稳，手机掉到下面缝隙里，她只能用一个手指的指尖碰到手机屏幕。好在她设置了我的快速拨号键，在摸索着拨通了我的号码之后，因为怕发出声音让外面的怪物听见，只能用手轻轻敲击棺椁内壁，发出求救摩斯密码。

Maggie Q 回答的语气非常平淡，仿佛这事是发生在别人身上一样，但我们听完都不禁动容，从我收到求救电话到现在，已经差不多过了两天两夜的时间，这么长的时间，她被上不着天下不落地地卡在这么狭窄的一条缝隙里，那种难受可想而知。

我叹了口气，从包里拿出几条士力架，跟我的水杯一起递给 Maggie Q。她接过食物，先是抿了几口水，然后撕开士力架，小口吃了起来，看起来一点也不像饿了两天的人。

"哎，我说，咱们怎么出去啊？" Maggie Q 正吃着呢，毛头开口问道。

这时外面那些家伙还在不断地推挤、拍打着棺椁，那些瘆人的呻吟声听起来让人一阵阵地起鸡皮疙瘩。我听到毛头的话，心里也是一阵黯然，这 Maggie Q 是找到了，可是我们也被困在了这个绝地，似乎没有一丝逃生的可能了。

"为什么刚才我们下来的时候，没有僵尸？" 道长朝 Maggie Q 问道。

Maggie Q 慢条斯理地咽下嘴里最后一口食物，又抿了一口水，把水杯递还给我，一边回答道长："它们好像有时间限制，每隔大概两个小时就会消失，然后再过几个小时才会出现，我刚进来的时候怕发出声音引得它们围住这棺椁，所以没敢跟你们通话，其实完全没这个必要，但后来手机又没电了。"

"哦……"道长点点头，过了一会儿又说，"一定是跟这个时钟大阵有关，大概是水退的时候，另一边有什么东西吸引了这些僵尸，所以每次一到时间，它们都重新下到水潭，随着水流卷到另一边去了。"

"可从这棺材里出去有啥用呢？"毛头又说，"外面那石窟也没个出口，咱们还不是照样困死？"

众人听了又是黯然不语，沉默许久之后，我把自己的手电一关说："还有两小时，咱们得节约一下能源，先休息一下。"

众人都点头称是，都把手电关了，棺椁里面顿时一片漆黑。我们都不说话，彼此的呼吸声清晰可闻，沉默了一会儿之后，三毛突然开口说："这棺材里怎么是空的啊？"

我心里一动，想起刚才跨进来之前那随意地一瞥，好像看到里面有个四方盒子的，这会去哪儿了？我打开手电，四处照了照，但棺材里一览无余，空空如也，哪来的盒子？！

我以为自己记错了或者出现幻觉了，不住地挠头四下张望。

"阿源，你干吗呢，找啥？"三毛和道长见我如此，都出声问。

"刚才我把毛头抱进来的时候，好像看到里面有个盒子，这会怎么不见了？"

"盒子？"三毛和道长异口同声地惊呼一声。

这时就显出专业和非专业人士的差别来了，道长跟我一样，也是打亮手电摸摸索索地四下搜寻，可三毛却把手电光直接射向了毛头。

"哎呀……三……三哥，您这是干啥？咱有话好好说……"毛头用手挡住手电光，一边讪笑着说。

这下连我都听出问题来了，三毛一把抓住毛头的衣领，猛地往上一提，毛头的脑袋砰的一声撞到棺盖上。

"三爷饶命！"毛头捂着脑袋不住求饶，"有事好商量，好商量……"

"东西呢？"三毛暴喝一声。

毛头用他那婴儿般的小手指了指他身下的背包。

"你小子，敢在你三爷眼皮底下使么蛾子？"三毛还是不依不饶地抓着毛头的脖子，把他顶在棺材壁上，另一只手把背包扒拉给道长。

道长一样一样地从背包里往外翻东西，两本《鬼吹灯》，几根蜡烛，一柄匕首，一串铜钱，一个葫芦……

"这是干什么的？"道长拿着葫芦纳闷地问道。

"辟……辟邪的。"毛头被三毛压着脖子，脸色都发青了。

"算了算了。"我拍拍三毛的手。

"哼！这次且饶了你，下次手脚再不干净，看爷怎么收拾你，也不看看爷是干吗的！"三毛放开毛头，毛头顿时委顿在地，不住地喘粗气。

"费那劲干吗？"三毛见道长还在毛头那跟他人差不多大的背包里东掏西掏，过去一把抓过背包，开口朝下，把包里的东西全抖了出来。

哗啦一声，东西散落了一地，最后从包里滚出一个书本大小的扁盒子来。

这盒子颜色漆黑，看起来非金非木，不知道由什么材料制成。

道长奇怪地"咦"了一声，正想伸手去拿盒子，不料一旁的Maggie Q飞快地一伸手，抢先把盒子抄在了自己手里。

"照着点亮。"Maggie Q用命令的语气对我说。

我连忙把手电光移向她手里的盒子。

Maggie Q把盒子拿在手里上下左右看了看，这盒子是个上下盖套盒，既没有钥匙孔也没有锁，Maggie Q扣着上下盖子的缝隙，稍稍一用力，盒子就打开了。

所有人都按捺不住好奇心，都伸长了脖子挤过去看，盒子打开，里面白光一闪，现出一枚乳白色的玉环，我再仔细一看，只见这玉环雕刻成一条蛇的形状，而蛇头的一端，正咬着自己的尾巴！

"衔尾蛇！"我和道长都惊呼一声，Maggie Q却似乎没有丝毫意外，伸出两根指头，掂起玉环，看也不看，就塞进了自己的上衣兜里。

"欸？……哎哟！"毛头一下子跳了起来，脑袋又砰地撞到棺材盖，他疼得表情扭曲，一手狠命地揉自己的脑袋，边揉边说："我说小姑娘，这你就不对了，咱们好不容易进来倒一回斗，就碰到这么一好东西，你怎么好意思自己一个人揣兜里呢？虽然你是先来的，可这地底下的鬼货也不讲究先来后到啊，更别说咱哥儿个还把你救了呢……"

"我说源哥……三爷……道爷……"毛头又朝我们拱拱手,"刚才是我毛头不懂事,那事儿吧,确实做得不够地道,可咱到底也是出过力的不是,要不是我,你们能进得来?"

毛头又拿起那本《鬼吹灯》朝我们扬了扬说:"我可知道,这玉器价值可高了,一瓷二玉三青铜,而且小玩意,特别好出手……听说北京潘家园那边,香港客人排着队收。"

"行了行了!"我对这个一心盗墓的侏儒实在是无语,不耐烦地说了一句,"你再说盗墓什么的,小心三毛把你抓起来,他可是警察!"

毛头愣了愣,随即扑哧一声笑了:"源哥你别逗了,三爷是警察?我还国安的呢!"

我恨不得满头黑线,而三毛也是看热闹不嫌事大,也不解释,只是笑眯眯地看着我。我只得无奈地摆摆手说:"你先别闹,等出去给你钱!"

毛头这才安静下来,嘟嘟囔囔说了几句自己也不是贪财,只是家里实在困难之类的话重新坐下。

"这个……姑娘……"这边道长终于按捺不住,抓耳挠腮一番之后,略有些紧张地对 Maggie Q 说,"能不能把那个东西给我看一看?"

Maggie Q 闻言却没有丝毫的迟疑,很干脆地从衣兜里翻出玉坏递了过去。

我心道一声这姑娘看起来不苟言笑的样子，原来只是不谙世事，心地比较单纯。

道长也似乎有些意外，稍稍犹豫了一下才接过玉环，他小心翼翼地把玉环拿到眼前，仔细地观察起来。

这时候我也跟着看清楚了这枚玉环。这玉环差不多手表大小，应该是羊脂玉的质地，虽然在地底蒙尘千年，看起来却还是温润光亮。玉环通体洁白，只有那蛇头上带一点微红的朱砂沁，更显得古朴雅致。那衔尾蛇的雕工也极其细腻，连牙齿和鳞片都清晰可见，栩栩如生。

道长足足看了十多分钟，越看脸色越激动，到最后连手都哆嗦起来。

"这……真的是点金石？"道长哆哆嗦嗦地双手捧着玉环还给Maggie Q。

Maggie Q接过玉环，重新放进自己上衣口袋，轻轻一笑，微微点了点头。

道长马上倒吸了一口凉气。

"点金石？什么点金石？"我诧异地问道。

道长一下靠在棺材壁上，摘下眼镜揉了揉眉心，然后才缓缓地说道："这要从轴心时代……啊不，可能还要早，要从人类脱离蒙昧的启蒙时代开始说起……"

接着道长和Maggie Q二人联袂说出了一个让我们所有人都目瞪口呆的故事……

"在人类历史上，有四次科学界公认的文明大爆炸，第一次是人类脱离动物性构建社会体系，真正成为人；第二次是所谓的轴心时代；第三次是文艺复兴和大航海、地理大发现时代；第四次，便是我们现在正在经历的科技大爆炸时代……"道长把他的背包拍了拍放在身后，舒舒服服地靠了上去，双手环在胸前，把自己的手电关了，开始缓缓地讲述：

"大约是六百万年前，某个灵长类分出了两条分支，一条黑猩猩分支，一条人类分支。但不可思议的是，六百万年间，黑猩猩基本没发生进化，而从拉米达地猿进化到人属，至少诞生了二十种以上的人类，最终演化为现在的智人。不过这种进化并非只有一条线，而是有多条分支并行。在太古时代，地球上同时存在多种人类，但后来都被我们的祖先，也就是智人所淘汰，比如尼安德特人，甚至成为智人的食物。可是大约二十万年前出现的新人类，有十九万年都过着原始生活，为什么最近的这一万年突然就构建出文明社会呢？"

我把自己手里的手电打开，竖着放在地上，让手电光照在棺盖然后反射到棺椁各部，棺椁外的感染者还是继续拍打、推挤，让人恶心的呻吟嗥叫声持续不停，但我们完全被道长的讲述吸引了，静静地坐在黑暗中听着。

"最新的生物基因科技证实，在人类大脑的基因中，有许多提高进化速度的物质，其中有一种同大脑皮质形成有关的基因，叫作'人类加速区1'。自从这个基因在生物进化过程中出现，在三亿年的时间里，就只发生过两次碱基替换。但在六百万年的人类进化过程中，该基因却有 18 个碱基发生了变异。也就是说，在所有生物中，只有人亚科的动物，朝智力爆发式增长的方向发生了进化。

"再说轴心时代……轴心时代指的是公元前 500 年前后。这段时期是人类文明精神的重大突破时期。在轴心时代里，各个文明都出现了伟大的精神导师——古希腊有苏格拉底、柏拉图、亚里士多德，以色列有犹太教的先知们，古印度有释迦牟尼，中国有孔子、老子……诸子百家，他们提出的思想原则塑造了不同的文化传统。事实上直到现在，我们的文明内核还在遵循那个时期奠定的基础，还有现在世界上的各大宗教，全部都是起源于那个时期……

"可是，要知道那个时候人类因为山海相隔，是不可能相互之间有什么交流的，为什么会在短短几百年里，不约而同地出现这些伟大的人物呢？

"还有文艺复兴到大航海时代，这个时期虽然没我们中国什么事，但在西方，扎堆出现了像但丁、彼特拉克、薄伽丘、伽利略、拉斐尔、米开朗琪罗、达·芬奇等等，一大批伟大的科学家、文学家和艺术家。恩格斯称文艺复兴是'人类从来没有经历过的最伟大、进步的变革''是一个需要巨人而且产生巨人'的时代。可以说，文艺复兴是整个欧洲从蒙昧残忍黑暗的中世纪，转向开放、文明的现代社会的转捩点！

"可是为什么，在那个时期，这些大师们会像雨后春笋一样，扎了堆、排着队地纷纷涌现？现代人去研究达·芬奇，说他的那些手稿，完全是超越那个时代的，其中很多的理论，即使以现代人的眼光来看，也是非常的超前，甚至有人说，达·芬奇就是一个时空穿越者，是现代人穿越到古代的！

"最后是现代工业文明，它的发端也非常的诡异，从瓦特发明蒸汽机开始到现在，短短的两百多年时间，人类社会简直发生了翻天覆地的变化，而那些灿若星河的大师们，也是扎着堆出现，牛顿、玻尔、普朗克、达尔文、爱因斯坦……这些人像是从天上掉下来的一样……对了，你们见过那张照片吗？"

"就是那张第五次索尔维物理学大会的照片。"道长自问自答道，"里面有爱因斯坦、居里夫人、薛定谔、波尔、海森伯格等等，照片上的每个人在今天看来几乎都是各个学科的奠基人，在今天的课本里，就像是丰碑一样的存在，但在那时，这些人却同时出现在一张小小的照片里！"

"道爷……"这时毛头突然插嘴说，"您讲这么多，到底跟这玉环有啥关系啊？"

道长咂咂嘴回答说："根据现代一些组织的研究，每次人类文明大发展的时期，其背后都有炼金术的影子！"

"炼金术？"我不禁奇怪地道，"炼金术不是想把铅提炼成黄金的一种谬论吗？跟这玉环有啥关系？"

"不不不……"道长连声否认，"炼金术并不仅仅是提炼黄金，事实上，无论西方还是东方，都有'点石成金'的说法，但它指的并不限于纯粹物理学上的黄金，而是形容一种智慧的飞跃，一种顿悟……"

道长顿了顿然后轻轻地说了一句："就像是从类人猿一下跃升为人类……"

"那这个玉环……？"我接着问。

"应该就是传说中的点金石！"道长答道。

"点金石？不应该是块石头吗？"毛头插嘴道。

道长飞快地瞥了 Maggie Q 一眼，然后摇摇头说："点金石只是一个泛泛的说法，它可能是各种形态，但只有一点是不变的……"

"衔尾蛇？"我抢着说。

"没错！"道长点点头说，"衔尾蛇一直是炼金术里最重要的一个符号，它象征着天地轮回，生生不息，但它还是炼金术士中最核心的组织——无形学院的图腾和徽章！"

这下连 Maggie Q 都感到意外了，她奇怪地看了道长一眼，淡淡地说道："你怎么知道无形学院的？"

"从暗网看的……"道长似乎有些不好意思地说，"其实我也不知道真假……这个……"道长说到这里，又抬头看看 Maggie Q 小心翼翼地问了一句，"能说吗？"

Maggie Q 耸了耸肩，无所谓地说了句："随便。"

道长这才轻舒一口气，说："无形学院并不是一个事实存在的学校，而是那些掌握了人类核心奥义的人。传说中这些人都得到了点金石，获得了智慧上的顿悟，关于他们，世人给了很多尊称，有人称他们为贤者，有人称之为先知，所以在有些传说中，点金石又被称为'贤者之石'。

"远的暂且不说，就说近代的两位大贤，牛顿和爱因斯坦！"道长把他身后的背包调整了一下，换了一个坐姿，又说，"1666年，牛顿因为伦敦发生了大瘟疫，他为了躲避瘟疫去了乡下，然而就是在这短短的一年之内，牛顿完善了微积分，创立了万有引力定律，并且把可见光分解成了单色光！仅仅一年时间，牛顿就在数学、力学、光学三个领域做出了划时代的开创性贡献，一举奠定了现代科学的理论基础，可以说在这一年之内，牛顿凭他的一己之力，把人类带入了科技时代！

"还有爱因斯坦，一个专利局的小职员，之前连教授都评不上，可是在1905年，却奇迹般地连发五篇论文，其中就包括了最著名的相对论，短短一年之内，爱因斯坦在布朗运动、量子论和狭义相对论这三个方面都做出了开创性的贡献，这些贡献中的任何一个都足以赢得诺贝尔奖！

"所以现代物理学史，把1666和1905两个年份称为'奇迹年'！没有任何的征兆和解释，只能用奇迹来形容，有人说，他们就像是突然被上帝亲吻了一样！"

"他们俩都是无形学院的人？"三毛插了一句。

道长点点头说："应该说他们都是被点金石选中的人，牛顿原本的公开身份便是一个炼金术士，甚至因为炼金术上的成就，曾经一度被聘为大英帝国皇家造币厂的厂长。"

"这些人……都是因为拿到了那东西？……然后变聪明了？"毛头指着 Maggie Q 的衣兜，有些颤抖地说道，"那咱们……岂不是……"

"没那么简单，点金石会主动选择自己的主人，对别的人来说，只是它选择下一个贤者之间的保管者和运送者。"道长说，"也许徐偃王有三只眼可以点石成金的传说，就是从这里来的，他获得了点金石，没有获得智慧，却引来了当权者的追杀……"

"咱中国人就这么倒霉，从你说的啥时候？孔子时代开始，几千年了，就没一个被选中的？"毛头又说。

道长叹了口气说："话不能这么说，人类的历史……或者说宇宙的历史，都是以万年，甚至亿年来计数的，你觉得两千年非常漫长，但站在历史的角度，两千年却只是眨眼般的一瞬间，也许在下一个千年，被选中之人就会在东方集中出现了。"

道长顿了顿又说："甚至……有可能点金石会选中除了人类之外的别的物种，让它们突然获得智慧，从而取代人类，就像当年智人取代尼安德特人一样，只是……但愿到时候我们人类不要沦落为它们的食物……"

这时道长突然停了嘴，棺椁上的抓挠声，那些怪物的呻吟声一下变得清晰起来。我想到外面那些张大了嘴的活死人，忍不住打了个寒战，还好道长只是沉默了一会儿，又继续说道：

"而以这些贤者为中心，又围绕着很多组织，比如毕达哥拉斯会、兄弟会、锡安会、共济会……"道长又看了看 Maggie Q，顿了顿才说，"骷髅会等等，这些组织，可以说至今都把持着整个世界的命脉……这些组织并不知道自己是来自同一个源头，甚至有些彼此之间还有深仇大恨，但每个组织，他们的唯一使命便是保护贤者，更重要的，是保护贤者掌握的核心秘密！"

"核心秘密？"我奇怪地问道，"什么核心秘密？"

道长摇摇头说："没有人知道，至少不是我这种级别的人知道的，但可以肯定的是，这个秘密并不是什么好消息，而是可能会危及到人类的存亡！"

道长继续说："科学界曾经在 1936 年发现过一批牛顿的书信，这些书信显示，牛顿在研究出万有引力定律之后长达 50 年的时间里，一直在从事一项秘密研究，甚至写了 4500 多页的文稿，但是在临终前，他却把这批文稿付之一炬！在他写给现代化学之父罗伯特·波义耳的信中，他劝告波义耳在提及他们掌握的秘密时要守口如瓶，'这是不能公之于众的，否则，这世界难逃一劫'！"

听到这里，我心里突然一动，想起之前道长告诉我的关于所罗门的宝藏，以及神殿骑士团守护的秘密，便开口问道：

"这个秘密……是不是跟索拉姆有什么关联？"

道长闻言一下怔住了，半晌之后才一拍大腿说："我怎么就没想到呢？"

接着道长又皱着眉头陷入了深深的思索，一边以极低的声音喃喃自语，我凑近他的嘴边，才断断续续的勉强听清几个字——

"上帝愤怒的日子……月亮变成血红……天空中的星体纷纷坠落……羔羊揭开第七封印……大地寂静无声……"

"你说啥玩意儿？"三毛显然不满道长的神神叨叨，猛地拍了一下道长的肩膀喝道。

道长打了个激灵，抬起头，脸上满是惊慌，眼神涣散——

"圣经……启示录……都在一一应验……经济崩溃、瘟疫、地震、飞机坠落……到最后……"

"最后什么？"我追问道。

"终极的审判。死人也被审判。很多被审判的，连同撒旦被扔进火湖，第二次的死！"Maggie Q 突然插话，用平静的语调说道。

这时棺椁外面的拍打抓挠声忽然停了，那让人毛骨悚然的呻吟嗥叫声也逐渐远去，一阵哗哗的淌水声之后，突然寂静无声。

就好像从吵闹的市中心一下子穿越到了深山幽谷，棺椁里瞬间安静下来，只剩下我们惨白的脸和砰砰的心跳声。

"它们走了！"直到 Maggie Q 轻声说了一句，我才缓过神来。

我们掀开棺盖，走出棺椁，活死人已经完全不见踪影，水潭的积水也消失不见，那些怪物僵尸，就像是小时候幻想中躲在衣橱里的怪兽，一打开柜门就消失不见，如果不是满地的水渍，我真的会认为那只是自己的南柯一梦。

虽然Maggie Q说过，下一次丧尸潮涌会在水潭两次涨水之后，也就是四个小时以后才会重新出现，中间我们有充足的时间来探索出口。但是现在时间已经接近凌晨，我们一行人早已是人困马乏，食物也所余不多，手电筒的电池也不知道还能坚持多久，加上 Maggie Q 人也救到了，自然是越早离开这里越好。

我们五人马上分头寻找，这时我才发现，这石窟壁上并不是空无一物，很多地方还有各种鸟兽鱼虫的浮雕，只是颜色跟整个岩洞融为一体，在远处看不清楚而已。一番拍拍打打之后，很快，道长在一个不起眼的角落发现了端倪，他喊了一声，我们迅速围了过去。

"看这里……"道长指着他面前的一块岩壁。

我粗看了一眼，却并没有发现什么不同，颜色跟周围一模一样，也没有什么缝隙。

"这里有什么不一样？"三毛也跟我一样，还伸出一根手指头叩了叩。

"看纹路。"道长提示道。

我仔细一看，这才发现果真如道长所说，这个洞窟的石壁是由红土质沉积岩构成的，整个表面布满了弯弯曲曲的纹路，可那些纹路到了道长提示的这个地方，却发生了轻微的错位。

"就像一个高明的裁缝……"道长蹲下身子，一边凑近了观察，一边说道，"在处理袖子和肩膀接缝的时候，总会尽力去把布料的花纹对齐，但是无论手艺多高，都不可能做到浑然一体。"

道长肩膀一沉，嘴里低喝一声，往岩壁上重重一撞。

"啊哟！"道长一声痛呼，岩壁却丝毫未动。

三毛和毛头都笑出声来，三毛更是揶揄着说："啊呀我说道爷，您这是哪门子想不开啊……"

道长皱着眉头揉着肩膀一脸，一边抽冷气一边说："不应该啊……"

我蹲下身子一看，只见那原本只是纹路错位的地方，这时已经出现了一条细微的缝隙，我回头对道长笑道："你没错，只是力气太小了……三毛来，帮我一把。"

三毛赶紧蹲下，跟我一起把手按在岩壁上。

"1、2、3！"数到3，二人同时吐气开声，猛然用力，那岩壁发出咔咔两声清脆的爆响，缓缓凹了下去，然后哗啦啦地向下倒塌，露出一个狭小的洞口。

"嘿！"毛头兴奋大喊，"道爷还真有你的！"说完便一头往洞里扎去。

我连忙一把拉住他："你不要命了！"

毛头马上反应过来："哦我知道了，书里说了，这墓道千年未开，里面一定充满了污浊之气，人畜触之皆死！"

我无奈地摇摇头："你的蜡烛呢，拿一支出来。"

毛头从包里翻出蜡烛递给我，我点着蜡烛，再要过毛头的匕首，把蜡烛放在匕首上，尽量伸直了手臂，放到了山洞深处。

我们观察了几分钟，蜡烛的火苗一支没有熄灭，这说明洞里的氧气含量还比较充裕，并且火苗微微晃动，我想着洞应该是连到山腹外面，所以有空气流通。

"走！"我发了一声喊，毛头当先钻了进去，我本想让 Maggie Q 第二个进，但她却摆了摆手，示意自己殿后，于是我便让道长先进，后面我却存了个私心，想跟 Maggie Q 尽量挨得近一些，三毛似乎明白我的意思，也不多说，便跟在道长后面爬进洞口。

这个山洞似乎修建得非常仓促，极其狭小不说，洞壁也是非常的不规则，布满了锋利的岩石，一不小心便会碰个大口子，不像道长所说的是工程修建之时的进出口。

我想起古代帝王有在陵墓修建完成后，为了避免墓地地点泄露，会在封闭墓道的时候，把修建陵墓的工人一起关在里面，而工匠们为了逃命，在修建帝王陵寝的同时可能会偷偷地给自己修建一个逃生的后门，这条隧道也许就是那种后门。

我正胡思乱想着，前面顶上突然一空，一些微弱的光从头顶照射下来，隧道到了尽头。

先出去的三毛转身把我拉起来，我又拉起身后的 Maggie Q，我们站起身之后，我仰头一看，只见两边笔直的山壁直冲云霄，露出极其狭小的一线天空，原来隧道通到了一条山体的裂缝之中。

我们在这"一线天"中艰难前行，身材魁梧的三毛大吃苦头，一些地方他甚至只能侧着身，吸住肚子才能通过，虽然跌跌撞撞，却也没什么危险就走了出来。

一线天的尽头是一个山谷，两边高山林立，这时刚好是日出时分，一轮红日从山谷一端喷薄而出，把两边的山体映得如血般通红。

我拿出 GPS，好在这里已经有信号了，我查看了一下自己的位置，发现已经离军事基地很远了，我辨明了我们停车的地方，指了个方向，示意大伙往那边走。

走了几步之后才发现 Maggie Q 没有跟上，我回头一看，却看见她正在往我们相反的方向走去。

"哎！"我大喊一声，"你要去哪里？"

"我要回去！"Maggie Q 平淡地说道。

第六章

除夕

现在。

刘国钧此时明显是有什么心事，一路眉头紧皱，背着手，略低着头，慢慢地往另一侧的建筑里踱步。周围的人显然都怕他，刚才他出来，广场上连声音都轻了几分，大家看他过来，远远地便如躲瘟神一样纷纷避开，所以刘国钧压根就不看路，就这么闷着头慢慢地往前走。

可就在这时，猴子从斜侧里小跑着出来，砰的一下重重地撞在刘国钧身上，把刘国钧撞得整个人向后跌倒，一屁股坐在地上。

刘国钧完全没有准备，被这重重地一撞，眼镜也撞歪了，脑子似乎也有些转不过弯来，坐在地上呆了一两秒钟，才伸出手指着猴子破口大骂："你他妈不长……"

"啊呀！"没等刘国钧骂完，猴子马上大叫着上前，伸出手握着刘国钧的手。

"这不是开发区刘主任嘛！"猴子顺势拉起刘国钧，然后不住地在他身上拍打，像是要给他拍掉地上沾的灰尘，"怎么这么巧在这儿遇见您呢？"

"你是？"刘国钧有些摸不清状况，但这人喊他旧日的官职，又这么熟络，似乎是以前的旧相识，他也不好意思继续发作，只是挡住猴子拍他的手，问了一句。

"嗨，刘主任您还真是贵人多忘事啊。"猴子高声说，"我小李啊，您忘了？"

刘国钧眼神越发茫然了。

"啊呀，您瞧，您还真给忘了。您再想想，上次咱们还一块吃饭来着，一起的还有开发区的张科长……"猴子还是紧紧地握住刘国钧的手不放。

"哦……哦哦……原来是小李啊……"刘国钧一副恍然大悟的样子，像是真的认出了多年不见的老朋友。

二人就这么站着，不一会儿就聊得眉飞色舞。猴子不住地奉承拍马屁，把刘国钧捧得不时大笑，聊了老半天，刘国钧才依依不舍地跟猴子告别，还说以后来鬼市有事，让猴子尽管找他。

等刘国钧进了门，消失在以前的建材市场里面，猴子才走回我们身边。

"你不是说要治治他吗？逮着人叭叭拍一顿马屁，你是想把他舒服死？"三毛急不可待地质问。

"哪能呢！"猴子露出一丝神秘的笑容，"三毛哥你也不想想我是干吗的。"

猴子朝我们使了个眼色，我马上反应过来，赶紧拉了拉三毛让他闭嘴，又跟老鼠打了个哈哈，老鼠也看出我们有什么话私底下要说，识趣地找了个理由自己走开了。

我们四人走到四下无人的角落，四处张望了一番，确定没人注意到我们之后，猴子才伸出手，摊开手掌，一枚厚重、粗大的金戒指正在他掌心滴溜溜地闪着金光。

我再定睛一看，只见那金戒指的戒面上，刻着一条环成一个圆形，正在吞食自己尾巴的蛇！

我惊得差点喊出声来，其他几人也是脸色大变，猴子更像是烫手一般，把戒指朝我一抛，惊呼一声："我靠，怎么又是这鬼玩意？"

我赶紧接住戒指，纳闷地问："这是刘国钧的？"

猴子惊魂未定地点点头。

我迟疑片刻，暗忖这戒指如果不是一个现代仿制的工艺品的话，很可能就是另一枚点金石，那便非同小可，刘国钧一旦发现这东西丢失，必然会怀疑撞过他的猴子。而此时我们如果跟猴子一起一走了之也不行，刘国钧虽然是个让人讨厌的谄媚小人，可人却不傻，如果让他发现我们跟猴子同时消失了，难免会引起他的怀疑。

这些念头如电光火石般在我脑子里迅速过了一遍，稍一沉凝我便有了主意。我把戒指重新递还给猴子说："猴子你先回去，在时代广场那边等我们，我们在这再待上一会儿，以免让刘国钧怀疑我们是一伙的。"

猴子面色凝重地点点头，背上自己的背包，转身就走。我目送他登上墙头，他的背影刚消失在院墙之上，我便看见刘国钧从另一面的房子里急匆匆地走了出来。

刘国钧此时完全没有了早上那种盛气凌人的做派，只见他脸色惨白，失魂落魄地一边走一边不停地往地上瞄。出乎我意料的是，他并没有对自己丢了东西大肆声张，连瞄地上的眼神也是偷偷摸摸，我一下明白过来，那戒指一定也是来路不正！

我们一边装作看别人的货，一边故意让跟刘国钧没什么过节的大力挡到他前进的路线上，等他靠近，大力便冷不丁一声喊："欸？这不刘哥吗？你找啥呢？"

刘国钧闻言浑身打了个哆嗦，慌慌张张地抬起头，见是我们几个，才像是松了口气。以往这家伙在鬼市看到我们都是一脸憎恶，今天反而讨好似的一笑说：

"没没……没找什么……"

"哦，刘哥你还好吗？李医生好吗？"大力继续嘘寒问暖。大力这人一直秉承"万事留一线，日后好相见"的原则，在鬼市遇见刘国钧也都打声招呼，虽然对方从不搭理，所以今天这么表现也不算反常。

"啊，好……好……都好……"刘国钧一边支支吾吾地应付，一边又低着头往刚才他走出来的楼里面走去。那卖红薯的见他过去，像是被火燎了似的倏地站起来，侧身让出通道，一边还对他讨好地笑着。刘国钧看也不看他一眼，匆匆忙忙就往里面去了。

我们为了进一步摆脱嫌疑，一直在鬼市待到将近黄昏才离开，其间看着刘国钧像个赌输了身家性命的赌徒似的失魂落魄，在各个建筑间进进出出，我真感觉比自己赚了钱还舒坦。出来的时候我们没碰上军士长，他手下说去开会了，但他给我们留了足足一大卷黑色 PVC 薄膜，足够我们做好几个猴子说的水包了。

等我们到时代广场，天已经快擦黑了，猴子等得焦急，自己一个人先进商场搜刮了一通，已经捡着贵的衣服弄了一大堆。我略微看了看，衣服数量、种类也都差不多了，又进去找了几块肥皂，一堆扑克牌，然后便匆匆忙忙赶回基地。

回到基地已是半夜，留守的人都万分担心，三土和两位姑娘都想出来找我们了，幸好被有经验的杨宇凡拦住。我们连忙道了歉，又拿出衣服给他们看，张依玲和萧洁这才消了怒气，到一旁笑眯眯地挑挑拣拣起来，但因为光线实在太过昏暗，只得相约明晨再选，并要我们答应，所有人明天过年穿的衣服，都要她们两人来选择和搭配，我们自然没有什么异议。而那枚衔尾蛇戒指的事，我们四人约好了都没说，一切都等明天过完除夕再说。

第二天，天还没怎么亮，我便被张依玲和萧洁的欢呼声惊醒。

我下楼一看，只见两位姑娘和杨宇凡、小凯西都围在门口的屋檐下面。原来猴子把那台手摇式缝纫机搬了出来，此时他正坐在缝纫机后面，身上围着一条大围裙，嘴里叼了支烟，像个修鞋师傅似的正拿着那卷军士长给的 PVC 薄膜做太阳能热水袋呢。

我下楼时，猴子已经用缝纫机做好了一个热水袋，我看了一下，足足一米五左右长、七八十厘米宽的大黑塑料袋，猴子说起码能装一百升以上的水。

等第二个水袋制作完成，猴子又在袋子一面缝上一条拉链，用来注水，另一面则接上一条软管，软管一端又接了一个花洒。我们把做好的水袋放到六楼顶上，把两个花洒通过窗户垂到五楼的两个房间，这样我们就有了两间浴室。

然后所有人都上下好几趟，运了几次水，才把两个水袋注满。今天是个大晴天，按猴子的说法，只要把水袋让正午的太阳暴晒两个小时，我们就有热水澡可以洗了。

弄完热水袋又吃完早饭，忙碌的除夕日便开始了。头一件事是大力一直在说的春联。大力说自己和猴子等人都是大老粗，我是大学生，我不写谁写。我说这得学富五车满腹经纶的三土老师写啊，可三土推脱说自己是做考古的，老和死人打交道，写春联不吉利，坚决不写。

我推辞不过，只得硬着头皮上，本想随便写俩字就得了，可想来想去，觉得这恭喜发财、吉祥如意啥的貌似都跟现在的情境不搭调。我皱了一通眉头，随即想起以前老跟三毛混夜场的时候，不知哪里听到的一句荤词来，这词连上后半句有些淫邪，但前半句却是很应景。

"好！拿笔来！"我大喝一声。众人闻声都围过来看，大力给我摊开红纸，调好墨汁，我像是抓推尸杆似的胡乱抓了一支毛笔，饱蘸浓墨，刷刷刷几笔在红纸上一挥而就——

上联：好男儿钢枪紧握

下联：女英豪两面夹击

横批：英雄儿女

歪歪扭扭几个大字写完了，三毛和猴子都喊了声好，三土皱着眉头看半天，又摇摇头说："这平仄不大对啊……"

猴子和三毛大笑："什么对不对的，意境好就行！"

杨宇凡和大力这时才回过味来，跟着坏坏地笑起来。

"这意境嘛……倒是还不错……"三土摇头晃脑地说，"好男儿钢枪紧握是没错，可为什么要女同志两面夹击呢？"

"对啊，凭啥要我俩两面夹击？"张依玲一手叉着腰笑骂。

众人又是大笑，也不说破。拿了早饭故意剩的一点稀粥，胡乱给贴在了门脸上。

此时三土才反应过来，无奈地笑着指着贴得歪七扭八的对联说："字也写得斜，贴也贴得斜，你们啊，还真是有些邪性！"

"斜就斜呗……"三毛满不在乎地说，"反正这世上正的东西已经活不下去了，比的还不就是谁更邪！"

众人都高声附和，同时喊了一声好。

接下来便是今天的重头戏——准备年夜饭。还是我当主厨，这几年我一直都是一个人住，加上爱吃，空的时候总爱自己琢磨些吃食，这段时间掌厨下来，大家都说跟冯伯陈姨手艺不相上下，只是不如他们老两口那么节约，大手大脚不知道算计。

今天的主菜自然是那二十多斤猪肉。当然，我再败家也不可能把这么多肉在这一天全给吃了。我先把猪腿大骨拆了，跟昨天换的几片姜、一个洋葱一起架锅炖上。先是大火，等水开，便关小了炉子的风门，只留一些微微炭火，在炉子里慢慢地煨。

火小锅大，这一锅骨汤足足煨了两个多小时，汤色开始微微发白。我又把剥出来的五花腩也扔进去一起煮，继续煮半个小时之后，把半副猪肝也扔进汤里。

剩下的肉，我把它都切成一掌宽的肉条，在肉皮上用缝衣针扎满小眼，然后跟排骨一起，用盐搓了，一层层码在一个陶盆里，上面用一块小钢锭压住，腌上十几天，再拿出来挂在太阳底下暴晒。等到颜色微黄，便是香死人不偿命的腊肉了，不仅好吃，而且只要保存得当，一两年都不会变质。

骨汤煮到一半，已是午后，午饭自然就跟年夜饭一块了，但这时却有一件大事，便是检验猴子的热水袋的时候到了。

众人都一窝蜂地拥到五楼"浴室"。猴子自己却害怕起来，不敢去检验水的热度，央求着让我代劳。我走上前，拿起化酒放到手上打开开关，水喷洒出来，一开始自然是管道内积存的凉水，但几秒钟之后，水温便慢慢地上来，虽然没到烫人的程度，但比体温要高上一些，洗澡是足够了。

我回过身，朝众人点点头。大家齐齐地发出一声欢呼，张依玲更是跳起来，抱着猴子，在他脸上重重地亲了一口！随即自己又难为情起来，咯咯笑着跑开了，惹得猴子一阵脸红。

之后我们商量了洗澡的次序，因为水包的储水量有限，我们没有暖气，也只能在中午一天中最热的时候才能洗，所以一天最多只能洗四个人。我们定下来，今天洗澡的是张依玲、萧洁、小凯西加杨宇凡，剩下的人明天再洗。

我下楼继续做年夜饭，肉和猪肝又煮了近一个小时，筷子已经能轻松地扎透，再没有血水渗出，便捞出来，肉汤里加上切成条的豆腐继续煮。豆腐煮至空心呈蜂窝状，加上些自制的腌菜再略煮片刻，放一旁待用。

豆腐煮好，肉汤也不闲着，继续煮切成块的土豆，等土豆绵软，又扔进一些发好的木耳、黄花菜、香菇，还有切成丝的大白菜，最后煮进一些红薯粉条。此时汤色已经接近奶白色，上面浮了厚厚一层亮亮的油，以往这样的油看了只会让人倒胃口，但对现在常年清汤寡水的我们来说，却不啻于山珍海味。

等汤煮好，大炖锅放到一边，三毛便开始准备主食。三毛虽然是我的发小，从小在江南长大，但父母却是北方人，家里一直保留着北方的饮食习惯，他最拿手的，便是煎饼。

由于没有鏊子，也没有平底锅，三毛一大早便把一支铁锨洗得锃光瓦亮，此时放在炉子上烧，俨然便是一只平底锅。

面糊是由面粉与玉米面和成的，不干不稀。等铁锨烧热，三毛舀了一瓢面糊，哧啦一声倒在铁锨上，然后用锅铲将面糊均匀地摊开，不出一分钟，面饼的四周也开始变硬，泛白，自动从铁锨上剥离，一股浓浓的面香味直冲鼻子，一张煎饼便算做好了。

三毛一口气把一大盆面糊全烙完，足足做了二十多张煎饼。我也没闲着，把已经凉下来的肉和猪肝切成薄片，堆了满满两盘，又用一些辣椒面、芝麻、小葱、蒜泥，泼上一勺滚油，然后调入蚝油、生抽、白糖、香醋，做了一碗蘸汁。豆腐也盛出来，洒上些葱丝便成了。

又快速焯了一些青菜，生切了几根胡萝卜，用香油、蒜泥、生抽和醋拌在一起，张依玲说这也算拌沙拉了，红红绿绿的煞是好看。

大力已经打开了我们商量好今晚喝的那瓶芝华士12，摆在桌子中央，张依玲和萧洁也早已放好碗筷，才三四点钟，大家便都迫不及待，萧洁和杨宇凡带着小凯西一直在屋里闹腾，各自拿着碗筷，互相追着敲，惹得三土责怪了一句，说"像叫花子！"

终于煎饼烙好了，大盆的菜也上了桌——白切肉、白切猪肝、肉汤滚豆腐、大杂烩汤、拌沙拉，种类虽然不多，但胜在量大，也满满当当摆了一桌子。

吃饭的当口，值班的人只能抓阄，这次运气不好的是猴子。

虽然千万个不愿意，但也只能就范，张依玲给他盛了满满两大盒的菜肉，给他放哨的时候吃。

于是剩下的人都就了座，众人都拿着筷子眼巴巴地看着我，我笑了笑说了声："开吃！"大家便喊了一声好，都急急地伸筷子，往两盆肉上招呼。一开始的时候，几乎没有说话的声音，大家都是埋头大嚼，等两盘肉差不多见了底，才各自慢下来，说话声也渐渐多起来，声音也大起来。

吃够了肉，男人便开始喝酒，杨宇凡却说自己不会喝，被三毛笑骂了几句，说男人哪有不喝酒的，非逼着他喝一杯。杨宇凡却自己站起来说："我还是去换猴哥回来，他能喝酒。"说着便出了门，过了一会儿，猴子便推门进来，进了门便大声喝呼："还算这小子有良心，眼瞅着有酒不能喝，可馋死我了！"

这时萧洁站起来说："这里面气闷的很，我去外面透透气。"

"小萧，你这是去会你的小情人吧？"三毛借着酒劲调笑道。众人都哄然大笑。

"呸呸呸！"萧洁立马羞红了脸，唾了三毛几口，便打开门逃也似的跑了。

这时小凯西也困了，张依玲陪着她上楼哄她睡觉，饭桌上只剩下我、三毛、猴子和三土四个男的，当然开始喝大酒吹大牛。

一瓶芝华士12马上见了底，大伙嚷嚷着不够，又开了一瓶绝对伏特加，每个人都喝得面红耳赤，而酒桌上的话题，当然离不开感染者。

"猴子，咱哥俩干一杯！"我伸出酒杯跟猴子相碰，然后一口喝干，砰的一声把杯子倒过来扣在桌上。猴子也是杯到酒干，滋溜一声喝干杯中的伏特加，皱着眉头夹了一块胡萝卜在嘴里咯吱咯吱地大嚼。

"我说猴子，你第一次碰见感染者是什么情况？"我拿过酒瓶给猴子和自己倒满。

"嗨，我那时候正被全国网上通缉呢……"猴子挥舞着手里的筷子，眉飞色舞，一改往日对自己的过去讳莫如深的样子。"那会儿刚跟几个哥们干了票大的，可没想到对方点子硬……愣是让当地公安办成了大案要案，我们一听风声不对，赶紧各自逃命，我是一路狂奔，辗转到了海州市……"

"海州市？"我们都惊呼，"危机前你在海州市？"

"对啊！不是说大隐隐于市嘛……"猴子拿过酒杯抿了一口，又淡淡地一笑说，"我是被感染者撵着才到这里的。"

"你小子命大啊！"三毛一拍桌子，"快，跟我们说说，那时候的海州市是啥样的？"

猴子眉头一皱："最可怕的倒不是感染者，而是那段封锁的日子……那时候大家谣传是出了瘟疫……"

"一开始的索拉姆病毒，确实是以疫病的形式传播的，这也是病毒能快速传播的主要原因。"我插话道。

猴子点点头说："当时我躲在一个棚户区，每天不敢上街，不敢去网吧，连手机都不敢用，生怕被跟踪。我每天就窝在房间里看电视，尽量不跟外人接触。不过那时候我还窃喜，心想形势这么乱七八糟的，警察肯定是没空查我了……那时候电视里整天都说让老百姓待在家里，不要出门，吃喝政府会管。确实一开始各个社区都给居民派饭，只是我住的那个棚户区没有，幸亏我在房间里准备了一大堆吃的，足够我吃上一个多月，可后来停电了，水也停了，煤气也停了……我是那时候才知道海州市被封锁的，但还不知道感染者的事，真以为是瘟疫呢。

"那时候我跟我的几个邻居结成了一伙，不怕你们笑话，我们这种人相互之间都能认出来，有时候光凭一个眼神，一个姿势，就能知道对方是干吗的，加上棚户区嘛，住的不是苦哈哈，就是我们这种……怎么说，边缘人物吧。

"我们几个人还算好，挺团结的……有时候人和人之间的关系就是这样奇怪，如果是一群彼此陌生的普通人，肯定会相互提防，因为不知道对方是好人还是坏人，但一帮坏人聚在一起，反而能够彼此信任。

"我第一次看见感染者是在停电的几天之后，我们正在上京路一带闲逛呢。说真的，那时候我挺兴奋的，因为没人管了，警察也没了，扯远了，还是说回感染者，我们走到安鑫寺那一片，本来想到那边的商场摸点东西的，结果在安鑫寺门口，就看见六七个人蹲在地上，围着一个人啃呢！

"说实话，当时也没感觉多害怕，就是觉得不真实，旁边还有人掏出手机拍视频呢，那几个人抬起头来，脸上血丝呼啦的，眼睛也是灰灰的，没有一点人气，我才觉得有些不对劲，可也没想跑，因为大白天的，周围又都是人，心想没什么可怕，直到那几个人开始咬其他的人……

"我们从现场逃脱以后，很快，有两个同伴就开始发烧，我们这时候也多了个心眼，把他们俩都隔离在另外的房间，两人第二天早上就发病了，我们这时候才知道，所谓的索拉姆病毒，是可以通过空气传染的！"

"有五分之四的人能免疫空气传播的索拉姆病毒，但对撕咬传播的病毒，免疫率为零！"我摇摇头，喃喃地说道。

第七章

传毒者

五个月零五天前。

"回去？"我一下没反应过来，"回去干什么？"说实话，这一刻逃出生天，我心里想的只有马上回我那个两百平方米的家，跳上我那张舒服的床，用被子蒙上头，好好地睡一觉，把这一切都当成一场噩梦统统忘掉。

Maggie Q 往身后一努嘴："回去杀掉传毒者，你要不要来帮我？"

这时候道长突然开口："传毒者？是周令武吗？是不是封印已经被打开，无形学院的那个大秘密是否就是索拉姆……一种能让人变成感染者的病毒？"

Maggie Q 转身面对道长，直勾勾地盯着他，斩钉截铁地说了句："是！"

"这……这……" Maggie Q 说的干脆，道长却一下没词了，瞠目结舌地愣在那里，梗着脖子不知道说什么。

Maggie Q 突然放松，淡淡一笑说："其实我也不知道……"

道长像是如释重负般吐了一口气，但 Maggie Q 随即话锋一转："但索拉姆病毒却是真的，就像你说的，有人把它带到了东南亚，然后用各种方式，想把它传播到全世界，那个周令武，就是其中一个被选中的传毒者！"

"那咱们赶快报警吧，让警察来处理……"我说。

"报警？"Maggie Q 转过头，像是看白痴一样看着我。

"……"我想起把我扣押了半天的警察，还有给道长下了封口令的不明身份者，不禁哑口无言。

"索拉姆刚出现的时候，很多权贵上层就已经隐约知道这件事了，但他们第一时间想的并不是把病毒消灭！"Maggie Q 撇撇嘴继续说，"而是抢夺！所以才有航班频频出事……所以你们才会看到一架本应消失的飞机出现在这里。"

"那……点金石呢？"我奇怪地问，"为什么也会出现在这地方？"

"恰逢其会罢了。"Maggie Q 又说，"你们见过那些地下建筑了？有没有觉得那些地道已经很破旧，建造的时间很长了？"

我机械地点点头。

"那是日本人建的，建造的目的，应该就是为了研究石窟，或者说为了得到点金石！"Maggie Q 扭头看了看毛头说，"而地面上的研究所，则是最近几年才建造的，目的却是为了研究那座日本人留下的地下基地……"

我被 Maggie Q 绕口令似的话弄得有点晕乎，呆了一呆才明白过来里面的意思。此时道长又开口问："那这个病毒……周令武又是怎么传播出去的？为什么他没有发病呢？"

Maggie Q 回答说："现在只知道是一种可以通过空气传播的病毒，大概是使用了某种基因改造技术，对传毒者没有影响……"

"空气传播?! 我……我……"我一下蒙了，想到自己跟周令武曾经在狭小的机舱内彼此相隔仅仅一两米远，一股凉气从后背直窜脑门。

Maggie Q 上下打量了我一会儿说："你没事，如果染病，最慢在二十四小时之内就会完成尸变，几个小时就会出现发热、疼痛性抽搐、晕厥等症状……你接触传毒者至少已经十几个小时了，还没有发病，说明你要么没感染病毒，要么就是对病毒免疫。"

"免疫？"我和道长同时发出疑问。

Maggie Q 点点头："这种病毒在空气中会快速衰竭，普通人对它的免疫率比较高，即便感染了病毒，也只能称之为病毒携带者，只有一部分人会在活着的时候发病。"

"那为什么基地里所有人都变异了？一个活人都没有？"道长说。

"所以它们用咬的啊！"Maggie Q 说，"通过噬咬传播的病毒，发病率是百分之百！"

我想起地下水池里冒出来的那群浑身沾满淤泥，龇牙咧嘴，只会嗷嗷叫的家伙，只觉得头皮发麻。"你说有人会在活着的时候发病……是什么意思？死了以后呢？"

"死了以后就百分之百的尸变！"Maggie Q 很平淡地说。

我脑子轰的一下，眼前一黑，只觉得身体里面什么东西一下被抽空了，连忙伸手抓住身边的一棵树才让自己没摔倒。连一旁的三毛和道长看我的眼神都变了，两人都往后退了一步，神色惊恐地看着我，仿佛我是一条乱咬人的疯狗。

"放心吧！"Maggie Q 笑了笑说，"要尸变也是你死了之后的事情，到时候让你的同伴把你的脑袋砸烂就行了，而且……"Maggie Q 扫了三毛道长等人一眼又说，"病毒携带者本身没有传染能力。"

三毛和道长明显地松了口气。

"但是！"Maggie Q 话锋一转又说道，"如果我们不找到传毒者，并且把它杀死，我们所有人，染上病毒都是迟早的事！"

"所以，我们得回去！"Maggie Q 一字一顿地说。

我跟道长、三毛面面相觑，沉默了一会儿之后，三毛拍了拍手说："怕什么，去就去，管他传毒者还是免疫者，只要是人，给他一刀也完蛋了，咱也当一回救世主！"

被三毛这一说，我也一股豪气往上涌，便跟着喝了一声，道长此时也不打退堂鼓了，点点头示意自己同去，我想是他对整件事情的兴趣掩盖了他的恐惧。

我转身面对毛头："毛头要不你先回去，在车子那边等我们。"

毛头一下跳了脚，一指 Maggie Q 说："我自然是跟你们一块去，东西还在她身上呢！"

于是众人意见都达成了一致。我待要往前走，却感觉脚下一阵虚浮，身体像是掏空了一样，知道这是一夜没睡，又长时间处于精神紧绷状态，加上长久没有进食给累的，于是招呼大家先在这里休息一会儿，吃点东西再走不迟。

我的提议得到了所有人的同意，Maggie Q 也没有反对，大家在峡谷中找了一块相对干爽的地方坐了，又把各自背包里的食物都拿出来，分着吃了。

只歇了不到半个小时，我们便重新上路。不知道什么时候，一阵云飘过来，天突然阴沉下来，山谷里泛起一团一团的白雾，到处都是湿的，那些繁茂的树枝，只要轻轻一碰，便往下毕剥落水，我们身上的衣服也很快湿透，空气既闷热又潮湿，每一个人都气喘如牛。

还是毛头在前面开路，这个平时一点也不靠谱，满脑子都是盗墓欲念的侏儒，在山里却比 GPS 可靠得多，他对山里的一切都了如指掌，哪里可以直接攀爬，哪里应该迂回绕过，这座山后面的山势如何绵延，他都一清二楚。我以为他来过这座山谷，问了他却说没有。

"这山哪，就跟杀猪切肉一样，有纹理，有规律，看多了，都差不多！"毛头站在山崖上，像个将军似的指点江山。

出了这片山谷，我们又足足走了两个多小时，才重新挨近基地的铁丝网。我发现刚好跟昨天来的方向掉了个个儿。昨天我们是从东南方接近的铁丝网，现在我们却在基地的西北方向，我们还找到了基地的大门。

"这怎么办？"三毛摇晃着大门上缠绕的铁链，"锁着门呢。"

"难不成还得去翻昨晚那悬崖？"我心有余悸地说。

道长闻言脸色都变了，连连摇头结结巴巴地说："我……我……可受不了再来一遍了。"

"你是怎么进去的啊？"我问 Maggie Q。

Maggie Q 耸耸肩，指指铁丝网说："翻过去的。"

我们听了都不禁咋舌，这铁丝网少说也有十五六米高，上面还有三排尖刺，这得是什么样的身手才翻得过去。

正在我们一筹莫展的时候，突然传来一阵汽车引擎的轰鸣声。

除了 Maggie Q，我们都脸色大变，慌慌张张地躲到路边几丛灌木后面。只是这基地其实是在一座小高原上面，车子都要走盘山公路上来，我们听见的汽车声，直线距离可能很近，但其实要迂回很远，我们趴在草丛里等了好一会儿，才看见一辆车身没有任何标记的白色依维柯突突突地开了上来。

依维柯在大门前刹住车，片刻之后，车上下来两个身穿蓝色工作服的人，二人胸前都挂着胸牌，看起来像是基地的工作人员。二人一胖一瘦，胖的大概四十岁，脸黑，皱纹也多，看起来饱经风霜的样子。瘦的却很年轻，目测也就二十上下。二人似乎对紧锁的大门也觉得很奇怪，在门口端详了一会儿，然后胖子就回到车里，开始用车载步话机呼叫了起来，但没有得到任何回音。

我看了旁边的同伴一眼，正想说趁这会儿他们还没发现我们，悄悄撤吧，可冷不丁我旁边的 Maggie Q 突然站了起来！

我吓得差点没惊呼出声，Maggie Q 却旁若无人、大摇大摆地跨过灌木丛走了过去。这时还站在门边的年轻瘦子看到她不禁大惊失色，大喊了一句："什么人？"

胖子听到同伴喊才注意到路边多了一个人，连忙跳下车。两人看清楚了 Maggie Q，似乎都松了口气，放下戒备，大概以为 Maggie Q 是迷路的驴友之类的。

"你们快用车撞开门！"Maggie Q 还是用她那平淡的语气朝两人说道。

那两个工作人员刚松一口气，听到 Maggie Q 说的话，马上又紧张起来，那胖子指着 Maggie Q 结结巴巴地说："你……你……你是什么人？想干什么？"

Maggie Q 摇摇头说："这些都不重要，你们赶紧撞开门，不然来不及了！"

"什……什么来不及了？"

Maggie Q 摇了摇头，似乎不想再跟他们解释了，只是继续向二人逼近。这两人显然只是普通工作人员，猝不及防之下，被一米六出头、身材娇小的 Maggie Q 一逼，气势上反而弱了半分，竟然齐齐向后退了半步，后背顶住了身后的依维柯车厢。

一碰到车厢，似乎人也回过劲来了，大概是觉得自己两个大老爷们反而被一个弱女子逼退有些没面子，那胖子挥了挥手，大声说："你是什么人？这里是私人领地，赶紧走开。"

但 Maggie Q 充耳不闻，继续向前走，胖子脸色一变，伸出手就去抓 Maggie Q 的胳膊。

我心里一惊，怕 Maggie Q 吃亏，也顾不得隐藏自己了，从草地上一跃而起，想过去帮忙。但还没等我站稳呢，只见 Maggie Q 抓住胖子的手，一扭身，顺势把他往自己怀里一带，接着飞起右膝，一记膝撞结结实实地顶在他的胃部，胖子像是挨了一刀的猪一样惨号一声，Maggie Q 紧接着一记手刀重重地砍在胖子的后脖颈，膝盖一松，胖子像只破麻袋一样脸朝下倒在地上，一动不动了。

这一连串动作行云流水，在短短一两秒之内就完成了，我这时才刚刚起身，旁边的三毛也才大吼一声甩出甩棍，我们二人见到这般景象，都傻傻地看着 Maggie Q 呆住了，似乎是看到了一头长着翅膀会飞的猪。

剩下的那年轻瘦子看见自己的同伴被打翻在地已经吓了一大跳，看见草丛里又站起俩人来，更是吓傻了，连跑都忘了，只是眼睛瞪得滚圆，一会看看 Maggie Q，一会看看我和三毛。等 Maggie Q 已经靠近他身边，才发了一声喊，一转身，却是自己的货车，差点一脑袋撞上去，这一愣神的功夫，便被 Maggie Q 抓住了后衣领，又是一手刀砍在后脖颈，瘦子也晕了过去。

"你开车！" Maggie Q 朝我一比画，自己绕过车头，上了副驾驶座。三毛把道长从地上拽起来，和毛头二人上了后排座椅。我坐上驾驶座回头扫了一眼车厢，发现里面都是些米面、猪羊牛肉和蔬菜，心想这大概是出去为食堂采购原材料的，回来恰好碰上了我们。

我上了驾驶室，恰好听见步话机里传出一连串叽里呱啦的日语，我们几人面面相觑，什么也听不懂，Maggie Q一伸手把步话机关了，我心想那胖子还是联系到了上面，只是还没来得及说话便被Maggie Q打断了。

我用疑问的眼神看了一眼Maggie Q，Maggie Q连眼睛都没抬一下，只是指指前面的大门淡淡地说："撞开它！"

"好！"我低吼一声，先挂上倒挡，让车子稍稍后退了十几米，然后挂一挡，一脚地板油踩到底，依维柯引擎发出一阵低沉的轰鸣，车子猛地向前蹿出，两扇钢筋焊接成的门被撞得向后飞出去，我没有停车，继续加油，货车从掉在地上的大门上压过，向着远处的蛋形建筑奔去。

撞开门后一路都是宽阔的水泥路，昨晚上在泥泞的沼泽地里挣扎一个多小时的路，不到十分钟就开到了。我们经过那座毫无人烟、死气沉沉的"死城"，在蛋形建筑前面刹住车，那里还是跟昨晚一样，满地的枪支和子弹壳。

Maggie Q在地上翻翻拣拣，拿了一支95式突击步枪，凑满了几个弹匣放在我的背包里，又捡了一支手枪别在腰上。三毛也攒了几个弹匣，塞进自己背包。我有了昨晚开枪的经验，知道这玩意不是打几回固定靶就能玩转自如的，像道长说的，就怕没打着对手，反而伤了自己人，正犹豫着要不要捡一把手枪防身，Maggie Q 却递过来一个东西说："喏，这个给你用！"

我一看，是一柄一尺来长的军刺，刀刃反射着白森森的寒光，刀尖上还有一团黑乎乎的已经凝结了的血迹。我慌忙接过来，胡乱一把抓了。Maggie Q 看见我的握刀手势，摇了摇头，又伸手要过刺刀，掉转了一个方向，让我刀尖向下，正手握住。

"这样才好扎它们的头。"Maggie Q 平淡地说。

我心里咯噔一下，心道这辈子连鸡都没杀过，这一下真要捅人了，虽然那已经算不得是真的"人"，但总还是人的身体，会走会叫，真让我捅，可真的有点下不了手。我一边想着，一边手都哆嗦起来。Maggie Q 看了我一眼，也没多说，转过头对三毛说："一会儿要瞄准它们的头打！"

三毛重重一拍手里的步枪："我知道，昨晚我已经干掉一个了！"

Maggie Q 点点头，便不再说话，当先便往那条充气薄膜甬道里走去，三毛也提着枪跟上。我看了看道长和毛头，一个愁眉苦脸，像是刚被国民党拉了壮丁的农夫，一个跃跃欲试，像是马上要上梁山纳投名状的土匪。我摇摇头对毛头说："毛头，你还是别进去了，一会儿万一要跑，你也跑不快。"

毛头愣了愣，看看我又看看道长再看看那蛋形建筑，似乎是在评估我们丢下他跑路的可能性到底有多大，思考了片刻之后才点点头说："也好，那我就在这儿给你们站岗放哨。"

我朝他点点头，拉着道长进了塑料通道。

出了通道，还是那个巨大的半圆形空间，那架波音 777 还是安安静静地待在中央，周围还是散落着各种工具、零件，周围没有一个人影，自然也没有周令武。

"会不会又跑机舱里面去了？"我居高临下指指庞大的波音 777。说实话，我实在不愿意再次进入地下那些错综复杂迷宫般的隧道里去，但愿周令武像我初次碰到他的时候一样，蜷缩在机尾的配餐室地上。

但事与愿违，我们仔仔细细从头到脚搜了一遍 777 的机舱，除了机尾周令武盖过的那块毯子以外，到处空无一物。

看来进入地下似乎已经不可避免，道长突然哆哆嗦嗦地说："我还是……去外面……等你们，打打杀杀的，不太适合我。"

道长也不等我们说什么，说完便掉头上楼梯走了。

道长这一走，我心里更七上八下的了，就像上学时候班里的"千年老二"，倒数第一突然转了学，自己原本有个垫背的还有点心理优势，这一下成了全班倒数第一，内心备受摧残。

可这时候我又不想认怂，只能嘴里念念叨叨："刚才车上步话机里有声音，这么久没回音，日本人可能很快就要来查看的，咱们还是快点，别太深入了。"

三毛似乎看出了我的焦虑，一拍手里的枪说："有这玩意怕啥，来一个杀一个，来俩杀它一双！"

我没法，只能硬着头皮跟他们走，可刚走到地道口，就听见外面道长和毛头二人大喊起来。

"在外面！"我们三人同时脸色大变，一转身拼命往外面奔去。

出了通道，就看见门外小广场上，一边是毛头和道长二人，一边是周令武，三人都是满脸惊恐，像是有一辆无形的汽车正在向他们撞去一样，向前伸着手。

道长和毛头嘴里喊着："不要过来，你身上有病毒，不要过来！"

周令武却是小声地低吼："别喊，你们别出声！"看见我们三人出来，他更加惊恐，像跳起来一样向后跑去。

"往哪里跑！"三毛喝了一声，举枪上肩，瞄准了就要打。

"别开枪！"Maggie Q 低吼一句，伸手一推三毛端枪的手臂，但已经来不及了，三毛已经扣动了扳机。

"哒哒哒……"巨大的枪声在这如同死城般寂静的地方响起，一圈圈地向外荡漾开，又带着阵阵回声席卷回来。

子弹打在我们和周令武中间的一个挺胸扛枪的雕塑脸上，雕像的鼻眼顿时没了，只留下一块难看的白色的疤，一阵粉尘在空中飞舞。

周令武被枪声吓得一跤摔在地上，打了个滚，躲到了雕塑的后面，大声喊道："看你们干了什么好事！"

我正纳闷呢，不知道周令武这话里什么意思，却听见身旁的道长突然往前一指，尖叫了起来。我顺着他手指的方向，视线越过雕像，看见那一排排、我们以为里面空无一人的平房，突然跑出儿个人米。

当先的这几个人奔跑速度非常快，跟刘翔似的一步跨过了平房外面1米多高的围栏，像是百米冲刺般向我们奔来。我再定睛一看，这些人脸色青灰，整个眼眶是灰白色的，根本没有眼仁，有几个嘴巴一圈还糊了一大堆血迹。

"僵尸！"三毛一声怒吼。

"怎么跑得这么快？"我看着这群根本不像电影里，也不像昨晚我们看到过的步履蹒跚的活死人，脑子一片空白。

"快上车！"Maggie Q重重地推了我一把，我才反应过来，转身跟着他们向停在门口的军卡跑去。

"你开车！"Maggie Q冲我指指驾驶座，自己却拉着三毛翻进了车斗。我上了车，道长把毛头扔上副驾驶座，自己也跟着跳上来，还没关门，就拍着他前面的仪表盘大声喊："快开车快开车！"

不过这货车的挡位实在难挂，离合器既重又高，我又很少开手动挡的车，加上心里紧张，推了两次排挡杆，才挂上一挡，一松离合，又熄火了！等重新点上火，挂上挡位起步，后面的枪声就哒哒哒地响了起来。

我扭头一看后视镜，那群家伙足足有五六十个，状若奔马，此时已经接近那广场中央的雕像，而周令武正抱着脑袋蹲在那雕像下面，我心道这下子他在劫难逃了，但此时最让人意料不到的事情出现了，只见那些活死人像是没看到这个大活人一样，从他两边分开，绕过雕像，又向我们扑过来。

我这一愣神，跑在最前面的感染者离车尾已经只有十几二十米远。随着第一声枪响，那感染者像是被一柄无形的大锤击中，向后飞跌出去，但只是在地上打了个滚，便重新起身向我们追来，甚至连跑步的速度都没有丝毫减缓。

　　我被吓得打了个激灵，马上一脚地板油，这次没熄火，依维柯猛地一顿便朝前蹿了出去，我连换两把挡位，车速终于到了40以上，慢慢跟那些恐怖的"僵尸"拉开了一定距离，我把车子驶上来时的水泥路，朝着那扇被撞破的大门绝尘而去。

　　这时候驾驶座和车斗之间的一块挡板突然被推开，Maggie Q伸过头来大声喊："别出大门！"

　　"啊？"我不解地回头看了一眼。

　　Maggie Q脸上露出难得的焦急："不能放它们出去！"

　　我随即反应过来，我们如果领着这群"僵尸"跑出基地，那还不天下大乱？

　　"放慢车速，带着它们兜圈子！"Maggie Q又说。

　　"好嘞！"我大声答应，脚下一松，把挡位降了一挡，车速便慢了下来。幸亏这基地外面足够大，又都是平坦的草地，车子跑得开。而且这些活死人也没脑子，不懂得迂回包抄，只会在车后面跟着傻跑。

　　我试了几个速度，发现差不多每小时二十多公里接近三十公里的速度能跟它们齐平，保持不远不近的距离。我不禁咋舌，要知道这速度已经是普通人奔跑速度的极限了，即便是专业运动员，用这样的速度奔跑也顶多维持个一两分钟、四五百米的距离，而这群感染者已经跟在车后面足足跑了五六分钟了，而且丝毫没有慢下来的迹象！

枪声还在持续地响起，大概是车辆颠簸，加上"僵尸"又在急速奔跑的原因，无论是三毛还是 Maggie Q 命中率都不高，大部分子弹都落了空，小部分打中了躯干，可活死人压根不当回事，摔一跤照样起来狂奔。只有两三个被击中了脑袋，扑在地上不动了。

我心里焦急万分，暗忖这样下去肯定不是办法，子弹迟早要打光，到时候还不是只能逃？正心急如焚呢，身边的毛头突然指着副驾驶那一侧的车窗说："源哥，往那边开！"

我扭头一看，只见是昨晚上我们经过的那片积满淤泥的沼泽地。我心中一动，扭了一把方向盘，向毛头指的方向开过去。

果不其然，感染者一进了沼泽地就完全跑不起来了，一个个笨拙地在泥潭里挣扎，速度一下子降了下来。

这时候 Maggie Q 和三毛的射击精确度马上就高了起来，我从后视镜里看到，那些在淤泥里挣扎的感染者，简直就是在被一个个的"点名"。尤其是 Maggie Q，弹无虚发，每一枪必击中一个人头。

我咧了咧嘴不敢再看，道长也是满脸铁青，手捂着嘴像是忍不住要吐。只有毛头，趴在后座通过观察窗看得兴高采烈，一边还大呼小叫，对 Maggie Q 的枪法赞叹不已。

"我的天，又一个……又一个，姑娘，你真牛啊！"

连三毛都停了射击，呆呆地看着 Maggie Q 表演，Maggie Q 一匣子弹射完，把手里的枪扔给三毛，又抢过他的枪："换弹匣！"

三毛忙不迭地应了，于是俩人一个射击，一个换弹匣，短短几分钟之后，还能站着的感染者已经只剩下不到一半了。

可就在这时，我感觉座下的车子一歪，突然不动了，我试着加大油门，但外面只传来一阵车轮空转的声音，我大喊一声："不好，怕是车轮陷住了！"

"挂四驱！"三毛在车斗里大喊。车子不动，后面的感染者便重新获得了速度优势，虽然 Maggie Q 还在对它们"点名"，但这些活死人一点不知道害怕，还在朝我们步步逼近。

"这破车哪儿来的四驱！"我在仪表盘上找了一圈，都没找到全轮驱动的按钮，知道这辆只是用来拉人拉货的依维柯怕是只有后轮驱动，也没有差速锁，一个轮子凌空，另一个便失去了动力。

"快下车跑！"三毛大喊。

我慌忙跳下车，又回身把毛头从车上抱下来，此时活死人已经离我们不到二十米远。三毛也恢复了开火，只是现在他方寸大乱，枪法失了准头，十枪里倒有九枪射了空气。

"射他们的腿！"Maggie Q 朝三毛喊。

三毛闻言如梦方醒，连忙单膝跪地，开始对着它们的下盘扫射。这腿脚比头颅的面积当然大得多，当先的几个纷纷被扫中，头朝下扑倒在地，等再站起来时，便一瘸一拐的，速度明显慢下来。Maggie Q逐一对这些速度慢的家伙实施"点名"，这下局势算是稳定下来，很快，只剩了十来个能动的，眼看着就要被消灭殆尽。

就在这时，我突然听到一阵"咣咣咣"的金属敲击声，一开始我以为是枪声引起的回音，可这声音越来越清晰，我不禁奇怪起来，手搭凉棚朝锣声的方向望去，突然看到一个人手里拎个不锈钢盆，疯狂敲打着，从蛋形建筑里面跑出来。我再仔细一看，认出此人正是周令武，我正纳闷这家伙是不是疯了，却看见他身后蹿出一个身穿白大褂的人影，紧接着又是一个……

转眼间出来乌泱泱的一大群，目测足上百个活死人被周令武带了出来，周令武敲着不锈钢盆朝我们的方向走了几步，然后把盆朝我们用力地扔过来，又用手一指我们，就好像是古代战场上的将军，命令自己的军队全军突击一般。

其实不用他命令，那些家伙早被震耳欲聋的枪声吸引，一出房子见到我们，更像是被拐儿童见了亲娘，张牙舞爪直扑过来。而它们在碰到周令武之前，就像他是根石头柱子似的，都自动地左右绕过，眨眼间周令武便消失在人堆里。

我暗骂一声，这家伙就好比是电影《异形》里怀着女王的母体，不仅传播病毒，还不招活死人咬！

"我靠！"三毛大吼一声，大概是心里焦急，手里的枪又散乱起来，连续几枪都只打到了地上，激起一片泥土和荒草。

"慌什么！"Maggie Q厉声骂了一句，连续两个点射，把扑在最前面的两个"僵尸"给开了瓢。

三毛听到骂，艰难地吞了口唾沫，又做了几个深呼吸，勉强稳住了心神，手里的枪又哒哒哒响了起来。

"你们三个！想办法把汽车弄出来！"Maggie Q 转头对我们大吼一声。

我们这时才如梦方醒，如今之计只有把车子开出泥潭一条路可走了，不然就算 Maggie Q 和三毛枪法再准，剩余的子弹也不可能把一百多个活死人全干掉。要是子弹没了，刚才我们见识过它们的奔跑能力，我们这几个普通人，可能连几分钟都挡不住。

我又朝后面那群活死人看了一眼，幸好，这一群没刚才那些速度那么快，大多一瘸一拐，大概就相当于普通人走路的速度，现在离我们所在的泥地还有一百米左右的距离，总得走个两三分钟。

"快！找块石头垫垫！"我朝道长和毛头喊道。二人听了都点头，低着头找石头去了。

我蹲下来查看了一番，发现卡车的右后轮陷进了一个坑里，导致左后轮微微凌空，失去了抓地力。

我正蹲在地上东张西望，想找个什么东西来垫一垫左右轮，却听见身后三毛大喊一声："阿源，小心！"

我一转头，正好看见一个活死人绕过车尾，朝我扑过来！这家伙大概鼻梁附近给打了一枪，本该突出来的地方变成了一个豁口。

我正趴在地上呢，这一吓差点背过气去，大喊一声"妈呀"，就地滚进了车底。没承想那家伙也紧跟着扑倒在地，伸进头来跟我打了个对眼，那个脸上的深洞直勾勾对着我！

我这一辈子就是见不得恶心的东西，连恐怖片也仅仅止于小时候父母带去电影院看的《聊斋》，回来还发了高烧！何曾见过如此丧心病狂的玩意儿，只觉得全身鸡皮疙瘩一下子全爆开了，膀胱括约肌一松，差点就尿裤子了。

"啊啊……"我尖叫着，不管不顾地往前爬，刚从另一侧车底露出头来，就感觉右脚踝一紧，被一只手紧紧地抓住往后直拽！

我被吓得彻底失去了理智，另一条腿疯狂地向后蹬着，双手胡乱地挥舞，企图抓住什么东西能让我借一把力，可越挣扎，就感觉脚踝被抓得越紧，传来的拉力也越大。

正在这时，一只小手突然伸到我面前，我抬头一看，见是毛头，连忙一把抓住。毛头个子小，手劲倒是挺大，两下就把我从车底拖了出来，不过是连着抓住我脚踝的活死人一块拖了出来！

我扭头一看，只见这"僵尸"不仅用手抓着我的脚踝，还在我小腿肚子上乱咬，只不过它的上颌骨被打碎了，下巴一用力，上颚便被推得向上拱起，失去了咬合力，根本咬不住我的腿。

饶是如此，我也被吓得一佛出世二佛生天，尖叫着疯狂甩腿，想把它甩脱掉。可它抓得很紧，情急之间哪里甩得脱。

"源哥别动！"我听到毛头大喊一声，我一看，只见他双手拿着那把"大宝剑"，正对着我甩来甩去的腿移来移去。

我依言停下不再甩动，毛头对着那破脑袋对了半天，才狠狠地一剑刺下，刀尖刺中感染者的太阳穴，把它从我腿上刺落，但却仅仅刺入头盖骨半分，大概没伤到脑组织，这活死人的手还是紧紧抓着我的脚踝，下巴一张一合，"咯……咯"呻吟着来够我的腿！

"嗨！"毛头大喊一声，一手稳住"大宝剑"，另一手在剑柄上重重一剁，剑锋随即往下一沉，一半刺入了脑袋，感染者这才像被关了开关的玩具一样，瞬间就不动弹了。

我连忙收回脚，像疯了一样拉起裤腿来来去去地查看，还好，身上这条猛犸速干裤相当的厚实，腿上连一块油皮也没破。我吊着的一口气终于松下来，一下子瘫软在泥地上，这时才发现自己全身上下都被冷汗湿透了。

"来来来，石头找到了！"我还没躺上半分钟呢，就听见道长大喊。

我抬起头一看，只见道长手里捧着一块大石头，满身污泥地向我们跑来，看样子这石头大概是刚从地上挖的。

我心里一喜，连忙翻身而起，迎上去从道长手里接过石头。这鸟地方我是一秒钟都不想呆了，赶紧垫上石头把车子弄出来走人，管他周令武还是病毒，这地球毁灭了也不是我一个人遭殃，我不是正义使者也不是复仇者联盟，没被蜘蛛咬也没注射超级血清，没能力，更没有责任！

我飞快地把石头垫到车轮底下，用脚用力把它跺紧了，试了试轮子，卡得牢牢的，应该没问题。正想招呼三毛和 Maggie Q 走人呢，刚起身却看见三毛喘着粗气跑过来，边跑边喊："快跑快跑！"

我一看，原来后面那群速度慢的活死人不知什么时候已经逼近，最前面的离三毛的后背只有咫尺之遥。这下上车是来不及了，我刚才被那破脑袋"僵尸"一吓，早已成了惊弓之鸟，现在根本顾不上别的，转身就跑。

"你们等等我！嘿！救命……啊……"我没跑几步，就听见身后毛头没命地大喊。

我扭头一看，只见毛头被一个活死人逼在卡车前轮部位，毛头紧紧地靠着车轮，刚刚好一个轮子高，那活死人却是非常高大，目测绝对有一米八以上，看起来关节僵硬，动作失调，只是两只手啪啪地拍打引擎盖，却弯不下腰去咬他。

"嘿！嘿！"我朝那活死人又是大喊又是拍手，试图让它注意到我以便救出毛头，它看看我，又看看毛头，终于干号一声朝我扑过来。毛头跑路不行，攀爬是一把能手，得了这一空，噌地就上了引擎盖，然后抓着后视镜又上了车头。

我再也不管毛头，只顾自己像个没头苍蝇一样逃命。

"别走散了！"Maggie Q 对着我们大喊，"往大门那边跑！"

我们一行人跌跌撞撞在泥地里奔跑，我这两天了没合过一眼，刚才又被这么一吓，体力严重透支，渐渐地落在了后面。

我只觉得脚下越来越沉，胸口越来越闷，脑子已是一片空白，眼前一阵一阵的发黑，身后活死人的嗥叫声已经越来越清晰。

正在这时，一阵汽车引擎声响起，我扭头一看，只见在泥地里的货车突然动了起来。

"哈哈哈！"三毛狂笑着大喊，"毛头有你的！"

我仔细一看，那驾驶座里根本看不到人，随即反应过来，一定是毛头在开车，他个子小，踩得到离合器油门便看不见挡风玻璃了。

依维柯晃晃悠悠，几次都差点熄火，但总算呈一条直线朝我们开了过来，还噼里啪啦撞倒了一群活死人，我们都大声欢呼。可车子经过我们身边，却没有丝毫停顿，径直开了过去。

三毛尖声大喊："刹车！刹车！"

依维柯在超过我们二十多米之后终于猛地一顿，熄了火，停了下来。

我们一声欢呼，三毛跑在最前面，拉开车门进了驾驶座，Maggie Q 还是翻进了货厢，道长和我落在了最后，我咬着牙往前直奔，眼看着就剩十几米的路程。

这时突然一阵像是电风扇一般嗡嗡嗡的声音传来，我看到车斗里的 Maggie Q 突然变了脸色，朝我们俩用力地招手，嘴里喊着"快！快！"

我正纳闷不知道发生了什么事情，又是一阵"嗤啦"尖啸声响起，紧接着猛烈的爆炸声传来，我的后背像是被人用大锤重重砸了一锤，我像是腾云驾雾一般飞起，重重地摔在货车前的地上，眼前一黑，晕了过去。

我像是喝酒喝断了片，脑子里一直像走马灯似的走画面，一会是周令武的哥哥周令文断了半条脖子的样子，一会又是我被那口鼻破了一个大洞的"僵尸"卡住了喉咙。我像是被压在极深的海底，又像是浮在无依无靠的云端，灵魂仿佛裂成了成千上万块碎片，散落一地。我一直感觉有人在搬动我的身体，有声音在极远的地方呼唤我，可我就是不想睁开眼睛，就像回到母亲子宫的胎儿，只想慢慢地沉下去，渐渐的我就什么也听不到了。

这样沉迷了不知有多久，我那碎裂的灵魂碎片才重新拼凑起来，我渐渐感觉到自己的肉体，一阵木木的疼痛从后背传来，慢慢扩散，疼痛逐渐尖锐起来，迅速变成了难以忍受的剧痛，"啊……"我忍不住呻吟了出来。

"你醒了？"我听到一个女声轻轻的声音，我睁开眼，看到 Maggie Q 正低头看着我，目光如水，神情淡然。

我挣扎了一下，环顾四周发现自己正躺在三毛的普拉多的后座上，头枕在 Maggie Q 的腿上。前面三毛在开车，道长坐在副驾驶座，听到 Maggie Q 的声音，两人都回过头来看，三毛略带了一眼，脸上嘿嘿一笑，便回过头去继续开车，嘴里念念叨叨："我就知道这小子命大，死不了！"

我想开口说话，却感觉到喉咙口一阵发痒，忍不住咳嗽了几声，接着喉头一甜，哇地吐出一口鲜血。

"啊！他吐血了！"我听到毛头惊恐的叫声，我循声看去，只见毛头从后备厢伸过脑袋，趴在我们的座椅上关切地看着我。

"没关系，只不过肺部和气管受到震荡，瘀血吐出来就没事了。"Maggie Q拍着我的后背说。

我深深地喘了几口气，果然，吐出一口血之后，那胸口像压着一块石头似的烦闷感反而减轻了很多。

这时我脑子里才像电影回放一样把在基地里发生的事都过了一遍，想起那猛烈的爆炸，我不顾Maggie Q大腿的绵软，挣扎着坐起身问："为什么会有爆炸？"

"是无人机！"Maggie Q任由我坐起来，淡淡地回答。

"大概上面知道基地出了事，派无人机过来侦察，正好看见一大群感染者追我们，就放导弹给咱们解了围。"道长转过头说。

我抬眼看了看道长，发现这老小子跑在我前面没几步远，却干干净净连油皮也没擦破一块。

道长似乎看出我的疑惑，笑着挠挠头说："你正好在我后面，给我挡了冲击波，我只是摔了一跤。"

感情是拿我当了肉盾，我暗骂一句，随即又想起隐没在感染者群里的周令武，开口问道："周令武呢？后来有没有找到？"

道长面色一沉，摇了摇头。

我幽幽地叹了一口气，暗忖该来的终归躲不过。我把脸别向窗外，此时已经天黑，既没有月亮也没有星光，车子在漆黑的盘山路上穿行，只剩车头前方一片光亮，其余全是无尽的黑暗。

"我们现在去哪？"我轻声问。

道长也叹了口气回答："先到浒丘，把毛头放下，然后连夜回钱潮，我刚才看微博，有小道消息说基地另一边的市镇已经被封锁了，我们因为是翻山过去的，浒丘这边暂时还没影响，但怕夜长梦多，越早回去越好，再说，我们也得赶紧回去准备准备了。"

我点点头，胸口又开始憋闷起来，心道这一回去，世道还不知道要变成什么样子，如果索拉姆病毒被周令武传播开来，按照 Maggie Q 的说法，有五分之一的感染率，也就是说索拉姆所到之处，五个人中的一个会在一夜之间变成那种活死人，二十四小时之后，接触过患者的又是五分之一感染者，加上撕咬的感染……

我越想越怕，禁不住牙关咯咯打战。道长看了我一眼，又叹一口气说："怕是真的世界末日了……"

这时前面升起一片荧荧灯火，浒丘县城到了。再次回到这个破败、逼仄的小城，我竟然有一种再世为人的感觉，那些微弱的路灯，路灯下阴沉着脸的人都让我有一种温暖的安全感，人终归是群居动物，哪怕我再孤僻、离群索居，在经历一场跟另一个物种的战争之后，看见自己的同类，看见我们这个物种创建的灿烂文明，心里也会油然升起亲切感。

汽车带着我们滑入那条闪烁着粉红色霓虹灯的街道，在"枫林晚"度假酒店前停下，在经历了这一连串冒险之后，毛头终于相信我们不是盗墓的了。三毛按下按钮，后备厢门向上打开，我和道长三毛都下了车。

毛头整理好自己的东西，跳下后备厢，看看闪烁的"枫林晚"招牌，又看看我们，眼神里闪过些许无奈和不舍。我们跟他道了珍重，他转身朝酒店走去，走了几步，又回过头说："三爷、道爷、源哥……你们别看不起我，我们做这个也是不得已，这地方……实在是太穷了……"说完便转身就走，我看着他孤寂又弱小的背影逐渐被黑暗吞没，突然心中一动，喊道："毛头！"

毛头倏地转身看着我，眼中精光闪烁。

"最近的 ATM 机在哪里？"我问。

毛头愣了一下，随即指指一个方向说："整个浒丘就一个农村信用社，在县政府那边，那儿有一台取款机。"

我说："我们也不认识路，还是你带我们去吧。"

毛头连一丝犹豫都没有，马上跑回来。三毛和道长都以为我真的要取钱，我们四人重新上了车，在毛头的指点下来到信用社门口。我下了车，从包里拿出银行卡，走到 ATM 机前，把卡塞进机器。

这是台老式取款机，单笔限额 2000 元，每日最高限额 2 万，我一次取 2000，取了 10 次，手里捏了一大沓现金回到车里。

"你取这么多钱干吗？难道还想去大保健？"三毛奇怪地问道。

我没理他，把钱递给毛头："这世道马上要变了，这些钱你拿着，多少买点东西。"

"这……"毛头一下愣住了，也不接，呆了半晌才说，"这怎么好意思……"

我把钱塞进他手里，说："反正再过几天这钱也没用了。"

毛头傻愣愣地接过钱，半天才憋出两个字："谢谢。"

我摆摆手，示意不必如此。三毛他们也没说什么，车子重新把我们带到"枫林晚"，这次我们没下车，只是朝毛头挥了挥手便重新上路。

"该回家了！"拐出那片红灯区，三毛大喊一声。

这时许久没说话的 Maggie Q 突然说道："先送我去火车站！"

"啊？你要去哪里？"我吃了一惊，脱口而出。

Maggie Q 横了我一眼，一副关你屁事的表情。我以为她跟我相处了这么长时间，还让我垫了这么长时间的大腿，总得有些熟络起来，当不了朋友起码也算是个熟人，没想到还是这么冷淡和拒人于千里之外，我只得讪讪地闭了嘴。

三毛查了车载的导航，浒丘的火车站却不在城里，而是在离城十几公里的一个叫"十里亭"的小镇上。幸好，这小镇正好在我们要上的高速口子上。我们循着导航而去，不到 20 分钟便到了。

浒丘的县城尚且如此破败，这小镇就更加的不堪了，虽然还不到晚上 10 点，但是整个镇子已经漆黑一片，唯一的光亮便是来自火车站。

火车站极小，只有一幢房子，售票处和候车室全在一处，门头上挂着"浒丘站"三个发光大字，其中"浒"字的三点水大概是里面的灯管坏了，发不了光，半夜看来，便成了"许丘站"。

我们把 Maggie Q 送到车站门口，她连再见也不说一声，下了车便关了车门，转身朝"许丘"走去。

现在又只剩下我们三人，三人面面相觑，都耸了耸肩，三毛回身挂上挡位，踩油门把车开上马路。

此时一列红皮火车刚好缓缓出站，跟我们的车并排而行。我看到火车车身上的铭牌，上面写着"K318 天阳—海州"，我看着一节节的车厢从我眼前滑过……已经熄了灯的卧铺车厢，挤满了人的硬座，还有灯火通明的餐车……我看到周令武从餐车的一头进来，跟列车员说了几句话，从兜里拿出一沓钱递给列车员，然后在靠窗的位置坐了下来，手肘支在铺了白色蕾丝餐布的餐桌上，手托着腮帮子，怔怔地看着车窗外无边的夜色出了神……

第八章

打小人

现在。

大年初一，我刚洗了澡，感觉像是扒了一层硬壳，身上轻了十几斤，一下子神清气爽起来。

我抚摸着猴子从刘国钧那儿偷来的戒指，戒面上的衔尾蛇微微凸起，连身上的鳞片也凹凸有致，摸起来圆润而有质感。

这是另一枚点金石吗？抑或仅仅只是一个仿造的艺术品？刘国钧为什么会有它？点金石一共有几枚？是不是也如那颗修罗印一样有避开感染者攻击的效果？点金石是哪里来的？为什么会有这么逆天的存在？它们是外星人或者史前文明留下来的东西吗？

我正胡思乱想着，突然听到楼上一声轻呼："普通警戒！"

所有人都像条件反射似的抓起枪一跃而起。普通警戒代表着有人过来，但人数少于三人并目测对方没有武器，威胁性小。

我冲到墙边，通过观察孔往外一看，待看清来人，忍不住心里嘀咕一声说曹操曹操就到，只见墙外匆匆而来的，正是刘国钧。

刘国钧走到门口，便咣咣地砸门，同时嘴里大喊："冯伯！陈姨！快开门，我老刘啊……"

门边的三毛朝我看了一眼，我回头朝猴子做了个手势，嘴里无声地开合——"躲起来！"猴子马上会意，点点头转身进了屋。我这才朝三毛挥挥手，示意他开门。

门刚打开一条缝，刘国钧便闪了进来，他一进门便四处张望，一边大喊："那个人呢？"

"你瞎嚷嚷啥呀？"三毛毫不示弱，推了刘国钧一把骂道。

刘国钧像是斗鸡一样，竖着脖子对三毛怒目而视，但片刻之后便败下阵来，挥挥手说："我不跟你说，冯伯和陈姨呢？我找他们！"

"死了！"我没好气地说。

刘国钧闻言一愣，转头看到那一堆坟头，眼睛里闪过一丝不易察觉的悲伤，那一瞬间，我突然觉得这个人还算有那么一丁点人性。

但这一丁点人性的光辉转瞬即逝，刘国钧迅速地转过脸，嘴角不屑地一抖，指着我说："别以为我不知道，那个尖嘴猴腮的家伙呢？快把我的戒指交出来！不然我分分钟让陈市长灭了你！"

"你他妈给我说清楚！"三毛大吼一声，抄起手边的无极刀挥起袖子，指着刘国钧怒吼，"以前是看李医生面子才没动你，今天不废了你，老子就不是你三爷！"

刘国钧一下愣住，怒目圆睁，但片刻之后突然一松，"嘿"地笑了，变脸速度堪比川剧大师。

"三毛你怎么这样，我这不是跟开个玩笑嘛……"刘国钧讪笑着说，搞得蓄势待发的我们像是一拳打到了棉花上，哭笑不得。

"阿源，咱们也算患难之交了，你想想我们在砂之舟一起过了这么久呢，那时候还有筱月……那个戒指，是我祖上传下来的，你们没什么用，我留着就是个念想……"刘国钧继续说。

他不提杨筱月倒也罢了，他这一说，我的火噌地一下就冒了上来，用力在刘国钧胸口推了一把，怒骂道："筱月还不是被你这家伙害死的！我没见过什么戒指，你给我滚，别再让我看见你！"

刘国钧脸红得像是要滴下血来，梗着脖子不知道再说什么。

三毛拉了一下枪栓，端起枪指着他冷冷地说："你滚不滚？"

刘国钧这才变了脸色，忽的一下蹿到门外，往前跑了两步之后，又转过身，叉着腰指着我们说："你们给我等着……"

三毛又扬了扬手里的枪，刘国钧吓得一哆嗦，倏地转身跑了。

"要不结果他算了！"三毛用枪瞄着刘国钧的背影说。

我想了想，最终还是摇了摇头，轻轻地按下三毛的枪口。

"算了，他要是死了，李医生怎么办？"

三毛闻言也叹了一口气，枪口慢慢垂了下来。这个时代的女人要是失去了男人庇护，即便这个男人渣得如刘国钧，女人想要生活下去也会非常困难。

"他要真去告密怎么办？"一直在旁边默不作声的大力突然说道。

"他能告诉谁去？"我反问道，"那天在鬼市他就不敢声张，分明是心里有鬼，再说，就算他去告诉陈市长，说什么？说自己戒指丢了？陈市长会鸟他？怕他什么。"

接下去的几天，似乎是印证了我的话一般，日子过得风平浪静。春节刚完，天气便一天天的暖和起来。暖风从南方吹来，空气也变得温润，不再像之前一样吹到脸上像刀割似的疼。因为能隔三岔五地洗个澡，我们的冻疮慢慢好转，身体也好了很多，但为了掩人耳目，外面还是要套上肮脏的衣服，头发也不能洗，还是如野人一样地披着。

我现在总算明白古人为什么把春节放在这个时候，因为在农耕时代，这就是最闲的一段时间，粮食都已收割，春播尚未到来，大家可以光明正大地游手好闲，任着劲儿地放鞭炮、舞龙灯、迎社火、走亲戚、喝酒、赌钱……

我们自然不会把时间这么白白浪费，这段时间我们除了每日按 Maggie Q 的方法继续训练之外，最重要的工作是把上次被摩托骑士的催泪弹迷了眼以后，Maggie Q 带我们去的那家食堂改造成第二个庇护所。按曾经的游戏迷杨宇凡的说法，这是开分基地，免得单基地被偷袭虐死。张依玲和萧洁还给那地方起了个名字，因为里面都是蓝色的塑料座椅，叫"蓝房子"，而现在的基地，因为之前是不锈钢工厂，就叫"铁房子"。

蓝房子后面也有个院子，不过比铁房子小多了，而且完全铺上了水泥地面，没有种粮食的可能，我们把一部分食物和物资挪了过去，在外面做了一些伪装，内部又打通了几条逃生通道，猴子做了几个黑色水囊，接好了水管。床铺也做了安排，力求拎包即可入住，而且能在里面躲藏一个月以上不用出门。

这期间我们又去了几趟鬼市，每次去，刘国钧看见我们便远远地避开，似乎是已经认尿，不想再跟我们正面起什么冲突。鬼市要撤走的流言也似乎平息，没人再提。

而这一切平静的背后，则是残酷的现实。古人说青黄不接，正是这个时候，春天还没到来，但储存的粮食已经在这个漫长的冬天消耗殆尽。

我们每次去鬼市，都能感觉到人又少了几个，听到的一些传闻更是让人不寒而栗。有一家子吃了发芽的土豆，集体中毒而死；有人吃观音土，然后屙不出大便，腹胀而死；还有人竟然不顾一切地去吃感染者的尸体，这虽然不至于感染索拉姆病毒自己也变成感染者，但人不是食腐动物，我们的胃酸不足以消化致命的肉毒杆菌，吃了这样的肉只有死路一条。

城市变得更加的萧索，文明的痕迹迅速褪去，变成狂野的丛林。感染者因为寒冷还蜷缩于室内，人类却依旧不敢出来活动，成群的野狗在街上游荡，原来的宠物犬，不管是黑背、比特、斗牛这样的猛犬，还是温顺如金毛、苏牧或拉布拉多，它们在度过最初一段失去主人的适应期之后迅速野化，变成令人恐惧的野兽。野狗的生存能力远超人类，它们会狩猎松鼠、老鼠之类的小动物，因为它们的消化液中含有更多的溶菌酶，食物通过它们消化道的时间也更短，因此可以啃食腐尸。它们不再视人类为主人，也不怕人，看见落单的人还会群起攻击，非常危险。

因为营养不良，人们饿得面黄肌瘦，皮肤紧贴在骨骼上，肚子却高高肿起，像是以前电视上见过的非洲饥民。大腿上一按一个坑，半天弹不回来。

每个人都如感染者般僵硬而又无神，肮脏透顶，户外难得碰上一个会动的，要花很长时间才能确认到底是僵尸还是活人。

这样的日子一直持续到开春。当我们已经忘记刘国钧和他的戒指的事、开始准备春播的时候，事情来了。

那天是惊蛰，春雨滴滴答答下了一天，不冷，空气里已经有了青草的味道。大力把一些种子泡到水里，说今天是蛇虫出洞的日子，万物至此复苏，雨水浇透了地，正好可以播种。

但南方来的张依玲却说惊蛰也是小人出动作乱的时候，岭南流行在今天打小人，不然必被小人所犯。我们本对这种迷信活动嗤之以鼻，但学究气浓重的三土却非常感兴趣，非得缠着张依玲打给他看看。

张依玲没办法只好同意，我们也好奇，都围过去看。

张依玲用一张写春联剩下的红纸，剪成一个人形，贴在一块石头上，然后拿着猴子脱下的鞋子，开始重重地捶打那张纸片，一边打还一边念念有词：

"打你个死人头；

打歪你的小人嘴；

劈你损手又损脚撞瘟鸡；

打到你没鞋光脚走，从北方来就南方跑；

好人近身，小人远离。

……"

一开始，我们还不以为然，在一旁嬉笑着打打闹闹，说张依玲的样子像个神婆什么的，但后来，张依玲表情越来越严肃，咒语也越念越熟，越念越快，气氛也渐渐诡异起来，随着张依玲一声紧过一声的咒语，天上竟然隆隆地打起雷来。

"春雷乍响，万物复苏……"三土抬头看着彤云密布的天空喃喃说道。

张依玲刚结束仪式，雨便越下越大，虽然只是下午，天色却如午夜一般黑。雷声一声紧过一声，伴着闪电咔咔地劈在人的头顶。

我正想说今天这鬼天气没法再训练干活了，想让大家收拾收拾早点吃饭，却听见一阵低沉的隆隆声从远处传来，一开始我以为是雷声呢，但在楼上放哨的猴子却朝我们喊了一声——"摩托党！"

我心里一动，寻思摩托党几天之前才刚来收过保护费，怎么今儿又来？一边赶紧把张依玲和萧洁打发进室内，把枪械之类所有惹眼的东西全收起来，做完这些，隆隆的引擎声已经接近门口，片刻之后，大门上传来咚咚的敲门声。

其实自从打败那些摩托骑士，得了他们的武器以后，我们的实力已经远远超出了摩托党，但为了不引人注目，我们还是按月付出他们要求的保护费，反正只是几斤粮食，对我们来说不伤筋动骨，却能避免很多麻烦。

我和三毛各自撑了一把雨伞，跑去开门，门外有两辆摩托，却站了十来个人，其余的人大概是跟着摩托车跑步而来的，一行人都穿着黑色的雨衣，大雨浇在他们身上哗哗地响。

其中一人我们熟悉，每次收保护费都来，因为头发略黄，被我们叫作黄毛。黄毛身后跟着一个身材魁梧的大汉，因为戴着兜帽光线又黑暗，看不清面目。

"啊呀黄毛哥，今天怎么还来呢？"三毛迎上去说道。

黄毛只是轻轻唔了一声，一群人也不说话，一点也不客气地往屋里走。

我见来者不善，连忙不动声色地朝楼上做了个手势，提示猴子赶紧通知其他人，做好战斗准备。

三毛用手肘推了推我，朝那身材魁梧的人努了努嘴，我看到那人背后的雨衣高高拱起，雨衣下面明显带了一把步枪。

我越发狐疑起来，虽然知道摩托党有枪，但从来没见他们带在身边过，而且这人的身形，总感觉在哪里见过似的，莫名的熟悉。

我们引着一群人来到屋前，打开门伸手请他们进去，但只有黄毛和那人走进室内，其他人就这么站在雨里。

屋子里比外面更黑，我还是看不清那人长相，正瞪圆了眼睛努力分辨呢，恰好一个炸雷轰下来，闪电透过开着的房门，把室内照得雪亮。那人这时候正好摘下兜帽，闪电把他的面貌照得一清二楚。

我差点失声惊呼，只见那人顶着个现在很罕见的大光头，胡子也剃得精光，脸色很白，嘴唇却殷红如血，对比我们这群须发蓬乱的野人，他就像一颗剥了壳的水煮蛋。但这些都不是我惊讶的理由，让我诧异的是，此人竟是我们认识的一位老熟人！

"这是我们老大——狼爷！"黄毛边脱雨衣边介绍道。

狼爷应该没认出我们来，毕竟他只跟我们打了个照面，加上我们现在胡子头发乱糟糟的，早已面目全非。他略略扫了我们一眼，抿嘴一笑，那殷红的嘴唇在他惨白的脸上轻轻一翘，竟然显出一种诡异的妩媚来。

"哦……原来是狼爷啊，久仰久仰……真是让寒舍蓬荜生辉啊……"三毛也一愣，但马上反应过来，他是自来熟，以前又是场面上混的，客套话张嘴就来。

狼爷也不说话，只是借着门外不断闪烁的电光，在室内慢条斯理地踱着步，东摸西看。我们正丈二金刚摸不着头脑呢，他突然停住，鼻子像是闻到什么的猎狗一样不停抽动，然后忽地转身，用一种以前抗日电视剧里日寇的语调对着我们说："你的，良心大大的坏了，死了死了的有！"

我和三毛都是一愣，不知道狼爷这是演的哪一出，狼爷却又展颜一笑，抽了抽鼻子说："我闻到了资生堂沐浴露、沙宣洗发水和二十岁姑娘的味道。"

狼爷在我们的瞠目结舌中慢慢地踱到猴子敲的白铁皮沙发边，大马金刀地坐了下来，还伸手摩挲了一下沙发的扶手，才慢条斯理地说："你们很不老实啊！"

我虽然被狼爷这番做派给震了一下，但随即便想今天肯定是不能善了，反正要撕破脸皮，也不用跟他客气。

这时雷声渐歇，门外云开雾散，天色也一点点亮了起来。我装作要取暖，先伸手在嘴前哈了两口热气，然后伸进怀里，抓住插在腰间的手枪柄。

"敢问狼爷，您这话是什么意思？"我挺直了身体，大声问道。

狼爷似乎没料到我一下子变得这么硬气，明显愣了愣。

"少废话！"一边的黄毛出来帮腔道，"你们的保护费不够，有人说你们起码藏了上千斤粮食！"

刘国钧！我心道还真是让张依玲说中了，今天真就是犯了小人。

"他妈的谁说的？"三毛可能早就窝不住火了，见我上了火，也马上不客气起来。

这一吼，站在门外的几个狼爷的手下也被惊动了，拿着武器一窝蜂似的冲进来，有几个人还在狭窄的门框上挤作一团，我侧身瞄了一眼，见其中一人拿着一把以前武警用的 05 式微冲，一人拿着老式的 54 式手枪，其余的都是刀剑之类的冷兵器。

可见虽然狼爷千方百计想做出一副虎贲之师的模样，但这些弱得可怜的武器，明显缺乏训练的队形，都暴露出这些人本质上不过是一群乌合之众的事实。

就在这时，我的视线越过人群和房门，看到张依玲、萧洁、猴子和大力从这些人身后快速跑过，像平时训练一样，飞快地跳进自己的狗洞隐藏起来，他们一定是早就从密道绕到了院子里来了。

我心里越发镇定起来，虽然十几个人都手拿刀枪指着我和三毛，但也学狼爷的样子，咧嘴笑了起来。

"狼爷……"我对着狼爷拱手说道，"我不知道是哪个小人挑拨离间，但这大半年来，我们哪个月的保护费也不曾短了你们的，就算是东兴红星古惑仔，交了保护费，也得保护我们是不是？你们倒好，不仅不闻不问，还就因为别人一句话，就上门兴师问罪，请问这是什么道理？"

这一群人似乎没料到我会这么镇定，听我不慌不忙的说完话，都明显愣了愣，过了一会黄毛才像只碰到毒蛇的黄鼠狼一样一下子炸了毛。

"你小子给脸不要脸是不？"黄毛指着我的鼻尖大吼道。

"哎！"狼爷伸手止住黄毛，眼睛里精光闪烁，上下打量了我两眼，又咧嘴一笑，点点头说道，"这位兄弟说的有几分道理……"但紧接着他马上笑容一凝，换了一种狰狞的表情阴森森地说道，"不过我狼爷做事，什么时候讲过道理了？"

"给我搜！"狼爷把脸一横，大声吼道。

他的那些手下齐声应和，甩开膀子就想往里面闯。

"我看谁敢！"三毛大喝一声，抽出一直揣在怀里的双手，手里握着两把92式手枪，一手指着狼爷，一手指着黄毛。

"都他妈别动！"我也大喊着掏出手枪，指向狼爷。

这下所有人都慌了，那几个拿枪的刚才压根就没做好开枪的准备，只是做做样子想吓唬吓唬我们罢了，这时候拉枪栓的拉枪栓，开保险的开保险，乱作一团。连狼爷也脸色微变，皱着眉头对黄毛说："不是说只有一支步枪吗？"

"我我……我也不清楚，都是那个什么刘主任说的！"黄毛一边支支吾吾地说着，一边手忙脚乱地掏出一把仿54手枪指向我们。

狼爷此时也摘下了背上的95突击步枪，指着我们说道："难怪那么嚣张，原来有枪是吧？不过可惜啊，枪没我们的多！"

"是吗？"我嘿嘿一笑，把手举过头顶朝外面打了个招呼。门外马上传来几声轻响，猴子、三土、大力、张依玲、萧洁同时掀开狗洞上的掩体站了起来，五支AK黑洞洞的枪口形成一个半圆的包围圈指向这边。

"你们已经被包围了！"三毛蹩脚地模仿着以前警匪电影中的口吻，夸张地说道，"放下武器，缴枪不杀！"

其他人还好，因为背对着房门，也看不到外面的情况。而狼爷的位置刚好正对着门，外面的情形他看得一清二楚，这时他也没法再故作镇定，他腾地站起来，对着我们怒目而视，连腮帮子上的肉也跟着抖了两抖。

不过狼爷毕竟有一些枭雄之色，在最初的慌张过后，马上就镇定下来，黑着脸说道："枪多有什么用？你们敢开枪吗？枪声可是会把那些'东西'给引来的！"

"你可以试试！"我沉声说道，"反正拿走我们的粮食，我们也活不下去，不如一起死了，杀一个够本，杀两个还赚一个！"

"你……！"狼爷一时语塞，只能睁大了眼瞪着我，双方就这么僵持住了。

我心里越来越焦急，确实如狼爷所说，如果开枪，我和三毛生命安全无法得到保障不说，到时候枪声势必会吸引来感染者和其他人类，那这个苦心经营这么长时间的基地可就一定得废弃了，这样的损失是我们绝对承受不起的。

我正心急火燎呢，冷不防却看见对面的狼爷朝我眨了一下眼睛，我以为自己眼花了呢，但随后他马上又眨了一下，还微微努了努嘴角。

我一下反应过来，原来狼爷也不想跟我们纠缠，只是我们双方这么对住了，如果他先认怂，难免在手下面前没了面子，现在他需要的只是一个能顺着往下爬的台阶。

想通了这层，我在心里暗暗舒了一口气，开口说道："狼爷，要在这个世上活下去，谁都不容易，我不知道你是听谁说我们有大批粮食的，但我向你保证，这绝对是谣言！多余的粮食，我们真的是一粒也没有，你狼爷是条汉子，在下很是佩服，今天多有得罪，也请你高抬贵手，就当交个朋友，以后的保护费，我们还是每月不少，这样可好？"

狼爷眼中闪过一个"算你小子识趣"的眼神，突然放下枪，过来用力地拍了几下我的肩膀，诡异地一笑道："你这个朋友我狼爷交定了！"

我们都被狼爷的巨变弄傻了，就像是从市政府一下走到了天上人间，场景变换得太快，以至于思想都没跟上，前一秒双方还拿枪互相指着呢，下一秒就看狼爷一个人在那兴高采烈地说"这两个兄弟不错，有胆有识……"之类的话，亲热得就差没跟我们当场结拜了。

狼爷耍了一阵宝，打了几个哈哈之后，终于一挥手，大呼一声："今天跟源哥、三毛哥是不打不相识，以后日子长着呢，咱们青山不改，绿水长流，后会有期！"

说完便带着一众人推推搡搡地往外走，来时如黑风鬼煞，去时却活像说相声的，真是让我们大开眼界。

狼爷走后，我们顿时炸开了锅，三毛嚷嚷着要去杀了刘国钧，三土一脸惊慌，说基地已经暴露了，让我们赶紧挪窝……

一阵鸡飞狗跳之后，众人才重新安静下来，纷纷看我，问我该怎么办。

能怎么办？我脑子里飞快地思索着——放弃基地？绝对不可能，虽然蓝房子那边有水和食物，再把这边的库存也转移过去，足够我们生存两三个月了，但这也就意味着我们要放弃这边这块大院子，已经走上轨道的蔬菜粮食的种植，而这些才是我们可持续生存下去的倚仗。但什么都不管留下来吗？好像也不行，且不说狼爷的摩托党会不会卷土重来——有几百斤粮食和五六支步枪手枪的诱惑这几乎是肯定的——刘国钧也必定不会就此罢休，他要是再找其他的势力来捣乱怎么办？即便我们能胜过这些骚扰，但引来感染者怎么办？甚至引来食人族……

"明天去一趟鬼市！"我抬头看看已经西斜的日头，心里做了个决定。"去找找张队长，让他帮忙给陈市长说说，让他出面弹压一下刘国钧还有狼爷……"

"那戒指的事……？"猴子指着自己的手指说道。

"向他坦白！"我从裤兜里掏出戒指，看着上面的衔尾蛇喃喃说道，"这东西太重要，太诡异，除了 Maggie Q 和那些摩托骑士，总觉得还有很多势力在追查它，而凭咱们的力量，几乎不可能保住它，还很可能引来杀身之祸，现在又找不到 Maggie Q，不如交给陈市长，说不定他还能理出一点头绪……"

"可陈市长这人品……"大力略显不屑地撇嘴说道。我知道他指的是食品厂一役，陈市长不顾我们死活，让我们引开感染者好让他自己的部队拿到粮食的事。

"现在这世道，哪里还有人品这一说……"我叹了口气说道。

第二天，我、三毛、大力和杨宇凡四人匆匆赶往鬼市。我原本说只要我和三毛二人过去就可以了，但大力说现在是春播之前最后的几天，他要尽可能地收集些种子，好在开春后多种些粮食。杨宇凡则说自己想去鬼市换个东西，死活要跟着来，我们没法，加上也有一些烟酒之类的要换成粮食，多一个人也好搭把手，所以就没拒绝。

来到鬼市刚爬上围墙，我就感觉到不对劲了。张队长和刘国钧都不在围墙上，收税的士兵也非常面生，我们不得不费了很大的劲才解释清楚我们是免税的，而且今天鬼市里交易的人非常少，在的人也是神色慌张，面带忧色。

我们刚走下楼梯，小牛郎老鼠就迎了上来，他也是满脸的焦虑，眉头紧皱，鼻子眉毛挤成了一堆。

"你们听说了没有？感染者复苏了！"老鼠离我们还有几步远，就按捺不住大声说道。

我正四下张望着找张队长呢，但广场上只有零星的几个哨兵，一个脸熟的人也没有，听到老鼠这话我心里不以为然，连看也不看他，自顾自咕哝："开春天气热了，就像蛇结束冬眠要出洞一样，这是自然现象，有什么好奇怪的。"

"不对不对！"老鼠头摇得像电风扇，压低音量说，"不是那回事，我听说感染者不止重新走出室外，还在街上集结，正在缓慢向南边移动……"

"你是说……'僵尸'潮？"我心里一惊，愕然转过头说道。

老鼠左右瞄了两眼，像是怕惊动那些感染者一样，才像小鸡啄米似的点点头，喘着气说："虽然移动速度很慢，但应该是的，老李、狐狸他们都证实了。"

老鼠说的老李和狐狸都居住在靠北地区，也最接近感染者集中地，他们都这么说，应该不是虚言。

"还有……"老鼠用更低的音量做贼似地说，"鬼市今天一个领导也没露面，听说……"

老鼠话音未落，一旁楼里面就传来一阵喧哗，只见陈市长带着鬼市的一伙核心人物像是会议刚散场似的从楼里走出来，一伙人都阴沉着脸，看起来心事重重地往另一座楼里走去。

我看到军士长也在其中，连忙朝他招手，但他只是眼角瞄了我们一眼，没做任何表示，连表情都一丝不变，跟着大部队走了。

我暗忖这是怎么了？军士长跟我们混得很不错，平时也一直跟我们乱开玩笑毫无架子，从来没有这么不理不睬过，正纳闷地看着一群人越走越远，却看见李瑾从楼里面一路小跑着追过来。

"李医生李医生……"我们连忙叫住他。

"哦……阿源、三毛我正想找你们呢！"李瑾看见我们眼睛一亮，刹住脚步激动地说道。

"怎么了？"我心想李瑾在我们团队的时候一直默默地不怎么作声，现在却这么焦急，一定是有大事发生了。

"你们快走！"李瑾瞄了一眼前面陈市长他们的队伍，见他们已经进了另一栋楼房，才低声地说，"今天就走，陈市长今天晚上就要带着部队撤了！"

"啊！"我和其他人同时发出一声诧异至极的惊叫。

"嘘……"李瑾连连摆手示意我们小声，她正想继续说点什么，却看见军士长从对面楼房里急匆匆地奔了出来，她连忙别过脸往前走去，一边小声扔下几个字——"向东！跨海大桥！"

军士长跟李瑾迎面擦肩而过，两人都略略点头算是打了个招呼，然后走到我们面前，带着歉意说道："刚才不大方便，你们找我什么事？"

我想起这一趟来的真正目的，但按李瑾的说法，离开钱潮市似乎是不可避免的，那么找陈市长庇护我们就失去了意义，想进一步问他撤退的事情，却又怕牵连了李瑾，这一左右为难，就只能张了张嘴却说不出话来。

军士长却没注意我的失态，一把拉住我的肩膀把我拖着往前走，一边说道："算了算了，反正陈市长也正好找你们，一起说好了！三毛，你也来！"

第九章

末日危机

四个月零十八天前。

我们回到钱潮已经两个多礼拜了，如果我们能预先知道后来发生的事情，一定第一时间跑出城，找个最偏远的村庄待下来，可惜我们没有。

谁也没想到局势会恶化得如此之快。就像是烽火狼烟一样，沿着 K318 次火车，一连串地方都出现了感染者新闻。一开始只是零星的小道消息，通过社交媒体传播，虽然流传极快也很广，但大多数人也只是当个猎奇的谈资，听完看完该上学上学，该上班还上班。

直到今天，官方突然发布消息，对包括海州市在内的几个城市实施军事封锁！

"×月×日，××委员会召开会议，对抗击索拉姆病毒斗争提出总体要求：沉着应对、措施果断，依靠科学、有效防治，加强合作、完善机制；提出切断索拉姆病毒传播途径的科学策略：早发现、早报告、早隔离、早治疗。同时，设立总额20亿元的索拉姆病毒防治基金，成立全国防治索拉姆病毒指挥部，专项部署农村索拉姆病毒防治工作……"

电视上女主持人用她那抑扬顿挫的语调在播报新闻，我和三毛、道长在一旁手忙脚乱地收拾东西。

这两个多星期以来我们一直在为即将到来的世界末日做准备，千头万绪，觉得事事都重要，什么都得准备，可是又似乎什么都不重要，没什么是必需的。

还好我们三人都没有家人的羁绊。我自然不用说，很小便离开农村老家，父母亡故后，跟老家的亲戚都断了联系，既没兄弟也无姐妹，孑然一人。

道长是北方人，以前从来不提起自己的家庭，每次我们问起，都是长叹一声，摇头不语。直到有一次喝大了，突然心理崩溃，号啕大哭中跟我们几个关系近的道出了实情。原来李全道同志大学时曾经有过一个恋人叫葛丽丽，俩人爱得死去活来，蜜里调油，恨不得把对方别裤腰带上，隔几秒钟拿出来亲一口。可毕业了以后，一个北方，一个南方，二人又都是独生子女，谁爹娘也不愿意让自己孩子千里迢迢去对方的城市生活，最后还是道长一咬牙一跺脚，跟着葛丽丽来到了钱潮。当时道长家里已经给他安排好了当地的工作，为这事，道长他爹气得差点没中风，拍着大腿大骂道长，让他今后别进这个家门，自己就当没这个儿子！

原本这也就是个普通的孩子逃离家长的故事，一般人家，这样的事情搁个一年半载的，各自气也就消了，道长再抱个大胖小子回去，他爹还指不定多高兴呢。可坏就坏在道长把事儿想得太简单，跟着女朋友到钱潮还没一年呢，这葛丽丽就把他给蹬了，跟一个做外贸的跑了！

原本这事也没什么，谁还没失过恋呢？可坏就坏在，道长那时候很有商业头脑，他到钱潮时刚好是房地产暴涨的前夜，那时候他就看出苗头，说钱潮的房价一定会涨，他当然不敢也不愿意问家里要钱，于是借遍了所有的朋友同学，五千一万的凑了十几万，付了首付买了一套钱潮市著名的夕湖景区附近的小房子，当时1平方米才两千出头，转眼一年不到，这套房子的价格就翻了两三番。

原本这也没什么，房子涨了道长不是挣钱了？可坏就坏在，道长买房的当时跟葛丽丽正爱得如漆似胶呢，脑子一热，就把房产证写成了葛丽丽的名字！葛丽丽这女的心也狠，虽然分手了也死活都不愿意把房子过户还给道长，说自己跟了他三年，青春损失费也值一套房子了。这道长自然不答应，说，这是你蹬的我，要青春损失费也得你给我不是？再说自己还背了一屁股债呢，你背着我劈腿我不找你麻烦已经够意思了，怎么可能还平白给你一套房子？

于是两个曾经海誓山盟的情侣为一套房子转眼成了仇敌，两人来来回回扯了好几个月，后来葛丽丽终于不厌其烦，跟道长终极谈判，说还他房子也行，但自己跟了道长三年，一年十万！原本一套房子刚好，可现在道长既然不愿意，那就一年顶一刀，让她砍三刀，她就还房子！

道长顿时心若死灰，当下就跑进厨房抽了一把水果刀塞葛丽丽手里，又敞开自己胸膛指着胸口说你往这儿砍！这葛丽丽也心狠，真的就往道长胸口扎了三刀，其中一刀刺穿了肺叶。

道长在医院躺了大半个月，出来以后把房子过完户就转手卖了，把欠债都还了，从此以后再也没跟家里联系，连老家的朋友都断了往来。

那天酒醒之后，我劝道长说事情都过去这么多年了，说不定你父亲早就原谅你了，还是回去看看吧。

"我没脸回去……"道长长叹一声说。

这次从浒丘回来，我又劝道长，即便不回去，也打个电话给老两口，让他们也做个准备。

道长拿着手机呆了半天，拨了号又删了，叹了口气说："算了，生死有命，说不定还是不知道的好……"

三毛的父母则是刚好出去旅游了，老两口这几年为三毛操碎了心，到最近反而看开了，房子反正也张罗不起，就等过几年老得走不动了，把自己的房子一卖，给三毛凑个首付，老两口就去养老院等死。想开了，也就不纠结了，前几天社区组织老年人邮轮旅游，出去玩一圈 15 天，一人只要 1 万多。二老这辈子没出过国，这下也动了心，屁颠屁颠去办了护照，我们去浒丘的当天他们就上了路，这会儿指不定在哪块公海上飘着呢。

这几天三毛是心急如焚，可这轮船漂在海上通讯不便，压根就联系不到。

人类几代苦心经营的文明大厦在一夜之间便轰然倒塌，因为科技发展、物质丰富带来的虚假繁荣如同被刺破的肥皂泡，瞬间消逝无踪。人和人之间的关系马上褪去虚伪的温情面纱，恢复到本来面目，每一个人都是彼此潜在的竞争者，都在为有限的资源你争我夺！社会迅速褪变为幽暗的丛林，长满荒草，其中虎狼潜伏，恶人手执利刃，伺机而动，一些人磨牙狞笑，一些人挣扎呻吟。

"请广大市民不要恐慌，尽量待在家中不要外出，不要听信谣言，相信政府，我们有能力战胜这次疫情……"

电视上的主持人还在絮絮叨叨，这些天每一个电视台、电台都在重复播报这段通告，没有任何新的新闻。网络已经在一周前被切断，可是信息不畅恰恰是谣言最肥沃的土壤，各种有鼻子有眼的传说比病毒传播得更快，各种骚乱如燎原之火迅速蔓延，钱潮当局不得已只能实施城市戒严令，这也导致我们三人没有及时逃出城市。

不过，我们三人从回到钱潮第一天开始，就在大量囤积物资，但只是几天之后，市场上就出现了供应不畅的现象，我们回到钱潮不到两周时间，街上已经看不到任何开门的商店。

在最初的一周，我们乱七八糟购买了大量的物资，其中大部分的建议来自有过一次"末日逃亡"经验的道长。

其中包括几大类，第一当然是食物，考虑到危机时刻肯定会停水停电，我们购买的食物中绝大部分都是免烹饪食物，其中最多的是自动加热的盒饭，足足两千多盒，足够我们仨吃上一年了，还有大量的罐头、巧克力、压缩饼干、方便面、酱菜等等，都是能开袋即食的食物。

第二类是药物，因为我们三人身体还健康，没什么慢性病，也没什么特殊药物需要采购的，所以这一类相对简单，广谱抗生素占了最大的比重，这一类药现在是处方药，国家管制，以至于我们仨每天跑不同的医院找医生，一个星期勉强凑了一百多盒。其余的就是一些常用药，抗真菌药膏、止痛片、退烧药、止泻药、阿司匹林、碘酒、酒精、医用胶布、纱布、绷带等等。在道长的坚持之下，我们又增加了一套手术器械，包括手术刀、血管钳、手术镊、持针器，还有缝合伤口用的缝线，买了可吸收的和不可吸收的两种。

第三类是日用品，其中买得最多的是牙膏和牙线，这是我的主意，因为我经历过牙髓炎，那是一种让你惶惶不可终日的痛，你可不能指望在世界末日还有牙医能帮你看病，所以保持口腔健康相当重要。其余的物品类似肥皂和手纸，我们准备的并不多，用道长的话说"肮脏的日子即将来临，最好从现在开始习惯"。述有有限的几件衣服，都是花了大价钱买的结实耐磨的顶级户外用品，包括号称能抵御极地严寒的鬼语者羽绒服。

第四类是武器，这一类最难买，但我们现在手里有一杆三毛从科研基地带回来的 95 式突击步枪，还有我拿的 95 式军刺，还有三毛的警棍和我的贝尔求生刀，在刀枪管制极严的国内，我们的武力已经不弱于任何平民，所以只是补充了三把功能最强的瑞士军刀和一把消防斧。

第五类是燃料，我们装满了 20 个 30 升容量的大油桶，另外还有打火机油 1 箱，蜡烛两大箱，Zippo 打火机 10 个，专用打火石火棉 1 箱，便携式打火棒 20 余条，各式电池整整 3 大箱。

第六类是器具，一整套的便携野营炊具，包括水壶、饭盒、简易锅等等；手电筒若干；两部老式的"德声"牌收音机；两大捆登山绳；指南针 3 个；全国地图册 3 本；帐篷、睡袋、防潮垫、求生毯等 3 套；鱼钩鱼线 1 套。

第七类是交通工具，除了三毛的普拉多，我的马六，我还有一辆我父亲留下来的奥迪 Q7，那是他们出事时开的车，我把它修好之后就一直停在车库里从来没去碰过，现在正好派上了用场。

我们原本的计划是在乡下租个房子，把东西分批运过去。但局势的恶化速度远远超出我们的想象，还没等我们出城呢，戒严令就下来了。

"除了每日领取配额时间，闲杂人等不得在街上逗留。担任特殊工作的，出入必须持有通行证……"

电视上的主持人继续面无表情地播报通告，我们一直把电视开着，生怕错过什么重要新闻，但是已经一个多月了，各个电视台还是翻来覆去的播报这几段公告以及戒严注意事项，除了这个严肃的大婶，从来没出现过别的画面。

"把声音调轻点……我好像搜到什么了！"道长抬起头透过鼻梁上两片厚厚的镜片对我说。我连忙拿起遥控器，把音量调小，走过去，站到他身后。

道长正拿着那个老式"德声"收音机，一手异常小心地旋转着收音机的调台旋钮，收音机视窗上一条白色的指针随着道长的动作左右微微摇摆，喇叭发出几声"嗡嗡"的响声，随即一个年轻女人的声音渐渐清晰起来：

"……爸爸再也不让我一个人外出，他不再相信除了家人以外的任何人，他说人饿极了什么事都干得出来……现在外面已经非常危险，不仅仅是感染者，最危险的还是人。我昨天跟着我叔叔去外面寻找食物，亲眼看到两个男人为了一小包饼干而扭打，后来一个人抓起了一根轮胎撬棍，他重重地一敲，直接插进了另一个人的后脑勺里，然后他拿着撬棍疯狂地大笑……这种事情每天都在发生，我们不仅需要躲避感染者，更多的是这些已经丧失了理智的人……"

这时女孩叹了口气，又说："我也不知道为什么还要每天说这些，事实上我连有没有人在听也不知道，过去我是一个很胖的女生，从来不运动，喜欢快餐和零食，正是因为对身材自卑我才更愿意一个人对着一台机器说上半天，妄图在世界别的另一个角落，有人会聆听我的心声，可这一个月，我足足瘦了三十斤！到了以前我梦寐以求的体重和腰围，可讽刺的是，我是如此的怀念我的脂肪，还有那些炸鸡、汉堡和红烧肉……"

这时收音机里突然出现一阵吱吱的杂音，女孩的声音在杂音里若隐若现，变得无法分辨。道长赶紧又捏着旋钮左右微调，但他聚精会神地调了半天，最终还是收不到清晰的信号，他颓然地放下手臂，向后一倒，摔进沙发里。

"早知道买个全波段接收机了！"三毛在一旁悻悻地说。

这台收音机是我们这一个月以来最重要的信息来源，当然现在所有的 FM 电台都只剩下那位女主持人木然的声音。但老式收音机却有一个好处，就是它能搜索到短波通讯信号，短波信号由天线发出后，经电离层反射回地面，又由地面反射回电离层，可以反射多次，因而传播距离很远，甚至能传播上万公里。但在天波传播过程中，路径衰耗、时间延迟、大气噪声、多径效应、电离层衰落等因素，都会造成信号非常的不稳定。

这一个月里我们靠着这台一百多块钱的老式收音机，搜索到了很多个人"火腿"电台的信号。所谓"火腿"，就是个人业余无线电爱好者，这些人隐藏在世界的各个角落，以发射和接受更远距离的无线电信号为荣，只不过我们的"德声"收音机实在太过简陋，根本无法在短波频率中精确定位，以至于这些信号断断续续，只能听到只言片语，可就是这只言片语，传来的也都是让人绝望的消息。

我们这几天听到的，基本都是求救信号，说自己孤身一人或者一家几口，被困在某某地方，楼下全是感染者，已经几天没吃饭了之类的。从这些零星的消息，我们归纳的情况是，从浒丘往东，长江以南，钱潮以北这一大片地区，已经被整体封锁。

第十章

都市丛林法则

一个月零二十天前。

我住的这栋高楼足有32层，我家在第28楼，离地面近100米。我有时候站在阳台上往下看，只觉得城市逐渐缩小，行走在街上的人也化作一颗颗小黑点，想想自己和这些小黑点之间的那点恩怨算得了什么？那些蝇营狗苟、尔虞我诈又算得了什么？只想一阵清风吹来，自己化作一朵白云，飘上九天而去。

水、电、煤气在几天前就停了。我们囤积的大量食物和饮用水此时真正派上了用场，虽然我每天都无限怀念水煮鱼、麻婆豆腐、咖喱牛肉、烤羊排、冰镇啤酒……但好歹没有饿肚子，我们现在碰到最大的麻烦是个人卫生和排泄。

作为现代人，每天刷牙、洗漱、洗澡，已经成为融入血液的一个本能习惯，更别说在目前这样的盛夏季节。在没有空调、没有电扇、没有冰箱，甚至连喝水都需要尽量控制的情况下，我们自然是没有条件洗澡的。我曾经提出过每天每人拿一小瓶矿泉水擦擦身体，但被道长和三毛一起严词拒绝，并且被二人再三警告，要我放弃原来富二代少爷的架子，放弃一切不切实际的幻想，做好长期和肮脏并存的准备。我现在就感觉自己像是一块馊掉的抹布，浑身黏糊糊、酸唧唧、湿嗒嗒。

让人受不了的还不是不能洗澡，而是每天的大小便排泄。停水之后，家里的抽水马桶就成了一个摆设。我们一开始是在楼梯间里拉，但只过了两天，整个楼梯间从上到下都变得臭不可闻。后来还是三毛想出了一个馊主意，他在确定我对门那个常年老死不相往来的邻居不在家之后，翻过阳台，从里面把门打开，然后我们仨就把他们家当成了厕所，一个房间一个房间地拉，先从主卧开始，我现在每天都蹲在他们家那张法式宫廷的大床上，一边翻他们家的旧《男人装》杂志一边大便。还好，他们家的房子够大，两百多平方米，四室三厅三卫，够我们拉上一段时间了。

但这些实际的困难还不是最困扰我们的，最让我们难受的，还是心理上的焦虑，那种打心底泛出来的孤独。

人是群居动物，需要通过人际交往，知道自己处在一个稳定的族群之中，并且明确自己所处的位置，才能获得基础的安全感，一个人一旦被自己的团体排挤或者抛弃，比如说失业，马上就会陷入缺乏安全感而产生的焦虑之中。

还有那种无法言说的孤独感……有人说 21 世纪是信息大爆炸时代，一个人哪怕他再孤僻，再离群索居，只要他想，随时按动鼠标，打开手机，整个世界便会扑面而来，无论哪个角落，哪怕是地球的背面，此时此刻正在发生什么也能一目了然。

可是现在，我们除了自己这三根老干葱以外，没有其他任何可以交流的人。除了身处高楼，有一架 45 倍望远镜，能够观察到方圆 5 公里之外，其余地方，其他的人类发生了什么事情，可以说一无所知，很多时候，在不朝楼下俯瞰的时候，我恍惚之间都会有一种错觉，觉得自己已经被全世界抛弃了，天地之间只剩下我们三个活人。

当然，还有感染者。

为了抵御从北边来的感染源，平民们还自发组织了一次抵抗。但百姓得不到杀伤性武器，在无惧伤痛的"僵尸"面前根本不堪一击，一触即溃，除了更多的健康人被感染以外，几乎没有任何抵抗效果。

这场失败的战斗被称为"第一次城市保卫战"，成为压垮民众心理防线的最后一根稻草。而且因为这次保卫战，聚集的人群和爆炸的巨响引来了更多的感染者。终于，在我们回到钱潮的一个多月之后，数百万感染者形成了庞大的尸潮，自北向南缓缓而来。

但感染者潮并没有第一时间涌进城市，没有把整个钱潮市挤得水泄不通。至少我们所在的这一片新城，在最初的三四天里，我们并没有看到太多的活死人。或许是因为这里是钱潮市的最南端，是离感染者潮距离最远的地方；又或许是尸潮在冲破城北的防线之后并没有集体深入。总之，一开始，感染者的情况比我们预想的要好得多。比起它们，更让我们感到恐惧的，是人！

现在这个时候，整个现代文明体系已经崩溃，而新的社会秩序尚未建立，在短短几天里，我看到的人世间的丑恶，已经完全超出我之前32年来对人性的认知！我完全无法想象，当世间的一切规则都失效的时候，当一个人完全绝望的时候，会做出什么样的事情来。

保卫战时，跨江大桥被抵抗感染者的军队轰塌了，当时整个江北岸大概聚集了起码上百万人。当大桥垮塌，人们发疯似的往江边冲，试图能登上一艘轮船离开，恐惧传染了整个群体，人们陷入集体恐慌，后面的人甚至并不知道大桥已经被炸了，但他们的情绪也被恐惧传染，不顾一切地随着人潮流动，其实可能连他们自己都不知道要去哪里。

人们冲入江里，想尽办法攀上一艘船，以求获救。所有漂浮在水面的东西上都挤满了人。我看到三艘连在一起的那种运沙子的驳船，因为离开岸边的速度慢，吃水也浅，不断地被人登上，每艘船上大概都堆了不下一千人。船到江心，连在最后的一艘驳船突然被一道暗流拖住，船体随着旋涡打了个转，然后在船上所有人的尖叫声中倾覆，连带着前面两艘船，像是脱轨的火车一样，一节一节地翻倒、沉没，船上的几千人瞬间便被滚滚的江水卷得无影无踪。

这样的惨剧，一直持续到入夜，直到江边连一块木板也找不到之后，才宣告结束。那些既没能过江，也没有淹死的人群，陷入深深的无助之中，他们既没法过江，也不敢回家，很多人回到自己的车里。更多的人还对过江抱着一丝希望，觉得对岸可能会有好心人过来救他们，于是露宿江堤。那天晚上，凄惨的哭声、绝望的吼叫声连绵不绝。

仅仅在第二天，人们似乎便觉醒过来，他们猛然发现，感染者还没有到来，但粮食和饮用水却已经没了！

一开始并没有什么过激行为，就是几个带着孩子的家长，大概是因为在昨天的骚乱中丢掉了自己的行李，没有食物喂自己的宝宝，于是放下自己的面子，企图向其他带孩子的父母乞讨一点吃的。起初也没什么矛盾发生，很多人都表现出了人性善良的一面，我想大概每一个父母看到别的孩子挨饿都不会好受吧，大部分人都慷慨地分享了自己的食物。但随着时间的推移，乞讨的人越来越多，于是，冲突就开始了。

我们不知道引起冲突的具体原因到底是什么，因为我们只能通过望远镜看到，而听不到人们在说些什么，总之应该是乞讨和被乞讨者之间爆发了一些口角，进而演化成拳脚相加，而这种小规模的冲突，迅速在原本就成为惊弓之鸟的人群中蔓延，很多人以为感染者已经到来，失去理智地往钱潮江里冲，试图只身游过去。更多的人在听到"食物、水、消炎药……"这些词以后动起了自己的小九九。于是一些人率先撕掉了温情友善的假面具，仗着自己身强力壮，开始抢劫身边比自己弱小的人的食物。更多的人仗着亲戚朋友多，结成了一个个小团体，他们冲进附近的居民区，挨家挨户地实施抢劫。

到了中午时分，骚乱已经扩散到了整个江岸，人们的行为已经不仅仅限于抢劫，更多的是一种发泄式的破坏，人群疯狂地打砸他们能够破坏的一切东西，沿街的橱窗、门面、霓虹灯，甚至路灯都统统被砸烂。

从那以后，为了不暴露自己的位置，我们不再探出脑袋四处查看了。白天我们把窗户窗帘都关上，连说话都尽量小声，只在晚上才会搬出望远镜，通过窗帘缝观察一下四周的动静。这让我们更加的封闭、孤独和焦躁。

而这个时候，甚至连我们三个人之间，也无法百分百的信任，因为索拉姆病毒来了。

从这次危机开始，我们就一直过于关注感染者，而忽略了索拉姆病毒。事实上，病毒才是感染者的起因，后来很多科学家对这次危机的推演复盘，也认为如果索拉姆病毒不能通过空气传播，只是通过感染者撕咬的话，疫情的破坏力和范围一定不会那么大。

我们是通过观察江堤上的一个营地知道病毒来袭的。

这大概是溃兵中属于比较有"良知"的一伙人，他们似乎也在想办法渡过钱潮江逃到对岸去，于是在江堤上搭了几个帐篷跟难民一起露营，这一带每天至少都有上万的难民宿营。这伙人把他们抢劫得来的食物堆在帐篷里，不用他们做什么，每天就会有一些长得年轻漂亮的姑娘找上门来，如果他们看得上眼，就带到帐篷里胡天胡地一番，然后姑娘会带点吃的离开。

那天晚上，我们斜对面那栋大楼发生了火灾，火光正好照到江堤上。透过望远镜，我看到所有人都被火光映上一层金红色，看起来像是某部加了过度暖光色滤镜的烂电影。在这样诡异的色彩中，我看到一个全身赤裸的姑娘突然尖叫着从一个帐篷里冲出来，她身后跟着一个同样赤身裸体、身材健硕的男人，从他那略显笨拙的动作中，我一下就看出来，这人就是我们在基地里见过的活死人。

他嘶吼着跟着姑娘冲入难民营中，连咬两个人之后才被闻讯赶来的同伴制伏，拖回帐篷。而疫情在当天晚上就爆发了，被咬的那两个人不算，还有数千人同时发起了高烧，马上陷入深度昏迷。第二天早上，我再度架起望远镜观察的时候，发现营地里的人已经全跑光了，扔下一地的病人，任他们自生自灭，到了晚上，这几千人几乎同时站起身，变成了感染者。

第十一章

复苏的感染者

现在。

我看看身旁的三毛，只见他也瞪圆了眼睛看着我，事情发生得太快，我们连商量反应的时间都没有，只来得及对大力和杨宇凡交代了一句，就被军士长拉着进了对面的楼房。

这里面的一楼我们已经来过好多次，这个往日狭窄、逼仄、混乱，到处堆满建筑材料，隔成一个个像鸟窝一样的装修市场。现在早已面目全非，大部分不是承重墙的隔墙都被砸烂、打通，为的是让自然光尽量透进来。除了最中间的弧形楼梯以外，其他的上下通道全被砸断封死，而这正中间唯一的上下通道也被各种狰狞的槽钢、钢筋、不锈钢管捆扎得如同刺猬一般。

"口令！"我们刚挨近楼梯，上面就传来一声大喝。

"眼镜蛇！"军士长回道。

我们面前这个"刺猬"吱吱嘎嘎一阵响动，那布满尖刺的铁笼子向外打了开来，露出一道狭窄的缝隙。

军士长朝我做了个请的手势。

我看着那个如同长满尖牙的怪兽巨嘴一般的大铁笼子，各种念头不断翻滚——陈市长为什么要见我们？自从食品厂那次以后，我们跟他再无交集，他这人似乎是刻意要保持那种高高在上的神秘感，平时看见我们也只是友善地点个头，却从不说话……难道是刘国钧抢先一步把戒指的事告诉了他？那该怎么办？陈市长会不会因为这事责怪我们？会怎么处置？鬼市对偷盗的处罚原本就极严，抓到一般都是直接处死，以双方的实力差距，他对我们简直可以生杀予夺……

"怎么傻了？快走啊！陈市长等着呢！"军士长在我肩上推了一把说道。

我知道此时回头肯定是不可能了，只得硬着头皮走了进去。门后面有两个战士站岗，都是军士长的手下，与我们也是相熟，给军士长敬了个礼之后，便跟我们谈笑起来。往常我都会请他们抽支烟或者送一点小东西之类的，但今天魂不守舍，只是随口敷衍了几句便随着军士长往前走。大门发出吭啷巨响，在我们身后关闭，楼梯道里只剩下钢筋铁笼斑驳的阴影和细微的光线。

楼梯拐角处用沙包设置了一个掩体工事，上面架了两挺.95式机枪，机枪前面的铁笼开了一个豁口，正好对准了铁门前方的位置，如果有人从正面强攻，这两挺机枪将会造成无情的火力覆盖。

看来陈市长过的也是如履薄冰，我心里暗忖道。鬼市的实力我们通过军士长和其他来鬼市交易的人了解到七七八八，知道陈市长手下大概有 50 多个训练有素的士兵，20 来个家属和其他非战斗人员，95 式步枪、机枪，MP5 冲锋枪，79 式微冲各若干，子弹数量不明。

这样的实力对付我们这些散兵游勇当然绰绰有余，但要对付尸潮或者是其他稍微大一点的武装势力就差强人意了，可想而知陈市长为巩固这个基地付出了多大的心血，如果真的如李瑾所说要抛弃这里，一定是发生了什么了不得的大事。

我一边思忖一边跟着军士长来到二楼，眼前顿时一亮，二楼比楼下要亮堂得多，一道"回"字形走廊围绕着刚才我们上来的中庭，两边都是带着落地玻璃幕墙的房间，光线充足。

军士长带着我们走向走廊的一边，刚刚走到"回"字的转角处，我就听到前面房间传来陈市长的一阵咆哮声："谁他妈让你们放火了！李霄霆呢？怎么没死回来？"

另一个声音唯唯诺诺地响起："班长……他……他……没能跑出来……"

军士长脸色一变，连忙拦住我们让我们在这等一等，自己快步向前，敲了敲那扇房门走了进去。

接下去他们谈话的声音就小了很多，但因为周围安静，我们还是听了个大概。

"出什么事了？李霄霆怎么没能回来？"这是军士长在问。

"你自己问这两个废物！"陈市长火气未消地说。

"怎么回事？"军士长又问。

"我……我们……当时在文化广场附近执行侦察任务，在在……在……那个地铁站里……"刚才的声音又磕磕绊绊地说起来。

"地铁站里怎么了？啊呀你急死我了！"军士长大吼着说。

"地铁站里都是感染者！"另一个声音响起来。

"对……对……都是感染者！"第一个说话的士兵颤抖着应道，像是吓坏了，他接着说："下面密密麻麻的，一个挨着一个，地铁里面都被塞满了……"

"然后这几个狗娘养的，竟然想在里面放把火！"陈市长按捺不住怒火又吼道。

"放火？拿什么放？"军士长又问。

"那是班长的主意，他说如果能在里面放一把火，一定能烧死成千上万的感染者……刚好……刚好那旁边有个加油站……油库里还有存油，我们找了一根长皮管，从油库里抽了油直接往地铁里灌……"

"结果呢？"军士长略显好奇地继续问。

"结果……我们点着了火，火顺着皮管子把加油站烧着了，然后爆炸了……"

"那地铁里面呢？"军士长催促着说。

"没没没……没怎么烧，而且感染者被爆炸声惊动了，都冲了出来……"

"一帮蠢猪！"陈市长又喝骂道，"地铁里面缺乏氧气，能烧成怎么样？感染者连云爆弹都能抗住，你们以为浇点汽油就能烧死？我让你们盯着尸潮，什么时候让你们放火了？你们当是小孩子过家家？"

"那尸潮怎么样了？"军士长又问。

"原来感染者就像刚刚结束冬眠的蛇，速度还很缓慢，被他们这一炸好了，一下子像是被惊醒了，速度明显加快，原本说起码要三五天才能来到这里，现在按他们自己的估计，只怕不用一天时间了！"

我和三毛一听这话，都吓得捂着脑袋差点跳起来，不到一天时间，加上这几个侦察兵的来回时间，就算我们现在就往回赶，也只剩下几小时的时间来做撤离准备了。

"陈市长……那怎么办？"军士长这下也慌了神，有点哆嗦地问。

"还能怎么办？撤！现在就撤！按原计划，让家属先走……对了！把那批炮灰叫上！控制好时间，让他们跟在我们队伍后面，挡住感染者……"陈市长继续咆哮着说，但后面声音戛然而止，应该是被军士长止住了。

我一听马上明白过来，感情你还是打着跟上次一样的主意呢。心里顿时像吞了一块僵尸肉那么恶心，对陈市长所有的幻想一下子完全破灭。

这时前面的房门"砰"的打开，军士长探出半个身子，朝我们招招手，我和三毛对视一眼，二人都闪着不忿的眼神，怒气冲冲地往里走去。

"你们俩快通知下去，让家属赶紧走，带上武器和必要的食物，不重要的辎重就别带了。对了告诉刘国钧，让他主持，这家伙别的不行，催起人来倒是有一套。"陈市长继续大声说着，我刚走到门口，就看见两个士兵从里面急匆匆地出来，二人都是灰头土脸，脸被火焰熏得漆黑。

屋子里有一张塑料会议桌，陈市长正站在会议桌一头，我抬眼向他看去，他也向我望来，平日里那种友善都不见了，取而代之的是一个凶狠、满是戾气的眼神。我正想开口，没料到他却抢先说道："咱们不用玩虚的，该听的你也听见了，尸潮马上就要来，你们现在唯一的活命机会，就是跟着我们走！"

"然后给你当肉盾替死鬼？"三毛马上不客气地说道。

"哼！随你怎么理解，我要做的，只是让我自己的团队生存下去！"陈市长冷冷说完，便不再理我们，转身面对军士长，"志军，你下去多通知一些人，同时让兄弟们做好准备，等家属一撤完，咱们就赶紧跟上，千万注意次序，不要乱！"

军士长大声应了一声，正招呼我们往外走呢，窗外却传来几声巨大的枪响！

我们同时脸色大变，一起拥到窗边往下看，只见广场上已经乱作一团，人们一边高喊着"'僵尸'来了"，一边像无头苍蝇似的到处乱窜。因为受围墙的阻挡，我们看不到外面的情形，只看到鬼市大门上面的工事里，士兵们都是满脸惊恐，正在往下胡乱放枪。

"不要开枪！"陈市长对着下面大吼，但下面乱糟糟的根本听不见他的喊声。

"志军你快下去看看！"陈市长对着军士长急道。他的表情已经完全扭曲了，这是我第一次看见他神色慌张的样子。

军士长连忙答应了，转身就往门外狂奔，我和三毛自然也赶紧跟上，三人跑到楼梯口，那边两个哨兵已经在那翘首以待了，军士长一边跑一边对着他们大喊："红色警备！"

那两人明显地愣了一下，但马上反应过来，大声答应着分头往两边迅速跑去，一边跑一边喊："红色警备！"

我料想这"红色警备"跟我们的"一级警报"一样，应该都是大量感染者围攻的意思。随着这两个士兵的大喊，不断地有战士手里拿着枪从各个房间跑出来，虽然有些纷乱，但大体上乱而不挤，个人的武器装备也都穿戴整齐，可以看出他们也是经过了大量的训练。

我们随着军士长跑到底楼，却看到大门口挤了一大群人，三个哨兵横着枪用力往外推着阻止外面的人涌进来。

"快让我们进去！'僵尸'来了！'僵尸'来了！"外面的人惊恐地大嚷，不顾一切地想要冲进来。

三个人的防线毕竟没什么力量，挡得住上面挡不住下面，几个个子小的人一猫腰就从他们腋下钻了进来，进来以后便朝着楼梯狂奔。

"守住楼梯！"军士长转身大喊。

"让他们进来！"楼上一个声音大喝一声，我抬头一看，只见陈市长站在回字形走廊的口子上，冷冷地看着下面。

军士长愣了愣，但马上反应过来，现在的情况是外面的人进不来，里面的人也出不去，除非放这些人进来或者开枪把他们全杀了，不然就是个死结。而外面还不知道发生了什么情况呢，眼下最好的方法自然还是把人都放进来再说。

军士长朝三个守门的士兵挥了挥手，三人互相看了一眼，同时往后一收，外面的人群就像是突然决了堤的洪水一样，一下子涌了进来。

我看到大力和杨宇凡二人也在人潮之中，赶紧把他俩一把拉了过来。

"外面出啥事了？"我急着问。

"听说有感染者来了……"杨宇凡喘着粗气慌张地说。

"听说？"我诧异地复述了一遍。

"上头有人说感染者……又放了一阵枪，大家伙就都乱了。"大力接话说道。

其实今天在鬼市的人并不多，满打满算也就不到一百号人，但都在门口堵成了一堆，挤了好几分钟才全部进了屋。

"快上城楼！"等所有人都走完，军士长挥舞着手臂指挥他的手下往外面冲。

"陈源、三毛，你们也来！"我正愣着不知道该待在室内还是出去看个究竟，军士长就对我们大喝，我们赶紧跟了出去。

"带武器了吗？"军士长一边跑一边问我们。

我抽出插在腰间的军刺朝他扬了扬。

军士长点点头，带着我们噔噔噔跑上搭在建材市场门头上的斜坡，只看了一眼便厉声大喊："不要开枪！不要开枪！"

我跟着走到顶部，往下一看，只见下面确实有感染者，但数量并不多，零零落落的，大约只有一百不到的样子，全都是快尸，个个状若奔马，像是百米冲刺般狂奔而来，有几个一头撞上外面密密麻麻摆着的拒马，身体被长长的尖刺完全刺穿，像是烤肉一样串在上面咿呀咿呀地叫唤。

"开什么枪！想把感染者都引过来啊？"军士长朝那几个开枪的士兵呵斥道。

但显然现在训斥已经来不及了，只见远处的废墟之上，那些瓦砾堆之间，一条黑线正在快速地向这边移动，就像是钱潮江上的潮水一样。

"都是快尸……"我咽了一口唾沫，只觉得喉咙干得如同嚼了一口沙砾。

第十二章

地狱泳池

一个月零二十天前。

我全身赤裸，只穿一条短裤平躺在地板上，尽量让自己一动不动，但即使这样，身上的汗还是一阵一阵地往外冒，身下的地砖没一会儿就变得热乎乎、滑腻腻的，不得不挪个位置才能继续躺着。

气温一定在38℃以上，什么地方都是触手滚烫。我们把门窗紧闭，窗帘也全部拉上，室内一片昏暗，更加显得憋闷。道长坐在沙发上，拿着一本《看电影》杂志呼哧呼哧的当扇子扇风，但似乎越扇越心焦，抓耳挠腮，恨不得把自己的皮给扒下来。三毛躺在客厅和卧室之间的过道上睡着了，腆着个白花花的肚子，鼾声如雷。空气里弥漫着一股酸臭味，隐隐还能闻到一股腐肉的味道，我知道那是摔在 15 楼消防通道里的那具尸体散发出来的尸臭味。

窗外异常安静。江堤上的感染者全走散了，不知道去了哪里。有时候我不禁会想，这些按理已经没了思维的死东西，它们为什么要到处游荡呢？它们的目的地是哪里？它们之间是不是也会交流？它们有没有味觉？如果有的话，在吃人肉的时候会不会觉得某一种类型的特别好吃——比如说胖子？这些问题，直到过了很久以后，我才弄明白。

我仰起脖子看了三毛一眼，这家伙头枕在我的意大利小牛皮沙发靠垫上，歪着头，一股口水从他微张的嘴角流出来，亮晶晶的挂在靠垫上，他还时不时扭动一下身体，用手抓挠腰部的肥肉，这让他整个人看起来就像个天生脑瘫的痴呆儿。

为了防止我们三人中的某一个因为感染索拉姆病毒突然尸变，我们决定轮流睡觉，虽然 Maggie Q 说过索拉姆病毒通过空气的传染率并不高，但我们三人中只有我近距离接触过周令武，基本可以确定是病毒免疫者。

道长和三毛这几天已经成为惊弓之鸟，特别是道长，已经到了一种偏执的程度，所有的门窗都必须紧闭，从里面贴上不干胶，不让一丝外面的空气溜进来，还从我的书房里翻出了一瓶大概是我爸留下的冬虫夏草含片，每天含一片，说是增强抵抗力。

三毛笑话他是怕死鬼，但道长说自己不是怕死，而是怕变成活死人，人不人鬼不鬼的样子。

"你怎么知道尸变的人是真的死了呢？说不定他的灵魂还困在那具恶心的身体里，永世游荡呢。"道长说这话的时候脸色惨白。

我一想到如果真的如他所说，自己的身体被病毒抢夺，而意识却没有消散，眼睁睁地看着自己一点一点残破、腐烂、手脚折断、内脏流出体外，还要感受牙齿咬入另一个活人的血肉……我顿时毛骨悚然。

"该吃饭了吧……"道长扔下手里的杂志，嘟哝了一句。

"啊，吃饭！"刚刚还在打鼾的三毛听到"吃饭"两个字便一骨碌坐了起来，嘴角的口水还没擦干净，就开始嚷嚷，我对他的胃口简直是佩服得五体投地。

"太热了，没胃口……"我摇摇头说。其实不仅仅是闷热导致的食欲不佳，更多的是对那些一成不变的食物的厌烦。这几天我们吃得最多的，就是那批自发热盒饭，除了我们搬到楼下两辆车里的以外，还剩一千多盒。这种盒饭有一包发热剂——其实就是石灰——跟水发生反应，产生热量来加热米饭和菜，虽然它有很多口味，什么梅干菜扣肉、咖喱牛肉、鱼香肉丝、红烧肉……等等，但吃起来味道都差不多，都是黏黏糊糊的一团，米饭也是硬硬的，像是夹生饭，非常像难吃的飞机餐。

"再怎么着饭还是要吃的……"三毛在盒饭堆里挑挑拣拣，"你们要吃什么？我还是吃个红烧肉，阿源你胃口不好，吃个辣的吧，回锅肉？"

我想到那大肥肉就一阵恶心，赶紧摆摆手说："我还是吃两片饼干，就点榨菜就行。"

"不吃肉怎么能饱……"三毛嘟哝着说，但还是翻出两包太平苏打饼干和一包航空榨菜扔给我。

道长自己过去拣了一盒饭，两人把发热剂倒进饭盒底部的夹层，又把水包撕开，跟发热剂混在一起，再把米饭放在上面，菜包垫在底下，仅仅过了三四分钟，三毛就按捺不住了，把菜和饭拌在一起，大嚼起来。道长则又等了几分钟，才慢条斯理地撕开菜包，细嚼慢咽起来，这时候三毛已经快吃完了。

"这玩意儿还得吃上一年？"我只觉得嘴里一阵发苦，有气无力地说。

"怎么？味道不挺好吗？"三毛咽下最后一口红烧肉，又意犹未尽地去道长饭盒里夹了一筷子回锅肉塞到嘴里。

"你就知足吧！"道长嘴里含着米饭，边咀嚼，边含糊不清地说，"人家还饿肚子呢！"

我叹了口气，知道他说的是实情，无奈地打开饼干袋，塞了一片到嘴里。

"吃倒还好，就是太无聊，真要在这儿闷上一年，我大概会疯的，我说道长，咱真不能早点出门？"三毛说。

道长横了他一眼，说："前几天下面的情形你也看到了，现在出去，咱们手里这点食物经得起人家几下抢的？现在，只怕全国……甚至全世界都乱成一锅粥了，这成千上万的人涌出城市，又没了电，哪里来的食物养活？只怕不被感染者咬死也得饿死大半，我估摸着总得一年以上的时间，这世道才会慢慢平复下来。"

"我也只是说说……要是有电就好了，还能玩两把实况呢。"三毛嘴里轻声嘟哝。

这时候，突然响起一阵敲门声，紧接着，一个声音在门后面喊："陈先生，您在家吗？我们是物业的，来查看一下您家里的情况，看有没有什么需要帮助的？"

"不愧是高档小区啊……这时候还有物业？"三毛张大了嘴，喃喃地说道。

旁边的道长赶紧一把捂住三毛的嘴，我们三人瞪大了眼睛面面相觑了好一会儿，我才蹑手蹑脚地站起身来，走到门前，透过猫眼看了一眼外面。

门外亮光闪烁，两个身穿保安制服的人，拿着手电筒照着我们的大门。我仔细看了看，发现两人确实是我们小区的保安，两人脸上还挂着那种职业性的谦卑的笑，看起来真的像是例常的物业家访。

我回头看了一眼道长，只见他整张脸都紧张得扭曲了，正拼命地朝我摇头摆手。

我当然知道此时绝对不能开门，都已经乱成这样了，怎么可能还会有物业公司存在，这两个保安一定是想诳开我们的房门，好进行抢劫或是其他什么动作。我回想了一下，自己这几天都是门窗紧闭，除了去对门上厕所以外压根就没出过门，不大可能会泄露行迹。估计这两人也是胡乱敲门诈我们罢了。

我转身朝三毛和道长做了个嘘声的动作，二人自然也知道此时不能出声，几个人吓得大气也不敢出，三毛还把他的95式步枪轻轻拿在手里，对着门口，就好像他们随时会破门而入。

等了一会儿之后，我以为两人即将离开的时候，敲门声突然又响了起来，而且比上一次要重得多。

"陈源先生，我们知道你在里面，请开门好吗？"伴随着敲门声，门外的保安高声说道。

我们三人同时大惊失色，正在想不知道什么地方暴露了行踪，门外又是一个另外的声音响起："怎么样？他们不开门吗？"

我连忙凑近猫眼一看，楼梯间里又多了个人，这人身材高大，穿着一件紧身"两股筋"背心，身上肌肉发达，看起来快把背心都撑爆了。

这人跟两名保安嘀咕了一阵，然后走上前来，隔着门说："陈先生，我是你的邻居啊，我们没有恶意的……"

我心里呸了一声，暗道你丫要是没有恶意，为什么一开始就要骗人？

"我们知道您家里有很多方便盒饭，我们小区里现在还有一百多住户，大家现在都饿着肚子呢，您看能不能把食物给大家分享一点？"那人继续说道。

我心里咯噔一下，暗忖这家伙怎么知道我们囤积了很多盒饭？

仿佛是为了解答我心中的疑问一样，其中一个保安开口说道："是啊陈先生，上次他们来给您送货的时候，就是我开的门，我还给您搬了一箱盒饭呢，当时我问您怎么买这么多，您说是户外俱乐部搞活动，您还记得吗？"

原来如此，我暗道一声真是运气不好，千算万算，没算到一个小保安给坏了事。

"陈先生……"那"两股筋"又上来咚咚咚地敲门，"我们真的不是什么坏人，您就当做做好事，现在小区里有好几个老人孩子，都饿得快不行了。"

我和三毛都看向道长，但道长还是坚定地摇了摇头。

"是不是里面没人？""两股筋"嘀咕道。

"不能啊，他们的车还在车位上呢。"保安回答道。

我重重一拍脑袋，暗骂自己一句蠢猪。

地下车库的车位跟房号是一一对应的，保安那里都有存档，我们停了两辆塞满了物资的 SUV 在那儿，人家当然知道我们人在房子里。

我一边懊丧不已，一边又心疼两辆车上的物资，既然被他们发现了，自然不会跟我们客气。其中那些食物倒罢了，最让我舍不得的是那几桶汽油，现在这种情况，油肯定是没地儿加了。

这时道长拽了拽我的衣角，朝我和三毛做了个手势，示意我们二人跟他走。我们三人穿过客厅往里一直走到最尽头的卧室，道长轻手轻脚地关上门，他刚关上门，三毛便按捺不住了，压低了嗓音说道："咱们要不要救人家一救？"

道长立马皱了眉头，边挥手边说："不行！怎么救？别说这几个人说的是不是真的，就算是真的，一百多号人，咱们这几盒盒饭够几天吃的？到时候还不是全饿死？"

"我觉得这几个人不地道，不像是他们说的那样。"我用极低的音量说道。

道长点点头："我也觉得是，不像好人……"

话音未落，外面突然响起一阵咣咣咣的砸门声，同时一个女人的声音在嘶声大喊："你们还是不是人啊？还有没有良心啊？为什么见死不救？我的孩子都快饿死了，求求你行行好吧……"

我连忙跑过去一看，只见外面不知道什么时候开始多了一个三十多岁的少妇，这女的头发凌乱，脸上哭得一把鼻涕一把泪，看起来凄惨无比，一会儿厉声咒骂，一会儿又是苦苦哀求。

我的心顿时揪了起来，人总是有起码的同情心的，刚才三个大男人是一回事，现在一个女人在面前号啕大哭又是另一回事，总觉得心里发虚，不忍心拒绝她。

我看了看道长和三毛，轻声说道："这看起来好像不像假的，要不先给她们几盒饭？"

道长撇了撇嘴，沉吟了一会儿之后才说："也好，不然他们这么堵着门，咱们连厕所也没法上，但是要说清楚，就这一次！"

我点点头，镇定了一下情绪之后，站在门后面先咳嗽了两声。门外几个人顿时面色一变，那号啕大哭的少妇也顿时收了声，只是还忍不住轻声抽泣。

"车里的食物你们拿了还不够吗？"我朝着门外喊道。

"那里面的盒饭，我们吃到昨天就全吃光了……""两股筋"回答道。

我心道两辆车里差不多装了将近三百盒饭，要是真一百多人吃，坚持五六天也算是比较节省了。"可我们也没多少吃的！"我又说。

"您行行好，我孩子已经快不行了……"门外那少妇又激动起来，凑近猫眼大喊。

我心里又是一紧，赶紧晃了晃脑袋，说："我们可以给你们一些吃的，但仅此一次，你们要保证今后再也不来纠缠我们！"

我从猫眼看到那"两股筋"面色一喜，没有丝毫犹豫就点头说："可以，我们保证以后不来了。"

"好，那你们先退开，退到楼梯道里，等会儿我把食物拿出来放门口，等我关了门你们再来拿。"

"好！真是太谢谢你们了。""两股筋"一边说，一边拉着那少妇跟俩保安往楼梯道走去。

我仔细看了看猫眼，直到确定前后左右再没一个人，才接过三毛刚准备好的两大袋大概四五十盒饭，小心地打开门，先是探出脑袋看了看，直到确定楼梯间里没有人，才跨出门外。

但才跨出门外一步，就听到头上一阵轻响，紧接着，我就感觉到背上一股大力涌来，"砰"的一声巨响，我的后背受到重重一击，我只觉得喉头一甜，一个踉跄向前摔倒在地。

原来我们这电梯间的顶上用木头格栅做了一层假天花吊顶，

偷袭我的人刚才就一直拽着吊顶挂在门梁上面，等我一走出来，就飞起一脚踢中我的后背。

我被这一脚踢得七荤八素，在地上刚转过身，眼睛上又挨了一记重拳，打得我眼前一黑。我下意识地用双手护住了脸，黑暗之中连对方有几个人都没看清楚，只听到一片嘈杂声，中间夹杂着三毛和道长的惊呼。

"别动！"一个声音在我耳边大喊，震得我耳朵里一阵发痒，紧接着，一个凉凉的东西顶住了我的脖子，我斜眼一看，只见是一柄寒光闪闪的匕首。

房子里面也很快安静下来，不一会儿，我勉强睁开被打得不轻的眼睛，看到三毛和道长二人被五六个人簇拥着，反剪了双手押了出来。

室内一阵欢呼，过了一会儿，"两股筋"手里提着我们的95步枪，脸上堆着抑制不住的傻笑走了出来。

"好东西还真不少！""两股筋"兴奋地高喊，完了又在刚才在门外哭的少妇身上捏了一把，淫笑着说，"刚才演得不错，晚上给你奖励。"

那少妇略微躲闪了一下，低着头一直没说话。"两股筋"也没在意，朝抓着我们的人挥了挥手。我感觉有人用力掐着我的脖子把我从地上拎起来，然后把我的双手猛地往身后扳，我觉得肩膀一阵撕裂的痛，忍不住叫了一声。

"喊什么喊？"抓着我的人不满地喝了一句，更用力地把我的双手从后面扭到一起，用一条塑料绳绑起来，然后把我的手往上一扯，一阵剧痛传来，我不得不尽量弯下腰，把脑袋放低，才能抵消那股剧痛。

"走！下楼！"那人用力推了我一把，这种情形下我没有丝毫的抵抗能力，只得乖乖听话，走下楼梯。

我听到三毛怒骂了一句，但马上被抽了一嘴巴，顿时闭了嘴。

其实那会我也没什么害怕的感觉，整个人都是蒙的，脑子一片空白，只是弯着腰沿着楼梯，在一片嘈杂和昏暗中不停地往下急奔。

不知道走了几层楼，直到我的肩膀开始火烧火燎的疼，好几次差点失足向前栽倒的时候，押解我们的人才终于停下脚步，我抬起头看了看，发现自己已经到了这栋高楼的裙楼，也就是小区会所所在的楼层，出了楼梯间，是一条长长的走廊向两边延伸。

这里总算亮堂了一些，室外剧烈的阳光透过两边巨大的落地玻璃窗射进室内，投射出一片巨大的阴影，亮的地方晃得人眼晕，暗的地方更显得漆黑隐秘。

我感觉刚才被重拳击中的那只眼睛开始慢慢肿胀，眼泪直流，让我视线模糊。我几乎是被拖着往前走，沿着走廊，穿过以前的咖啡店、儿童乐园、茶餐厅……里面一片狼藉，桌椅都被打翻，很多地方都有火烧过的痕迹。

我们来到走廊尽头，我看到有个人守在门口，看到我们过来，这人伸手打开房门，放我们进去。这里面是我从来没来过的健身房。我们穿过一排排的健身器械,最后拐过一道弯,分出两个岔道,两边分别写着"男宾""女宾",我愣了一下,随即身后的人又是猛一推,让我朝"女宾"的岔道走了过去。里面是一排排的储物柜,我们继续往前,在储物柜尽头,是一道布帘子,布帘子后面隐约传来一阵阵呻吟声。

那一瞬间,我以为这里面都是感染者,这些人是想把我们喂活死人呢,我用力挣扎了一下,但身后的人马上向上拽了拽绑住我的绳子,我的肩膀一阵撕裂似的剧痛,忍不住向前一个趔趄,冲过了布帘,我抬头一看,马上愣住了。

这里面是一个巨大的室内泳池,此刻泳池里的水已经被排干了,里面横七竖八躺了一地的人!

这时我才闻到一股让人极度恶心的恶臭味,还没来得及看,就觉得手上一松,绑着双手的绳子被解开了,我马上直起已经酸痛到极点的腰,舒服得差点呻吟出来。

"下去!"有人大喝一声。

我回头一看,只见两个人手上都拿着明晃晃的尖刀对着我的腰眼,其中一个用手指着泳池。

我稍一迟疑,腰上的尖刀便真的戳了进来,我疼得跳了起来,连忙手脚并用爬入泳池。不一会儿,三毛和道长也进来了。

押解我们的那几个人似乎也不堪忍受这里的恶臭,见我们乖乖走下泳池,也不说话,都捂着口鼻急匆匆地离开了。

我马上看了下三毛和道长,只见两人都是鼻青脸肿的,道长稍好一点，跟我一样，只是左眼眶上挨了一拳，现在眼眶肿得老高，一片乌青。三毛就惨了，他应该是跟人搏斗过，整个脸上都是血污，眉骨被打破了，眼角流出的血跟鼻血还有眼泪鼻涕混在一起，流得满脸都是，嘴角也肿起一大片，我让他张开嘴看了看，还好，牙齿都还在。

这时候我们三人都是光着膀子，全身上下就穿了一条短裤，连给他擦一下污血的东西都没有，我正着急呢，突然感觉身后有人碰了碰我的手臂，我转头一看，只见一个20多岁的年轻姑娘手里拿着一张纸巾递给我。

我连忙道谢，接过纸巾，仔细帮三毛擦掉脸上的血迹。擦过之后，才发现情况还算好，不像看起来那么吓人，只是眉骨上破开一条两三公分的口子，换做以前的话一定是需要缝针的，以免留下疤痕，但现在只好随它去了。

我把纸巾放在伤口上，让三毛自己用力摁住，以便止血。我自己站起身来环顾四周，查看一下我们身处的环境。

这是一个标准室内泳池，大概宽20米，长50米，深1.6米左右，我站在池底，视线只是稍稍高出地面。泳池一面是墙壁，只有两个用布帘拦着的通道，对面则是整面的落地玻璃门窗。窗外是这个小区的中庭花园，有两个看守，躺在原本应该是放在泳池边供客人休息的躺椅上，隔着玻璃看着里面。

我把目光再投向泳池，忍不住吸了一口冷气，这里面的惨状，只能用人间地狱来形容！

人是一种经验动物。从小到大，每个人都听了太多做人的道理，但每一个年轻人，都曾对来自上一辈的忠告嗤之以鼻，只有自己到了社会上，被现实碰个头破血流，才幡然醒悟原来长辈说的都是对的。就像一个人想学游泳，无论他看了多少教游泳的教程，无论他的老师是孙杨还是飞鱼索普，在他下水之前，无论如何都不可能真正学会游泳，甚至学习的速度也不会比一个什么准备都没有便被贸然踢下水的人来得更快。

就像我们一样，虽然我从目睹周令文尸变，到虬龙石窟碰到群尸，再到目睹军队崩溃，最后社会秩序瓦解……经历了这一系列的变故，自认为对末世、对人性的恶都已经做好了足够多的准备和防备，但一旦身处其间，还是猛然发现自己并没有比其他任何人适应得更快。

作为一个在和平年代长大的人，总会有一种思维惯性，那就是总认为这个世界是有规则和秩序的，虽然每天的电视新闻都在播报各种匪夷所思的事件，但除非你是这些事件的亲历者，否则你并不会觉得那些倒霉的事会发生在自己头上，你上街的时候，并不会防备一个经过你身边的陌生人可能会突然抽刀向你砍杀；你坐公交车的时候，也不会觉得身边那人手里拿的饮料其实是汽油；甚至就算你家旁边就有一家化工厂，你除了每天对它散发出的难闻气味皱眉头之外，也不会每时每刻活在爆炸的恐惧之中……

人总是在一个接一个的教训中获得成长，只是对我们来说，这次的教训未免太大了。

泳池很大，但所有的人都集中在一端，所以还是显得有些拥挤。为什么要挤在一起？因为泳池的另一半全被屎尿占领了，那就是让人无法忍受的恶臭的来源，粪便的臭味像是凝结成了雾气，从鼻腔刺入脑门，我的眼睛也被臭味熏得一阵阵刺痛。我庆幸自己刚才没吃什么东西，才不至于当场呕吐出来，成群的绿头苍蝇在屎尿堆里爬行蠕动，间或如同直升机一样"嗡"的飞起，落在人身上，留下一阵让人头皮发麻的难受。

泳池里大概有五六十人，大约过半数人都身上带伤，有几个伤势颇为严重，躺在地上不住地呻吟，刚才我在没进来之前，听到的声音就是他们发出的。我看到离我最近的一个，躺的地方已经接近屎尿堆，半个身子泡在黄水里，面色蜡黄，敞着怀，胸膛上从左到右一道恐怖的刀伤，血已经不流了，伤口上的肉像嘴唇一样向外翻起。

剩下的人还算正常，毕竟灾难才开始没多久，身体只是略显消瘦，让人震惊的是他们的麻木。这些应该都是这个小区的业主，之前都是非富即贵，身家至少千万，平日里志得意满的人物，但短短几天时间，就像是把他们体内的精气神完全摧毁了，个个像是蔫掉的黄瓜一样无精打采、萎靡不振。

"疼死我了！"过了好一会儿，三毛还在捂着眼睛不停地呻吟喊疼，我觉得有些不对，被人打一拳也不至于疼成这副模样，把他的手强行搬开一看，却看见他的眼睛像个桃子一样肿得又红又大。

"这是怎么了？"我担心地问。

"被喷雾剂迷了眼了！"三毛咒骂着说。

"你咋不开枪？"我有些怪罪地问，开门之前，三毛一直是拿着枪在门后边警戒的。

"还不是因为怕打到你？步枪弹在这么近的距离，肯定会穿透身体打到你的！我一愣神，就被喷了眼睛。"三毛骂了一句，又悻悻地说，"这人身手很好，往你背上蹬了一脚，然后一借力在空中就转了个身，快得跟兔子似的，我还没反应过来，就感觉眼睛一阵刺痛，一闭眼，就被缴了枪了。"

"不知道是什么来头……"我转头去看道长，想听听这个狗头军师有什么分析，却看见道长半张着嘴，双眼完全失焦，不知道瞪着哪里，全身止不住地颤抖，明显是被吓傻了。

"为首的据说是个军人，他们叫他狼爷……"身边突然传来一个声音，我转头一看，只见是刚才递给我纸巾的那位姑娘，这姑娘一头短发，脸上涂满了污泥，只剩一双眼珠子并不像别人那么无神而麻木，倒像是被弹进窟窿的黑色弹珠，滴溜溜地转，不仔细看，倒像是个小男生。

"狼爷？"我狐疑地重复了一句。

"嗯……"姑娘点点头，"听他自己说是钱潮市保卫战退下来的……"

"那不就是个逃兵！"我不屑地说了一句。

没想到周围"嘶"的一声，好几个人同时抽了一口冷气，眼睛里露出极端恐惧的眼神，好几个人还往旁边挪了挪，大概是想离我远一点。

"别瞎说！"那姑娘朝玻璃窗外看了看，见两个看守没什么动静，才舒了一口气，"被他们听到可就麻烦了！"

我一想也是，现在人为刀俎我为鱼肉，还是不要惹麻烦的好，正想继续问这姑娘问题，不料她却突然反问了一句："陈源，你真的不认识我了？"

第十三章

鬼市覆灭

现在。

虽然我们身处这个时代，原本平静的生活被感染者完全打乱、颠覆，几乎所有的困苦、悲伤、颠沛、逃亡、生离死别都因感染者而起，相当于站在文明巅峰，处于食物链顶端的人类，放眼天下没有对手的人类突然之间多出了一个天敌，但我们这些苟延残喘，至少在钱潮市已经处于灭绝边缘的人，却对这个原本脱胎于人类的天敌一无所知。

我们不知道感染者的运动方式，不知道它的生理系统构成，不知道它的生命规律，不知道它为什么不吃东西也可以生存，甚至不知道它有没有寿命……感染者对于我们，就像是古代传说中的神魔，可怕而又神秘，出于对人造怪物本能恐慌的"佛兰肯斯坦"情结，我们下意识地害怕它们，拒绝它们，觉得它们恶心又恐怖，甚至像《哈利波特》中的巫师世界不敢直呼伏地魔的名字一样，刻意回避它们。

但是，危险并不会因为你把头颅埋在土里就绕道而过，感染者也不会因为你不提它就消失不见，它们就像如影随形的噩梦，总在你放下警惕的时候乘虚而入，不经意间就让你痛不欲生。

对于感染者，我们仅知道有新老之分，有受过伤和没受伤的，速度有快有慢，杀死它们的唯一方式就是打破它们的头颅，其余的，我们一无所知。虽然有各种邪乎的谣言和传说，说尸变时间越久，感染者就会产生变异，有些变成"僵尸之王"，能命令其他新近尸化者，有些则变异出各种的异能，如同《X战警》中的变异者，会喷火喷冰，能隐形，能控制人的心神，甚至金刚不坏，浮空飞翔……

对于这些谣传，我一向都是嗤之以鼻，因为第一我从来没见过哪个感染者除了不怕痛不怕累以外还有什么超出常人的能力，它们的力量、速度统统受制于变异之前那具躯体的极限；第二，那些所谓的异能，都是违反基础物理学原理的，除非我们穿越到了什么巫师或是玄幻的世界，不然绝无可能，作为一个受过高等教育的现代人类，我坚信感染者这件看似诡异的事实可以用科学原理来解释的，只是我们现在还没找到而已。

可现在看到那群猛扑过来的感染者，我原本坚定的信心不禁动摇起来。

"异鬼……"我听到旁边的三毛用力吞了一大口口水，轻声咕哝。

可不就是《冰与火之歌》里面的异鬼吗？那群度过了一整个冬天的感染者，如万马奔腾般漫山遍野席卷而来，它们须发皆白，几乎都是身无寸缕，裸露在外的皮肤变成一种灰白色，似乎脂肪层都已经腐烂蒸发，只剩下筋肉一条条凸起，挂在身上，像是晒了一冬天的腊肉般坚硬如石。

"妈呀！"周围的士兵纷纷发出恐惧的呼喊。一些人本能地开枪，但感染者的主力还在一百米开外，又跑得飞快，子弹根本无法打中，另一些人则腿脚哆嗦，偷偷摸摸地想往后撤。

"干什么！"军士长过去狠狠踢了故意拖在最后的那人两脚，掏出手枪恶狠狠地说，"都他妈给我稳住，谁想逃，不用等感染者过来，我第一个毙了你！"

"都别开枪！"军士长又吼道，"听我指挥！"

军士长这一通吼，勉强把阵线给稳定住，他转头对我们又说："三毛，听说你枪法不错？"

三毛点点头说："警校打靶冠军……"又指着我，"阿源也不错，以前经常一起玩枪的……"

军士长点点头，走到一边，从墙根处拖出一只大木箱子来，打开，扒开盖在上层的稻草，抓出两把95式步枪来，一一抛给我和三毛，又打开旁边另一只箱子，里面都是压好了子弹的弹匣，指着说："子弹在这里。"

这枪通体漆黑、崭新，连枪油都还在，我和三毛赶紧蹲下，从弹箱里各自拿了五六匣子弹，在背包里放好。之前为了不露富，我们每次到鬼市之前，都把自己的武器藏在那个城中村下面的隧道里，这会身上只有一把三棱军刺。

我掂了掂手里沉甸甸的 95 式步枪，心里多了一丝底气，此时再看城楼下面，那些感染者已经越来越近，好几只已经冲到 30 米范围之内。

"稳住！"军士长自己也手拿步枪，沉声喝道，"调整快慢机，单发点射！"

我先前在电视里看感染者潮时，已经觉得惊心动魄了，现在自己面对，感觉就像是从小到大经历的所有噩梦在这一刻全部集中。感染者还没到，但那些让人毛骨悚然的呻吟声已经率先席卷而来，我们就像是浸泡在没顶的水中，被无孔不入的声音包围，整个天地都在隆隆震动，恐惧像是春天的杂草，在肝胆之间迅速生长。

"稳住！"军士长又大喊。

感染者先头部队已经欺近，最前的几个乒乒乓乓地撞在拒马的尖刺上，整个胸腹扎透、刺穿。但这些感染者浑然不觉，还是不断地向前挣扎，那些扎在胸腹之间的尖刺撕扯着它们的皮肤，内脏纷纷从破口掉出体外，但伤口没有一丝血迹，连以前的黑色粘稠的体液都没有，仿佛这些感染者过了一个冬天就全被风干了，都变成了木乃伊一样的干尸。

"稳住！"军士长的嗓子已经完全喊哑，喉咙像是破了的风箱。

更多的感染者扑上拒马，用大号螺栓固定在地上的拒马被推得咯咯作响，像是狂风中的树叶般大幅度摇摆。

"瞄准头部！一枪一个！不要浪费子弹！"军士长继续嘶吼着，同时自己率先开出了第一枪，一个插在拒马上张牙舞爪的感染者头颅像是被猛砸了一锤子的核桃一样爆开，脑浆像是烟花四散飞溅。

我的肾上腺素疯狂地分泌，心脏像是狂奔的野马一样砰砰跳动，双手双腿不争气地颤抖，一股强烈的尿意突然萌发，几百万年流传下来的 DNA 向我发出剧烈的危险信号，让我做好战斗和逃跑的准备。

我深吸了两口气，勉强按捺住紧张的情绪，让自己的双手平静下来。我躺在掩体后面，把左腿伸直，右腿从髋关节开始弯曲，屈膝，枪托抵住右肩窝，紧靠锁骨，左手肘部着地，手掌托住枪颈，右手握住枪把，食指指肚轻轻压住扳机，右腮贴上枪托，眯起一只眼睛，右眼透过 95 式步枪独特的觇孔准星式罩门，视界缩小为一个小小的圆孔，我把这个圆孔慢慢套住一个被串在拒马上不停挣扎的感染者。

仅从相貌看，这个感染者看不出是男是女，也无法分辨年纪老幼，它头部所有的皮肤都紧贴颅骨，完全是个骷髅的样子，连鼻子也整个塌陷，就像是整形失败后的杰克逊。它的嘴巴不停地开合，不知道是肌肉萎缩显得牙齿更突出，还是我的错觉，抑或是真的发生了某种变异，感染者嘴里的牙齿仿佛变得尖和长起来……它的头发没剩下几根，乱草般胡乱贴在后脑勺上。这时候我看清楚了，原来它们的头发并不是变白了，而是积满了厚厚的灰尘，以至于个个看上去都像是被黄世仁赶上了山的杨喜儿。

我缓缓吐出一口气，屏住呼吸……"一指动全身静！"心里暗暗默念 Maggie Q 教授的射击要领，右手食指就像是抚摸情人肌肤一样轻轻向后扣动扳机，直到不知不觉之中枪栓被激发，"砰"的一声巨响，枪身向后一缩，猛地砸在我的肩膀处，让我的锁骨隐隐生疼，我从准星上挪开视线，看了看我的射击对象，只见它已经向前扑倒，挂在拒马上面。

"每一枪瞄准十秒钟！记住，感染者不会害怕，它不会因为你向它开枪而转身逃跑，你唯一能做的，就是击中它的头颅，感染者不会躲闪、不会卧倒，甚至不会拐弯，你要做的，就是尽量瞄准、瞄准、再瞄准，每一枪都把子弹送进它们肮脏的脑袋！"

天地都慢慢消失，我的世界只剩下准星里的那个小孔，我按照 Maggie Q 的话，每开一枪喘息三秒，然后寻找下一个目标，瞄准、屏息、激发……不求速度，但求精确……每一枪都缓慢而又稳定，就像机械一样。

活死人连绵不绝地冲上来，死掉的感染者倒在它们前辈的身上，很快在拒马前方堆积成一道尸体的山坡，后面的感染者虽然被尸山阻挡，速度变慢，却不像刚才一样完全被挡在拒马后面，它们缓慢而坚定地爬上尸山，越过第一道防线，撞在第二道拒马上面，然后迅速地填满中间的空隙。

我们很快失去了最佳的射击角度，不得不站起来，枪口朝下射击，这大大影响了我们的射击精度，加上感染者逼近，很多人又开始慌乱，枪声也渐渐散乱起来。此时往下看，围墙下面已经成为一片灰白色的感染者海洋，感染者像是粪坑里的蛆一样一层层地蠕动，后面还有一大片尸潮像海浪一样卷来，而尸海还在缓慢上涨，很快我们就能触手可及。

"停止射击！停止射击！"军士长又一次嘶吼，"用长矛！"

我向后一看，只见不知道什么时候，我们脚边堆了一堆铮亮的长矛，这些长矛用不锈钢管做成，长2米左右，头上焊了一个螺纹钢车成的三棱矛尖。

这时候用长矛扎确实比用枪打效果要更好，速度也更快。一旁的辅助兵把长矛一一递到我们手上，一些还算孔武有力的平民也被组织起来，我看到大力和杨宇凡也在其中。

城楼顶上密密麻麻挤了百来号人，几个班长排长拼命地嘶喊，想让大家排成几排横队，但大家都被下面的尸海吓破了胆，或者畏畏缩缩的想跑，或者完全失去理智杀红了眼，拿着长矛疯狂地朝下乱戳，根本形不成统一有效的队列。

我看到杨宇凡脸色铁青，拿着长矛筛糠似的颤抖，连忙把他和大力拉到身边，拍着他的脑袋大喊："一会儿跟在我旁边，别怕，看见我做什么你就做什么！"

杨宇凡木然点点头，眼睛无神而空洞，也不知道听到我说的没有。

"都顶上去！"军士长继续嘶吼，"都别想跑，跑也是死路一条，挡住僵尸，还有一线生机！"

我拖着杨宇凡跟三毛大力四人一起走到墙边，此时感染者离我们已经只有1米多的距离，它们在墙根不断地冲着我们咆哮、呻吟，就像从地狱涌出的追命恶鬼，一层一层地往上堆积。

"刺！"我大声喊道，同时把手里的长矛对准下面一个感染者的脑袋猛力刺出，矛尖从它眼窝刺入，从后脑凸出，它的喉头发出最后一声无意义的呻吟，乱舞的双手马上不动了。我借着重力微微一甩，感染者脑袋就从长矛上松脱，感染者跌落尸海，马上被后面的同类踩在脚下。

我们就像是古代守城的士兵，一刻不断地挥舞长矛，下面的感染者就是攻城的蛮族，只不过它们没有任何的攻城工具，肉身就是它们的云梯，而我们每杀死一个，就让它们的云梯增高了一分。

我感觉自己开始渐渐脱力，手臂和肩膀的肌肉像是撕裂一般火辣辣的疼痛，有好几次，我差点因为用力过猛失去重心一头栽下去。

"啊！"旁边的杨宇凡突然一声惨叫，我吓了一跳，赶紧转头看，只见他一矛扎偏，贴着一个感染者的锁骨刺入了胸腔，也许是矛尖被肋骨卡住了，他使了两次劲都没拔出来，却被那感染者抓住长矛向下猛拉，两厢一较力，杨宇凡输给了感染者，一下被拉得弯了腰。这时一个黄褐色的东西从他怀里掉了出来，打着滚往下落，这家伙竟然下意识地放开一只手去捞那东西，可他原本两只手都不是感染者的对手，这一手刚放开，就被感染者拉得向前猛冲了一步！

"放手！"我情急之下横过长矛，把矛杆横在他的腰间，他被我这么挡了一下，同时放开手里自己的长矛，才没掉下墙去，我向下一看，那掉下去的东西竟然是一只小号的泰迪熊。

"你不要命了！"我对杨宇凡大声呵斥，"捞那玩意儿干吗？"

杨宇凡面色铁青，心有余悸地愣了半天才缓过神来，喃喃地说道："今天是小凯西的生日，那是我给她换的生日礼物……"

我正想再骂他几句，却听到身后传来一阵激烈的喧哗声。我转过头一看，只见刚才哭着喊着非得要逃进楼房的那群人，现在却又疯狂地从室内冲出来，个个面色发白，神色惊恐。

我心里大惊，心道莫不是楼房里面也出现了感染者？果不其然，仅仅数秒钟之后就证实了我的猜测，人群的队尾，跟着两个跑步姿势明显不是正常人类的家伙，这两只感染者都身穿军服，我再仔细一看，只见这二人正是刚才被陈市长大骂的侦察兵。

这两个侦察兵感染者虽然跑步姿势略显笨拙，但速度比一般人快得多，马上就接近了前面的队伍，其中一个高高跃起，像饿虎扑食一样凌空扑到拖在队伍最后的一名中年妇女身上，在妇女的尖叫声中把她摔倒在地上，然后一口咬中妇女的脖子，像撕扯一块煎得过老的牛排般用力一扯，一股鲜血像箭一样飙射出来……它咬完这一口，便马上放弃它的猎物，从地上一跃而起，转而向最近的一个老头扑过去。

光面对城楼下面的尸海就已经让我们的精神接近崩溃，只凭一股求生的本能在勉强支撑，这一卜被这新出现的情况一卟，士气顿时如黄河决堤般一泻千里，阵线马上土崩瓦解，大家纷纷丢下手里的长矛，转身就跑。

但跑也跑不到哪里去，这个建材市场本来就只有两幢建筑，一些人跑进另一幢楼房，另一些人漫无目地在广场上打转，甚至还有一些人仿佛认命般呆站着，只有那两个感染者接近时才稍微挪动几步。

"源哥，咱也跑吧？"杨宇凡急着说道。

我看看广场上，到处都是被吓破了胆的人群，又回头看看墙外面，感染者离门头改造的城楼已经越来越近，那个被杨宇凡扎了一矛的感染者，双手已经攀上了墙头，那根长矛还留在它的胸口，尾巴高高竖着，像是擎着一根没了旗帜的旗杆子。

我又瞄了一眼旁边，张志军站在斜坡上面，伸开双臂，他还在做着最后的努力，试图阻挡大家逃跑，但哪里挡得住，阵线已经全盘崩溃。所有的人，无论是士兵还是后来的平民老百姓，这时候全在争先恐后地想跑下城楼，张志军被几个人一撞，还差点摔下去。他见事不可为，似乎低下头叹了口气，然后把军帽摘下来，猛地往地上一掼，也转身逃了。

我等的就是这一刻！连忙朝杨宇凡三人喊："快走！盯牢张队长，跟着他跑！"

我就不信偌大一个鬼市，会只有一条进出道路，以陈市长的精明，不可能不给自己设置一条逃命的通道，普通士兵可能不知道，但张志军作为鬼市的核心人物，必定知道撤退路线，跟着他，我们就有逃出生天的希望！

　　广场上愈发混乱，其实现在里面的感染者只有那两个侦察兵，但人们都失去了理智，毫无缘由地乱喊乱叫，四处奔跑，不像是在求生，倒像是在发泄情绪。我们牢牢跟在张志军身后，穿过纷乱的人群，来到刚才人群跑出来的门口。张志军在门口倏地转身，似乎是想看看有没有人注意自己，当看到我们几个的时候他明显吃了一惊。

　　"张队长……"我抿紧嘴唇，"你救救我们吧，带我们出去……"

　　张志军视线越过我们，像是在狼群环伺之下的土拨鼠，左右看了看，然后朝我们招招手，悄无声息地闪进了室内。

　　我们赶紧跟上，我紧赶两步，走到张志军身边，喘着气说："张队长，多谢了……"

　　张志军一边快步向前，一边伸手止住我的话："别说那么多了，我们先去找陈市长！"

　　我们来到中央楼梯，那道狰狞的如同地狱之门的铁笼之前，此时铁门洞开，后面空无一人。

　　"锁上门！"在我们全部进入之后，张志军沉声说道。

　　我依言锁上铁门，并且用一条拇指粗的钢筋闩好门闩，再拾阶而上。

　　"陈市长……"张志军在"回"字形走廊一端轻声呼唤，声音如清晨的薄雾，卷过走廊，带起空洞的回响，但没有任何回音。这座楼房里的静谧跟外面的喧哗形成了鲜明的对比，我们就像是从一个热水浴缸掉进了冰窟窿，一下子觉得阴气逼人。

张志军带着我们慢慢地穿过走廊，各种杂物、沙砾在脚底下发出细微的哔啵声响，让原本就阴森的气氛越加诡异起来。

我们来到先前来过的那间会议室门口，张志军在门外深吸了一口气，手抓着门把手，慢慢地拧开，锁舌发出"咔嗒"一声轻响，门开了。我和三毛都从背上拿下枪抓在手里，指着越来越大的门缝。

陈市长侧着身坐在窗边，呆呆地看着窗外，似乎是在关注广场上的情况。阳光透过大幅玻璃窗照在他身上，看起来依旧衬衣洁白、头发蓬松，没什么异样。我松了一口气，和三毛同时放下枪。

"陈市长……"张志军又轻轻唤了一声，"我们该走了……"

陈市长身体一顿，慢慢转过头来，他的另外半边脸几乎被整个咬掉，腮帮子上破了一个大洞，白森森的牙齿和血红的筋肉像是肉铺里宰杀好的猪肉一样暴露在外面，仿佛在第十一层地狱受了剥皮之刑的罪人。

"陈……市长……"张志军的声音也哆嗦起来。

陈市长却突然粲然一笑，伸出自己的手，把手里的东西递给张志军，我看到是一封信和一只黑色绒面的小袋子。

完了以后他重新把脸别过去，对着窗外，说了一句话，因为嘴巴漏风，声音听不真切，我想了好一会儿才分辨出来："你们走吧，让我一个人待会儿……"

张志军呆了呆，随即挺直了胸膛，举起右手，朝陈市长无声地敬了一个军礼，动作标准得如同在天安门城楼上举行升旗仪式的护旗手。

敬礼完毕，张志军便转身出了房门，神色虽然凝重，却没有一丝不舍，似乎这样的事早在他们的预料之中。我们也跟着走出，轻轻地带上房门，没走几步，便听见身后传来一声清脆的枪响，张志军听见枪声，身体只是顿了顿，连头也没有回。

我们跟着他迅速穿过第一段"回"字形走廊，转了个弯之后，我们来到了建筑的北面，背阴，光线越来越暗，张志军在一扇落地玻璃门前停住脚步。我抬头一望，只见玻璃门之上贴着一些红色的广告字——黄铜拉手，防臭地漏，精品五金件。玻璃门的两个拉手上，缠着一圈链条锁。

张志军掏出一把钥匙，在里面挑挑拣拣选出一把，打开了链条锁。玻璃门被打开，里面一股阴沉的霉味喷涌而出，让人不禁联想到死亡的气息，这间商铺跟别间一样，平淡无奇，各种柜台还保留着危机前的样子，玻璃柜面上积满了厚厚的灰尘，我伸手抹去一道，露出里面整整齐齐放着的一些五金样品。

"过来帮忙！"张志军走到铺子最里面，打开一个顶天的大立柜，从里面拿出一只很大的黑色户外背包递了过来，我赶紧接过，背包很重，上面捆扎了一个单人帐篷、一卷防潮垫，外面还塞了行军水壶、指南针等等户外求生用品，打包得非常整齐，一看就是专业人士所为。

张志军又接连拿出几个一模一样的背包，分别递给三毛等人，又拿出两杆 95 式步枪，给了杨宇凡和大力。

"子弹尽量多拿一些。"他又从柜子底下拖出一只大木箱，打开后里面全是压好了子弹的弹匣，这些装备看起来都干净、整齐、崭新，看来是一直有专人在维护。

看来鬼市是早有准备，我心里暗忖，只是不知道出去的路在哪里。

"张队长……可多谢你了……"大力拿了这么多东西，似乎有些不好意思起来，喏喏地说道。

"别谢我……"张志军摆摆手说，"我以后还得仰仗你们呢，咱们都是一串绳子上的蚂蚱，以后也别叫我队长，连陈市长都死了，哪还有什么队长不队长的，叫我志军就行，来，帮我把这个挪开。"

最后这句话他是指着那个顶天的大立柜说的，三毛和大力二人连忙过去，一人一边抓住柜子，用力向一边推去，随着一阵尖锐刺耳的摩擦声，这个立柜后面一个黑魆魆的洞口逐渐暴露出来，等有了足够空间，我伸头朝里一看，竟然是一道向下的楼梯！

"这里原来是个货梯。"张志军一边从背包侧袋里拿出强光手电往电梯井里照了照，一边指指对面说："两头通的，我们把另一边堵死了，这一面用柜子遮了起来。"

楼梯道里漆黑一片，一股潮湿阴冷的风从井底深处冒上来，仿佛幽冥恶鬼的叹息。我们纷纷从背包里拿出自己的手电打亮，雪亮的光柱纷乱舞动，把我们的人影照得如同潜行的鬼魅。

我跟着张志军快步下楼，心里一边嘀咕，这阶梯会带我们去向哪里？一楼当然是死路，而据我所知这座建材市场并没有地下车库，就算是有地下室，也终归只是一条死路。

果然，楼梯只打了一个弯，几步便到了底，停在一楼，再无去路。但张志军打开楼梯间的门之后，显露出来的，是一条宽阔的走廊，走廊笔直，两边除了尽头的一道大铁门之外，再没其他门户，好像就是墙壁之间的一道夹层。

"是以前的货物通道。"张志军好像看出了我们的疑惑，解释道，"因为大货车白天不能进市区，上下货都要晚上进行，这里直通外面的大路，货物一到，就直接进仓库。"张志军手指那道大铁门。

原来如此……但这走廊的尽头又是哪里？我估摸着东南西北，似乎出口正好是向着我们基地的方向，但又有点打不定主意，在这阴森的楼房里转了半天，我早已丢失了方向感。我心里焦急如焚，老是记挂着小凯西、张依玲猴子等人。不知道从什么时候开始，我不再视这些同伴为注定要分别的陌路人，特别是经过 Maggie Q 的特训之后，一种真正的团队感在我们之间逐渐产生，我开始觉得他们是可以信任和依赖的朋友，是可以托付后背的战友，想起他们的时候，心里会有一种暖烘烘的温暖感，而那个堆满了钢铁材料，院子里种满蔬菜，经常弥漫着一股烤红薯味道的窝棚，已经成了我最不想离弃的家，这种感觉，是我在那套冰冷的豪宅都没有找到过的。

"不知道猴子他们怎么样了……"像是知道我在想什么一样，

三毛突然幽幽地说了一句。

我们都沉默不语，特别是杨宇凡，满脸凄色，像是马上要哭出来，我们都明白凭那个脆弱的基地，碰上这样规模的感染者潮，几乎是不可能守得住的，就算他们保持安静，暂时没被感染者发现，但如果像鬼市这片一样，街上塞满了感染者，只怕困也被困死了。

"别担心……"张志军回答，"这里的枪声把大部分感染者都吸引了，别的地方反而安全。"

"真的吗？"杨宇凡眼睛一亮。

张志军点点头："但我们动作要快，要抢在感染者扩散之前救出你们的同伴，而且现在到达这一片的，还只是快尸，更多速度慢的还在后面呢！"

我们连连点头，加快脚步向走廊尽头奔去。

走廊尽头同样是一道大铁门，张志军贴在铁门上静听了好一会儿，才拿出钥匙把门打开。

谢天谢地！我心里欢呼一声，原来估计得没错，这大门出口正是我们基地所在的方向，只要再向前走几百米，便是那条穿越城中村的地下通道。

此时已是黄昏时分，日暮西垂，阳光把云层烧成火红，低低地挂在鬼市上方，把鬼市斑驳的围墙染成昏黄一片，但在这壮丽的景色后面，突然传来一阵阵让人头皮发麻的呻吟和凄厉的惨叫。

第十四章

泳池惊魂夜

一个月零二十天前。

我吃了一惊，连忙仔细打量了她一下，只见她的眉宇之间确实隐隐有些面熟，我搜肠刮肚地想了半天，终于想起来。

"杨筱月？"我试探地问。

姑娘展颜一笑，点了点头。

"你怎么会在这里？"这姑娘就是之前我想泡她，结果她告诉我自己是"拉拉"的那个女孩。我心里一喜，就像是一个人到了国外，举目无亲，钱包还被偷了的时候碰到一个老乡，可我知道她并非钱潮市人，而是江南岸一个小镇上的居民，本不应该出现在这危险地带才对。

"嗨，别提了……"杨筱月还是那副洒脱的样子，这也是当初她吸引到我的主要原因。"两星期前,我上这儿来走亲戚,没想到戒严了,就被堵这儿了。"

"唉……"我长叹了一口气,心道真是命运无常,连忙转移话题问,"你亲戚呢?"

杨筱月神色一黯,指着我们不远处躺着的一个中年女子说:"那是我姑妈,那伙人昨天上门来,骗我们是物业,我姑父跟他们理论……被打死了……我姑妈大概是伤心过度,从今天早上开始就一直发高烧……"

"发高烧?!"道长突然大喝一声。

我一听发烧也是心里一紧,连忙问她具体情况。

杨筱月却是一脸懵懂,不知道我们为什么这么紧张,纳闷地说:"可能是什么流感之类的传染病吧,这儿都好几个了。"杨筱月指着泳池里躺着的几个人。

道长更是脸色大变,连连后退,本来捂着眼睛一直喊疼的三毛一听这个,倏地一下用另一手捂住了口鼻。

我自然也是吃惊不小,Maggie Q 曾经说过,索拉姆病毒发病的三部曲就是发烧——昏迷——尸变,虽然 Maggie Q 说我应该是个病毒免疫者,但那是谁也不敢百分之百保证的事。我硬着头皮让杨筱月带我去她姑妈那里看一下,她自然没什么疑义,把我引到她姑妈躺着的地方。

杨筱月的姑妈是个胖子,块头也大,面相富态,躺在地上像座小山包似的。她头上枕了一只 Fendi 女式挎包,穿了一件咖啡色的雪纺衫，衣服略有些紧，肩膀和胸部处深深地箍进肉里。

我在她身边蹲下，只见她额头上布满了细密的汗珠，但整个人都在不停颤抖，似乎非常寒冷。

我摸了摸她的额头，触手滚烫。她这时还没有昏迷，感觉到有人摸她，睁开眼睛看了看我，又看了看杨筱月，用力吐出一口气，挣扎着说道："筱月……姑妈渴得很……快给姑妈倒杯水喝……怎么这么冷，你姑父回来了吗？让他给我找床被子来……"这明显是开始说胡话了，说完，上眼皮一白，又闭上了眼睛。

"她这是从什么时候开始的？"我问杨筱月。

杨筱月见自己姑妈这副模样都快哭了，哽咽着跟我说："大概是早上七八点开始……刚才还好好的呢，你们来之前还跟我说话来着……"

我一算时间，发病到现在已经五六个小时了，按 Maggie Q 的说法，最多二十四小时就要尸变，如果真是索拉姆病毒，那杨筱月的姑妈就只剩下不到二十小时的时间了。

"其他发烧的人呢？"我问杨筱月。

杨筱月直起身，给我一一指出另外几个发高烧的人，我挨个查看了一番，算上她姑妈，发烧的一共四人，其中两人已经深度昏迷，剩下的一个则是刚发病没多久，程度比杨筱月姑妈还要低很多。

我暗叹了一口气，心道这一定是索拉姆病毒无疑了。杨筱月见我如此，便不停在一旁追问，我心想反正她姑妈也只有十几个小时的命了，还不如早点让她知道，也好早作准备，于是便把实情告诉了她。

"什么？索拉姆病毒？"杨筱月像是听了一个什么陌生的名词一样，先是愣了一下，然后才不敢相信地说道，"就是那个会让人变成行尸的病毒？"

我点点头。

杨筱月这才惊慌起来，面色大变地说："那怎么办？"

我哪里知道怎么办呢？虽然我大概是这个世界上第一个目睹感染者的人，但对于刚发病还没有尸变的病人还是第一次接触，按 Maggie Q 的说法，索拉姆病毒的死亡率是百分之一百，也就是说尸变率也是百分之一百，没有任何治疗甚至是延缓尸变的手段。这个时候最明智的做法，就是一锤砸烂感染者的脑袋，可是谁又能对一个活生生的人下得了手？更别说那些感染者和他们的家人了！

我刚说完他们感染了索拉姆病毒的话，就好像往平静的水面扔了一块大石头一样，泳池里迅速骚动起来，一些人惊呼着从那几个发烧的人身边逃离，有几个人甚至一脚踩进屎尿堆里。其中反应最大的，还是这几个感染者的家人。

但他们的反应也是各不相同，其中一户三口之家，患病的是一个中年男子，他的妻子和一个不到十岁大的孩子，听说自己的丈夫和父亲感染了索拉姆病毒之后，便扑在男子身上号啕大哭。另一个家庭一共五口人，爷爷奶奶爸爸妈妈外加一个十几岁的男孩，不幸的是感染者正是这个独苗孩子。他们对自己的孙子已经感染绝症的事实完全不能接受，两位老人不停地对我骂骂咧咧，说我咒他孙子死。

那位感染程度不深，暂时还能活动的感染者，则更加的惶恐不安，他虽然眼窝深陷，脚步虚浮，但还是强撑着身体，蹒跚着逃离另外的几个高烧患者，一边走一边还说："我没事，只是昨晚着了凉，感冒了……"

泳池里乱哄哄地闹作一团，有几个人趁乱攀上了台阶，想爬出泳池。这下可捅了马蜂窝了，我只听到两声暴喝，抬头一看，只见原来躺在外面的两个看守此时飞奔进来，一边跑一边甩开两支警用甩棍。

这时第一个攀上台阶的人，刚好半个身子露出池边，那看守跑到他跟前，借着前冲的力道，高高跃起，一招力劈华山，把甩棍往那人头上打去，那人压根反应不过来，只是下意识地把手横在头上。甩棍尖端的棍头狠狠地击中那人的手臂，那人发出一声杀猪般的号叫，一条手臂马上软绵绵地垂了下来，这重重一击，一定是把他的前臂骨给打断了。

"你他妈找死！"那看守厉声喝道，"跟你们说了不许出池子！"

"吵什么吵？"另一个看守这时才跑到泳池边，一边喘着粗气，一边冲着我们喊，"不许说话！"

在直接的威胁面前，索拉姆病毒带来的恐惧似乎也失去了威力，乱哄哄的人群一下子安静下来，甚至连那个被打断了手一直惨号的家伙，被这一喝，也闭了嘴，只敢在喉头轻声哼哼。

"这儿有人感染病毒了……"有人壮着胆子朝他们说道。

"什么狗屁病毒！"俩人这时似乎又闻到了臭味，憎恶地皱着眉头捂住口鼻，瓮声瓮气地说，"别再让我看到有人爬上来！"说完，两人便逃也似的转身小跑着走了。

我注意到跑在后面的那人，面色有些苍白，脚步也有点不稳。

他们刚走出门外，道长便拉了拉我的衣角，我转头一看，正好看见一个人掀开布帘走了进来，等她走近了再仔细一瞧，竟然是刚才在我家门口骗我开门的那个少妇！

这少妇颇有些姿色，长脸尖下巴，依稀有点哪个女明星的影子，只是没有化妆，加上神情紧张，看起来万分憔悴。她身穿一套米白色 Lanvin 套裙，全身上下都是污迹，不知道是敲我家门时候蹭的，还是别的地方沾上的。她没有穿胸衣，一双坚挺的乳房随着匆匆的脚步一颤一颤地抖，在泳池边她用眼角瞄了我一眼，马上别过头去。

"妈妈！"一个七八岁的小女孩从泳池一头大喊着扑过来。

我心里一动，暗道这女人倒是没骗我，还真带着一孩子。

少妇见女儿喊她，神色更是焦急起来，一边做手势让孩子别过来，一边紧跑了两步，只是她跑步的时候，右手一直捂在腹部，不知道是肚子疼还是别的原因。她跑到泳池边，换了左手捧住肚子，右手按着池边，双脚慢慢地往下探，她的短裙随着动作向上耸起，露出一条雪白修长的大腿，裙子已经快褪到了大腿根，但她浑然不觉，身子向一边倾斜着，她发出几声轻呼，显出不堪重负的样子，但自始至终都没有放开捂着肚子的另一只手。我注意到泳池里其他一些人也用异常仇视的目光看着她。

等她的脚终于落了地，那小女孩猛地扑到她怀里，号啕痛哭。她抱着孩子不住地抚摸孩子的背，轻声安慰。两人抱了一会儿，少妇又朝我这边瞄了一眼，然后拉着她的孩子走向了离我们最远的泳池一角，正是刚才骂我的那一大家子所在的地方。

我心里暗叹一口气，心里对这女人的恨意消了一大半。

这时泳池里还是乱糟糟的一团，那个被打断手臂的人一直在不停地惨号，声音凄惨让人心底发毛，但此人似乎是孤身一人，也没人理他。其他人都挤在一起，还处在对索拉姆病毒的恐惧之中，七嘴八舌的你一句我一句讨论这几个人到底是不是被索拉姆病毒感染了。

"我亲戚说了，这种病就是狂犬病，犯了以后会怕光、怕水……"有人嘀咕着说。

"对！这是从非洲传过来的，是那种鬣狗咬了以后的狂犬病，所以比我们中国的狂犬病要厉害。"有人言之凿凿地说，引起一片附和声。

"狂犬病中医能治啊，用几只斑蝥焙干了，碾成末吃，很有效果，他们山里人一直都是这么治的。"有人乱出主意。

"现在哪里找斑蝥去？"

"就是就是，现在咱们连他们几个到底是不是真的感染病毒还不知道呢。"

"有水就好了，听说得狂犬病的人怕水，水喂不进，会喷出来。"

"要不，去问他们讨点水？"

"你不要命了？没看把人打成那样吗？"说话的人指着躺在泳池中央哀号的断臂人说道。

这下所有人都闭了嘴，那断臂人的嘶吼声就更加显得凄厉起来。

"这些人是给关了多久了？"我问杨筱月。

"听说最早的是前天早上进来的。"杨筱月回答。

我点点头，心道大概他们是挨着楼搜寻幸存者，这小区很大，搜到第三天才碰着我们。

"也不知道他们还把我们关起来干什么。"杨筱月皱着眉头说，"吃的都给他们拿走了。"

"大概是为了防止有人出去暴露他们的位置。"我回答道，接着话锋一转又问，"他们来送过水和食物吗？"

杨筱月摇摇头："从来没有，我只看到不断地有人被送进来。但他们除了打骂，从来都不跟我们说什么，也没人敢问。"

莫非他们是想活活饿死我们？我心里嘀咕道，人不吃饭可以饿一个礼拜，不喝水的话……在这样的大夏天，大概连三天都坚持不了。我环顾四周，只见大部分人都是嘴唇发白，明显处于缺水状态。我正想跟道长和三毛商量接下去该怎么办的时候，突然听到泳池对角传来一声暴喝：

"你这个贱人，这水还不是你卖 × 换来的！好像自己有多了不起似的！"

我抬头一看，只见那已经深度昏迷的小孩的奶奶，正叉着腰、扭曲着脸，怒目圆睁地对着那少妇尖声喝骂。

那少妇满脸惊惶，嘴唇发抖，双手合十对着那老妇人不停地作揖，一边恳求："我女儿也渴得受不了了，您要全拿走了，她就没得喝了。"

"水！"泳池里顿时骚动起来，很多人一听到这个"水"字，连眼神都亮了几分，纷纷围了过去。

那老妇人见众人注意力都被他们吸引过来，就像舞台上的演员有了观众，更加的眉飞色舞起来。

"我说过不给你吗？啊？我说过吗？大伙给评评理，这婊子刚才出去卖×得了一瓶水，她竟然想一个人偷偷藏起来喝，我好言好语，让她分一点给我生病的宝宝，就是不肯，多黑心哪！你这个蛇蝎心肠的贱人！"

那少妇被老太婆骂得脸色惨白，哭着连声分辨："不是的……不是这样的……"

"水？哪里有水？"有人大声喊叫。

"在她怀里！"那老太一只手搂着少妇的腹部，厉声尖叫。

她话音刚落，几个男人就冲了上去。

"把水给我！"其中一个男人伸出手喊道。

少妇双手紧紧搂着自己的肚子，一边不停地摇头，嘴里哀求着："求求你们，我女儿渴得不行了……"

"他妈的骚货，要不是你，我怎么会沦落到这里！"其中一个男人大概是跟我们一样被她骗开的房门，他发疯似的吼叫着，伸手往少妇怀里抓去。

"不要！"女人徒劳地尖叫着想避开那只手，但马上另一只手伸了过来。

"你不是会卖吗？再去卖好了！"几个人同时上前，想去掰开女人的手，但这时候一个护犊的母亲爆发出可怖的力量，几个壮汉愣是掰不开她的胳膊。

这时有人抓着女人的后衣领，重重地往下一扯，哧啦一声，洋装被撕成了两半，女人的肩头和整个后背都暴露出来。

"对！把她扒光，看她要脸还是要水！"那老太婆在一旁大喊，面色通红，像是看了什么精彩的戏剧一样。

那几个男人像是得了什么鼓励和命令，抓住女人的胸口就往外拉扯，女人这时终于放弃了怀里的水，转而去抓那胸前仅剩的半块布料，一瓶380毫升装的矿泉水从她怀里滚落地面。

"水！"一群人齐声呐喊。

看到真有水掉下来，原先在一边旁观的人也站不住了，纷纷加入战团。那个第一个撕少妇衣服的中年男子，率先一个鱼跃抢到矿泉水瓶，刚拿到手，还没等站起来便打开瓶盖往嘴里塞，可才喝了一口就被人劈手夺过，瓶子里的水洒出将近一半，他怒吼着站起来向抢他水的人扑过去。

就像一群饿狗抢食一块肉骨头一样，这群人在泳池里疯狂地你争我抢、互相厮打，大部分水都在厮打中撒在了地上。那两个看守听到动静又冲了进来，看到这样的情景不仅不制止，反而哈哈大笑，指着厮打的人群和那个差不多被剥光、胸口捂着一块破布缩在一角跟女儿抱头痛哭的少妇，相互逗趣起来。

所有人都只是盯着那一小瓶水在你争我夺，没有人想过看守只是两个人拿着两根棍子，如果这么多人同时一拥而上，他们肯定不是对手。我原本铆足了劲，想趁乱冲上泳池，把看守打倒逃出去，但见没人有任何表示。加上三毛被迷了眼睛失去了战斗力，道长又是个手无缚鸡之力的家伙，靠我一个人，肯定不是两个受过杀人培训的军人的对手，考虑再三，我还是放弃了反抗的念头。

这时打成一团的人慢慢停了下来，一些人鼻青脸肿，一些人满脸鲜血。最终抢到矿泉水的人，脸上青一块紫一块，样子比刚才的三毛还要惨，但他却浑然不觉，只是脑袋朝天，像是婴儿吮吸母亲的乳头一样，狠命地吸着水瓶。但无论他怎么用力吮吸、拍打、揉捏，除了一开始的时候像是挂点滴一样滴下几滴之外，就像一个被榨干的柠檬，再也流不出一滴水来了。

这人弄了好一会儿，最后才颓然放下水瓶，愣了一会儿，好像终于感觉到了疼，捂着伤口开始抽冷气。

那两个看守见人群不再继续打斗，没什么戏可看了，便转身想往外走。这时，刚才跟少妇争执的老妇人突然扑通一声跪在地上，大喊道："同志……大爷！求求你们行行好，给点水喝吧，我孙子发高烧，已经晕过去了！"

两个看守收住脚步，又转过身来，看看跪在地上的老太，又看看她躺着的孙子，其中一个先是一愣，随即又不屑地撇撇嘴，说："你个老不死的，也不看看自己长啥样！"说完又掉头就走。

　　"哎……"这时似乎是老太的媳妇，那个已经昏迷的孩子的母亲又出声喊住了看守。

　　这是一个三十出头，衣着入时的女人，她喊住看守的同时，把自己乱糟糟的头发稍微了理，把原本披在两侧的乱发都捋到肩膀后面，露出细长、勉强还算干净的脖子。这女人有一双不算大但修长妩媚的眼睛，鼻子应该整过，鼻梁笔挺，鼻翼玲珑娇小，嘴巴不大不小，牙齿像是珍珠贝似的又白又细，下巴尖而有肉……总之是个不折不扣的美女。

　　这女人见看守转过身来，又用力挤出一丝笑容，挺起原本就非常挺拔的胸膛。其中一个看守看到她这副模样，眼睛都直了，愣了好一会儿才结结巴巴地说："你……你想……想干什么？"

　　"只要你给我儿子一点水喝，你想干什么都可以……"女人虽然极力想做出性感迷人的样子，但还是掩饰不住内心的慌张，声音有些颤抖。

　　她旁边那个明显比她年龄大很多，刚才也参与抢水，但被打得鼻血长流的丈夫闻言脸色大变，惊叫道："小菲……你要干什么？"

　　那叫小菲的女人惨然一笑，淡淡地说："反正你从来也没爱过我，我在你们家，不过就是个生育工具……"

　　她又转头，对着看守说："真的，我什么都可以为你做，如果你能让我清洗一下，请相信我，你一定会喜欢上我的。"

两个看守都是二十多岁的年纪，哪里经过这种阵仗，其中一个更是满脸猪哥像，哈喇子都快流下来了，另一个脸色蜡黄，一脸病容的人，不知道是理智一些，还是状态不好的原因，我隐约听到他拉拉"猪哥"的手，对他轻声说道："狼爷说了，不许我们碰他们……"

"猪哥"满不在乎地一甩手，说："狼爷怎么会来这里，这里这么臭。再说就许他们快活，不能让咱爽爽？我还是处男呢，也不知道哪天被僵尸给吃了！要不……咱俩一块上？"

那病快快的看守又劝了"猪哥"一阵，最终还是没能阻止"猪哥"的精虫上脑，他摇了摇头，自己走出门去了。

"你从那边上来……""猪哥"淫笑着朝小菲勾了勾手指头，示意她从台阶走出泳池。

小菲依言走上台阶，来到他的面前。这"猪哥"果真是个雏儿，女人真的来到面前之后，他却有些手忙脚乱、束手无策起来，面色通红，脸上堆起一些尴尬的笑，露出一些二十来岁的年轻人本该具有的纯真来。

这时候反而是小菲占了主动，她一把挽起"猪哥"的手，指着泳池更衣室的布帘说："在这里总不太好，咱们上里面去吧。"

"猪哥"忙不迭地点头，小菲挽着他的手穿过泳池说："待会你可要保护我哦，可不能让他们把我的水也抢了哦……"

猪哥已经被迷得五迷三道，不住点头说："好好，放心，谁敢抢你的，我打死他！"

"三毛，你好点了没？现在能看见吗？"我见二人掀开布帘走进更衣室之后，马上拍拍三毛和道长的肩膀，让他们俩凑近我身旁。

"还是很疼，但勉强能睁开眼了。"三毛轻声回答。

"现在是我们最好的机会……"我把目前的情况跟三毛简单介绍了一遍，然后继续说道，"我敢肯定那个看守一定感染了索拉姆病毒，虽然还没昏迷，但一定非常虚弱，现在只剩他一个，我和道长对付他完全没有问题。"

"一会儿道长你跟三毛假装吵架，把看守吸引过来，然后我趁其不备把他拉下来……"

"然后呢？往哪边跑？"道长插话问道。

"刚才进来的时候，我看到更衣室外面还有岗哨，而且出去还有那么大一个会所，逃跑路线太长，往那边不行，只能往中庭跑。"

"可中庭是封闭的，没有路可以出去啊。"三毛问道。

"那里有个地下车库的通风口，只用一些筷子粗的钢筋拦着，只要踹两脚肯定能踹开，我们从地下车库逃出去，到时候这些人肯定一窝蜂地往会所方向跑，我们趁乱逃走的机会很大。"

道长和三毛这下都没有异议，我们三人又商量了一些具体的细节，觉得一切妥当之后，我又走到杨筱月旁边，跟她说了我们的计划，让她到时候跟我们一起走。

"可我姑妈怎么办？"杨筱月看着她躺在地上已经陷入昏迷的姑妈说道。

我摇了摇头，轻声地说："索拉姆病毒的致死率是百分之百……"

杨筱月一下子又哭了出来，哽咽着说："可……可……我听……听他们说，这不一定是索拉姆感染呢，我要是走了，我姑妈就肯定活不了了。"

我心里暗叹了一口气，又说道："可你留着又有什么用呢？没看到刚才那两个女人的命运吗？"

杨筱月一下子变了脸，露出极其惊恐的神色，我正想再劝，冷不防却听到耳边一声暴喝："他妈的反正留下来也是死，不如跟他们拼了！"

我惊愕地转头一看，只见一个一直没注意到的，既没有扒少妇衣服，又没有参加抢水的中年汉子一马当先朝台阶上冲去。竟然是被人抢了先了！

在那中年汉子的带领之下，人群纷纷响应，绝大多数人都跟着动了，其中刚才那几个剥女人衣服的，虽然鼻青脸肿但最是兴奋，嘴里高喊着："对！跟他们拼了！"跟疯了一样冲上泳池。那中年汉子却鸡贼得很，带头冲了两步，后面却慢了下来，有意无意地让后面的人超过了自己。

躺在玻璃门外面的"病秧子"看守见状大吃一惊，从躺椅上一跃而起，甩开警棍冲了进来，但这一次他慢了半拍，等他过来的时候，已经有两人爬出了泳池。"病秧子"到底身体虚弱，刚扬起甩棍便被当先一人捉住了手臂，另一人抓住他另一只手，这时第三人——正是那刚才带头的中年汉子也冲了出来，他一个箭步，抡圆了手臂重重一拳砸在"病秧子"鼻梁上，"病秧子"脸上顿时像砸烂了一个西瓜，鼻血飙射。

"病秧子"被这一记重拳打得差点晕厥，整个人晃了晃就差没一屁股坐地上，他力量一弱，手里的甩棍便被抓住他手的人夺了，那人夺过甩棍，马上使劲抡起一棍，甩棍带着呼啸的破空声，结结实实抽在"病秧子"腮帮子上！

"病秧子"还没从那记重拳中缓过劲来呢，又被抽了这一棍，脸上顿时皮开肉绽，他晃了两下，终于仰天一跤摔倒在地上。甩棍男并没有因此收手，还是一棍接一棍地往他头上招呼，一开始"病秧子"还惨号两声，但几下过后便没了动静，甩棍男又继续打了十多棍才停下手，等他直起身子的时候，脸上身上溅满了鲜血，加上他疯狂的眼神，就像是电影《闪灵》里那个被鬼上了身拿斧头劈死老婆孩子的作家。

"跑啊！"

众人见看守被拿下，便再也没有顾忌，就像我一开始预测的那样，所有人都一窝蜂似的往更衣室方向跑。

"咱们也走吧？"道长见形势一片混乱，拉了拉我的手肘说。

这会泳池里除了我们三人，只剩下杨筱月和她的姑妈，还有那个父亲感染了病毒的三口之家，加上被撕烂衣服的那个少妇，连小菲那一家子，都背上生病的孩子跑了出去。

"再等等……"我想了想之后说道，"等他们都跑进更衣室。"

这时候那个跟着小菲走进更衣室的"猪哥"，一边手忙脚乱地系着裤腰带，一边匆匆忙忙地跑了过来，他一掀帘子，正好看见甩棍男高举着棍子，满脸鲜血，状若疯魔地向他冲过来。

"猪哥"见状愣了不到半秒钟，随即发出一声喊，转身就跑。

"有种你别跑！老子弄死你！"甩棍男嘶吼着追上去。

但他刚刚跑到布帘子跟前，突然一声震耳欲聋的枪声响起，甩棍男像是被一柄无形的大锤子重重打了一锤子，他突然凌空向后飞起，摔在地上，挣扎了几下之后，便一动不动了。

这下所有人又都发了呆，片刻之后，布帘翻动，一个黑洞洞的枪口伸了出来，然后布帘整个掀开，那个光头"两股筋"拿着从我们手里抢的 95 式突击步枪，慢慢走了出来。

"都他妈别动！""两股筋"环视了一圈，语气不疾不徐地说道。

其实不用他说，所有人都已经噤若寒蝉。

"两股筋"身后又进来四个他的手下，包括刚才逃出去的"猪哥"，小菲也被他们带了进来。

"都回去！""两股筋"摆了摆手里的枪说。

所有人都如蒙大赦，争先恐后地重新走下泳池。

"狼爷，钢子死了！"有人指着"病秧子"的尸体大喊。

原来这"两股筋"就是狼爷，我心里暗忖。

狼爷闻言抬了抬头，扫了一眼钢子的尸体，皱了皱眉头，转头问"猪哥"："小海，怎么回事？"

"找找找……"这叫小海的，一卜露出极其惊恐的表情，浑身像是筛糠似的发起抖来，连囫囵话也说不出来。

"你跟这个女人胡搞去了，对不对！"狼爷身边另一个手下拉过小菲，对着小海喝骂道，"狼爷怎么跟你们说的？你脑子进水了？"

小海抖得更厉害了，只是低着头不敢说话。

狼爷伸出一只手，制止手下的骂声，咧了咧嘴轻笑了一下，说："我们小海长大了，知道玩女人了，味道怎么样啊？"

小海一抬头，眼中露出些许迷惑，随即又低下头说："还……还好……"

"只是还好吗？"狼爷把手里的枪递给手下，然后拍了拍小海的肩膀说。

小海见狼爷放下枪，明显地舒了一口气，讪笑着说："很……很好……"

其他几个人都笑了出来，狼爷也是哈哈大笑，就像一个上级或是长辈，在安慰自己做错事的晚辈一样，但他刚跟小海擦肩而过，就从后腰又掏出一把手枪，一回身，对着小海的后脑勺就是一枪。

"砰"的一声巨响，小海额头迸出一团红白交杂的浆液，他眼睛瞪得滚圆，似乎对正在发生的事情不可置信，他又站了差不多半秒钟之后，才慢慢地向前扑倒在地上，这时候狼爷脸上依然还堆着那种看起来充满亲和力的笑容。

泳池里一阵惊呼，所有人都被狼爷这出其不意的一枪吓着了。

狼爷收起笑容，把手里的手枪扔给手下，重新拿过95式步枪，面露严肃地说道："你们俩在这守着，谁要是再敢乱动，一律毙了！"

两个手下都答应了，狼爷又转身面对在一旁瑟瑟发抖的小菲，上下打量了一番，咧着嘴淫笑着说："小海眼光倒是不错，这是个极品啊……比刚才的强多了！"

这小菲倒是真有些手段，虽然身体害怕得发抖，但还是在脸上挤了一个笑脸。狼爷一看更是开心地哈哈大笑："不错不错，狼爷我喜欢！"说完搂着小菲的肩膀掀开布帘走了。

狼爷刚走出门，原本在他面前唯唯诺诺的两个手下顿时变了脸色，一人横着脸晃着手中的手枪从我们面前走过，他虽然块头不大，但满脸横肉，眼睛瞪得滚圆，眼神里尽是暴戾和凶光，每一个被他逼视的人都低下脑袋，不敢跟他对视，整个泳池里一片寂静，只剩下"啪……啪……啪……"缓慢的踱步声。

逡巡了一会儿以后，重新站定，又沉默了一会儿，之后才对着我们的方向扬扬下巴，说："你！还有你！上来！"

我抬头瞄了一眼，只见他手指了两个站在台阶附近的男子，朝他们勾了勾手指头，示意他们走上泳池。

那两人以为这是要拿他们开刀呢，吓得连站都站不稳，脸色铁青，垂着肩、低着头全身不停地发抖。

"这会儿知道害怕了？"那看守似乎很满意自己吓人的效果，撇着嘴不屑地说，"早干吗去了？"

"对，就是一群贱货！"另一个身穿小区保安服装的年轻小伙子大喝一声，我看了一眼，依稀认出此人是常年在小区门岗执勤的保安。

"都站直了！"保安飞起一脚踢在其中一人的胯部，把那人踢了一个趔趄，那人却由于心理紧张，站得更歪了。

"平时不是挺嘚瑟吗？"保安又扬起手，"啪"的一巴掌打在那人脸上，"进进出出还要我们向你敬礼，连个招呼也不打，开奔驰很了不起是不是？"

"来来来，你们今天给老子也敬个礼！"保安嬉笑着拉着两人的衣服，"站这边，站好了！"

可怜两个大腹便便，在灾难之前起码千万身家的中年人被这个年轻的小保安像是耍猴一样拉着团团转。

"好，现在开始，敬礼！"保安让二人并排站好，自己像是阅兵的将军一样站在他们面前。

两人一个伸出左手一个伸出右手，举到额前，笨拙地行了一个军礼，样子滑稽得不像是军礼，倒像是抓耳挠腮。

"这是敬礼吗？"保安冲过去又是一人一记耳光。

"行了行了……"那下士也看不过去了，走过来拍了拍保安的肩膀，把他拉到一旁。又朝两人挥挥手说，"你们把那几具尸体给我扔下面去……妈的，看着心烦。"

二人如蒙大赦，忙不迭地答应。三具尸体，被他们俩一头一脚地抓着，像是扔垃圾袋一样依次抛入屎尿堆中。

干完这些，下士和保安又朝我们咒骂、威胁了一番，然后也跟小海和病秧子一样躲到玻璃门外面去了。

日头逐渐西斜，泳池房里却更加明亮起来，斜阳透过玻璃幕墙，洒下一片金红色，像是流沙的咸鸭蛋黄。阳光被幕墙上一些格栅阻挡，在泳池里留下一个个怪异的几何阴影，这本是设计师独具匠心的装置艺术，但此刻根本没人在意。阳光倏忽而逝，仅仅在游泳房内停留了几分钟便消失不见，室内马上陷入一片昏暗之中。

泳池里很安静，人们就算要交流也是轻声细语，就像被猛兽撕咬后逃回巢穴舔舐伤口的野兽，凄凉而又惊惶。已经没人再关心索拉姆病毒，相比一个不知道何时发作的威胁，显然近在眼前的手枪和拳头更让人胆战心惊。

对于我们三人来说，却有一个好消息，那就是三毛差不多完全恢复了视力，眼睛也不再疼痛，肿胀也消了很多，他的眼睛现在看起来就像是水泡眼金鱼，但已经不再是阻碍他行动的障碍了。事实上我有些庆幸又有些后怕，如果暴动发生的时候三毛一点问题都没有，按照他的性格，肯定是第一个冲上去的，那很可能现在被扔在屎尿堆里的人就是他了。

杨筱月一直守在她的姑妈身边，但除了不停为她擦汗外做不了别的事情。她姑妈已经没有任何的意识，陷入昏迷之后就再也没有醒来，只是呼吸越来越急促，心跳也越来越快，现在已经达到每分钟 130 多次。

"要不要把她绑起来？"三毛指着杨筱月的姑妈提议。

杨筱月闻言大惊，抬头看看三毛又看看我，脸上一片慌乱。

我想了想，摇摇头说："不用，另两个人症状比她重得多，要尸变也是他们先变。"

"那怎么办？要不要说一声，让他们也做好防范？"三毛说。

我又摇头："没这个必要，第一，刚才咱们不是说了？这些人要么不相信，要么不在意，我想这些人应该都没有真正见过感染者，不知道活死人到底有多可怕，跟他们说了也是白搭；第二……"我转头看看四周，见没人注意我们，才压低了嗓门继续说，"我想，如果他们果真尸变的话，未尝不是我们的一个机会……这里五十多人，四个感染者，跟 Maggie Q 说的感染率差不多，狼爷那里起码有十几二十个手下，不可能没有人被感染，到时候他们内部乱起来，咱们才好趁乱逃走！"

三毛和道长闻言都赞同地点了点头。我正想说我们轮流休息一下，养足精神，到了后半夜再醒过来等待变数的出现，却突然听见旁边一个声音悄然说道：

"嘿，哥们，你们是想逃跑吗？"

我猛然一惊，转过头循声看去，只见是刚才那个煽动大伙暴动的中年汉子，正伸直了头往我们这边凑过来。

"你谁啊？鬼鬼祟祟的！"三毛朝他轻声骂了一句。

"呵呵……"中年汉子脸上堆满诙笑，"我姓吕，叫我老吕就好了……"

老吕长相普通，普通到每个人看到他的脸都会觉得似曾相识，好像哪里见过，但一转头又想不起他具体的眉眼。这样的人有个好处，就是自来熟，加上老吕那一脸人畜无害的笑容，即便是三毛这样的混不吝也不好意思再对他来劲。

"呵呵……我说几位兄弟，算我一个行不？"老吕腆着脸凑到我们中间，脸上谄媚的笑让人根本无法跟之前引起暴动的那个毅然、果敢的形象联系起来。

我暗忖此人在刚才的骚乱中看起来似乎挺沉得住气，发动暴动的时机也抓得很准，如果不是狼爷突然出现，很可能就已经成功了。我想了一会儿，觉得多他一人并没有什么坏处，于是把我的想法跟他简略地说了一下。

老吕听后低头思考了一会儿，然后收起笑容正色说道："小哥，你肯定这几个人是被索拉姆感染了？"

"八九不离十！"三毛抢着回答。

老吕又沉吟数秒，再抬头说道："让你们见笑了，我从没见过感染者，连电视里也没见过，不知道这行尸行动速度怎么样，是不是像电影里那样只会很慢地走动，除了咬人以外，指甲抓破皮肤会不会被传染？"

我心道这人难道这几天是活在真空里的？但我也只是感到奇怪，并没有多想，便把我们自己总结的一些关于感染者的经验告诉了他。

老吕继续问了一些关于感染者的问题，问得很详细，有好些问题角度非常刁钻，我们甚至连想都没去想过。比如感染者会不会爬高，会不会游泳，它们有没有消化能力，吃下去的人肉是消化、排泄，还是一直积存在胃里，直到小腹撑满肚子爆开……

问完这些问题之后，老吕又沉思了好一会儿，才又问道："那现在的办法……只有等？"

我耸耸肩说："是的，只能等。"

今天是个月圆之夜，随着时间推移，月亮升了起来，淡青色的月光洒进中庭，隔着玻璃门看起来就像真的是在水底向上望一样。

虽然我们说好了轮流休息，但我却没有丝毫的睡意，脑子既疲劳又兴奋，就像打了通宵的扑克牌，一闭上眼睛就是一手手的牌型。三毛却睡着了，一会儿打呼，一会儿磨牙，一会儿又莫名其妙地说梦话——"阿源，那个不错……"

老吕靠在泳池壁上，环抱双手闭着眼睛，看不出是睡着还是醒着。

杨筱月坐在她姑妈旁边，双手抱膝，头靠在膝盖上，双眼木然地睁着，不知道在想些什么。

耳边传来一阵阵压抑的哭声，是那几个病毒感染者的亲属。自入夜以来，几个人的症状更加严重起来，特别是那个小孩，经常是羊痫风似的全身抽搐，几个大人按都按不住。有好几次我都以为尸变已经开始，但仅仅是几分钟的癫痫，发作之后又归于平静。

我抬起手腕，想借着月光看看时间，但端详了好久，才勉强看出这只缀满钻石的心形手表的时针指向晚上十一点。这本来是杨筱月姑妈手上的宝珀钻石表，当我表示不知道时间的时候，杨筱月毫不犹豫地摘下来给了我，似乎这只以前卖十几万的手表没有任何的价值。

我晃晃脑袋，索性不再试图让自己睡着，摸着泳池壁站起来。放哨的道长见我起来，转头看了我一眼，马上又转过头去，盯着那几个感染者。

"有没有什么情况？"我靠近他身边轻声问道。

道长摇摇头，眼睛瞪得滚圆，脸因为紧张，绷得显出一道道肌棱。

"要不你去睡会儿吧，我来看着，到十二点钟叫你们。"我说。

道长又摇头，说："反正我也睡不着……"他顿了顿，然后又激动地说道，"阿源，那个 Maggie Q 说的到底准不准？到底是最多二十四小时，还是所有人一样，都是二十四小时尸变？难道被咬的和被空气传染的都一样吗？会不会小孩抵抗力差，尸变的时间会更短一点？还有，那几个人谁知道他们是什么时候开始发病的？说不定到现在已经二十四小时了！"

道长说到后面，越发语无伦次，连声音都颤抖起来。我一听，就知道道长的"丧尸"恐慌症又发作了，他好像对感染者有一种天然的、比别人更强烈的恐惧感，就像我天生非常怕蛇一样。我伸手拍了拍他的后背说："你别那么紧张，那基地那么多活死人，咱们不也过来了。"

可我话音刚落，就听见一个兴奋的声音喊道："囡囡！小囡囡你醒了！"

我循声看去，只见那跟少妇抢水的老太正扶着自己的孙子欣喜地大喊。而她的孙子正在扭动着身子不停挣扎。

第十五章

锅里的小手

现在。

呻吟和惨叫意味着这个钱潮市仅存的一块文明之地已经变成了屠宰场，里面的几百号人，就算不被感染者咬中，变成它们之中的一员，只怕也难逃饿死的命运。

张志军扭头呆看着鬼市的围墙，帮助我们逃生的那条通道黑漆漆地敞开着，如同地狱之门。一开始我以为张志军是在做最后的缅怀，还耐着性子陪着他站了一会儿，但他久久没有动静，加上我们又焦急地想赶回去救人，忍不住唤了他一声："张队长……志军？"

张志军马上一举手，示意我们噤声，视线还是紧紧地盯着那条通道，还默默端起了手里的步枪。

这时我也听到通道深处传来"咚"的一声，似乎是有什么人刚刚跑下楼梯。

我们都吃了一惊，纷纷端起枪，对准通道口。一阵慌乱的脚步声从里面传来，紧接着，我们就看见李瑾披头散发地冲了出来。

她一出通道，便看见五个黑洞洞的枪口齐刷刷对着她，吓得顿住脚步尖叫了一声，但随即看清楚是我们几个，便一边跑过来一边惊慌地喊："张队长……阿源……你们见到国钧没有？"

"没有啊……"张志军皱着眉头想了一会说，"刘……主任连上午开会都没参加，今天一整天没见过他，你看见他了吗？"

我们也努力回想，似乎都觉得今天没见过刘国钧的人影，纷纷摇了摇头。

李瑾见如此，眼圈马上就红了，表情也由惊慌慢慢变成绝望和无助，捂着嘴转眼就要哭出来。

我虽然极度不待见刘国钧，但对李瑾是没有丝毫成见，这个有着东方女子特有的温柔、善良、宽容、坚忍特质的女人，已经用她的行动博得了我们大家一致的好感和尊重。见她这么伤心，我也忍不住心里一疼，正想开口劝解，却听见一旁三毛急着说："没看见就说明没在，说不定正好躲过一劫呢，现在咱们当务之急是离开这里，赶紧回去通知猴子他们。"

"对对对，我们还是赶紧走，离开这个鬼地方！"张志军也附和道。

于是我们重新上路，走了几百米就到了地底隧道，我们拿走存放在隧道里的 AK 步枪，出了隧道，马上就接近了基地所在的工业区。

在工业区，我们不断遇到从市区方向逃难而来的人，数量多到我都不敢相信，忍不住要去猜想平日里这些人都是躲在哪里的。逃难者中也包括了我们认识的一些团队，还有同样居住在工业区的邻居，他们带着可怜的一些行李，仓皇如丧家之犬，当我拦住他们，企图获取一些信息的时候，他们只会惊慌地摇头，说一句："僵尸来了，快跑！"

"你们走反了！应该往东走，西边过不了河，桥都炸断了！"张志军好意告知几个逃难者。

"往东？那是大海！"几乎所有人都丢下这一句话，便头也不回地匆匆而过。

"走跨海大桥！"张志军说出这句话的时候，他们已经跑出老远。

"跨海大桥没被炸断？"几次以后三毛按捺不住好奇问。

"炸了！"张志军撇撇嘴说，"但没炸彻底，我们之前做过侦察，只有几个豁口，而且桥面没有完全坍塌，只是一头掉进了水里，陈市长已经派人搭了几条绳索，走人没问题！"

"对岸……没有感染者吧？"我咽了口唾沫，满怀期待地问。

张志军耸耸肩："不知道，我们已经很久没有对岸的消息了，但按照索拉姆病毒的传播能力，一条江几乎不可能挡住！"

"那咱们去对岸干什么？"三毛马上又问，"既然都一样。"

"过了跨海大桥就是平波港，我们可以找艘船，出海！"张志军抬头看着东方，眼神里闪出些许光亮，"外面就是群岛，大大小小一千多个岛屿，我们随便找一个有淡水的小岛住下来，开垦农田，出海捕鱼，只要没感染者，活下去应该不难。"

"这都是陈市长定下的计策……"张志军叹了口气又说，"就算没有感染者潮，这个春天也准备执行的，没想到他自己却……"

我也在心里暗叹一口气，这陈市长虽然阴了我们两次，但不可否认此人确实是人中龙凤，无论是对形势的判断还是对人心的笼络，都不是我们这些往日的平头百姓所能比拟的。

"有情况！"眼尖的杨宇凡突然示警。

我跳上停在人行道上一辆废弃的路虎车顶，手搭凉棚往前看去，只见工业区大道最末端，我们那个住了大半年的不锈钢工厂，两扇斑驳的红漆大门向内洞开着。

"一定是出事了！"我跳下车说。

"会不会是他们听到尸潮的消息，也跟着跑了？"张志军推测。

"不可能！"杨宇凡激动地低吼一声，甩开膀子率先向前跑去，但马上被三毛一把抓住。

"做好突击队形！"三毛端起枪，"说不定敌人还在里面！

"我们有很严格的撤退计划，就算他们听到风声撤退，也不可能这样敞开着门，而且我们如果失散，约定的碰头地点就是我们刚才经过的那条隧道……李医生，你在这儿等一下，我们先进去看看！"我一边向张志军解释，一边解下身后背着的大背包，端起枪，我们依照平时的训练迅速散开，三毛充当尖兵，我和杨宇凡充当左右侧翼的火力手，张志军毕竟是职业军人，在向我们投过赞许的一瞥之后，马上跟大力一起占据了火力掩护的位置。

三毛一个人猫着腰，远远地走在前面，我绕到马路的另一侧，用那些废弃的汽车充当掩体，一边牢牢地吊在三毛身后，一边用枪搜索我负责的这一侧区域，寻找一切可能对三毛产生威胁的目标。

三毛很快接近基地的红漆大门，他站在门边，背部紧贴墙壁，对着我伸出左手卷成筒状，在自己眼睛上比了个望远镜的姿势，然后又指指头上。

我知道那是让我检查楼上有没有狙击手的手势，我伸出左手握拳，回了他一个"明白"的手势，然后迅速猫着腰，跑到正对着大门的一辆大众"途观"后面，把枪架在引擎盖上，视线透过准星，把各个楼层的窗户逐个扫描了一遍。

我把手肘放平，手掌向前伸出——"安全，可以进入！"

三毛把左手的拇指和食指环成一个圈，其他三指竖直，然后又把手举过头顶，手掌向内挥了挥手——"明白，掩护我！"

然后他倏地转身，朝门内看了一眼，迅速冲了进去，另一侧的杨宇凡和他侧后方的大力也马上跟进，我也迅速翻过途观车跟了进去，后面的张志军马上占据了我的位置。

我们在院子里呈品字形散开，院子里混乱的样子，进一步证实了我的预言——所有种了粮食的土地都被刨开，冬天留在土里的红薯、土豆、胡萝卜全被翻出来带走，甚至连刚种下，只发了一丝细芽的几株西红柿也被连根挖起，不见踪影。整个院子就好像是来过一艘科幻小说中描写的掠夺地球资源的外星飞船，过后寸草不生，只剩下翻起的黑土。

我们来到大家居住的楼房门外，房门也是敞开着，我一眼就看见那个我们每天用来生火做饭，围炉取暖的大铸铁炉子已经不见了，上面的铁皮烟囱应该是被强行扯断的，铁片狰狞地拖在空中，被烟火熏得漆黑的内壁就像是某种巨兽的肠子。

在三毛做出安全手势之后，我们都跟着进入室内，里面空空荡荡，凡是能移动的物件全部已经消失，地上脚印繁杂，像是经过了一场激烈的打斗。

"安全！"三毛一边从楼上下来，一边喊。

整座房子里空无一人，三土、猴子、张依玲、萧洁、小凯西，全都不见了。

杨宇凡还是不甘心，满屋子乱窜，在几个预定的躲藏地点翻来覆去地找，一边大喊着小凯西的名字，仿佛这个小家伙是在跟他捉迷藏，随时会从哪个角落里笑着冲出来扑到他怀里。

但是什么都没有，最后三毛不得不把他拦住，扳着他的肩膀对他大吼才让他停住脚步。

"今天是小凯西的生日……"杨宇凡蹲下身子哭了出来。

我也心如刀割，小凯西等人一定是被别的势力掳走了，但现场没有留下任何可供追踪的痕迹，而且感染者潮涌在即，我们压根没有时间去追查到底是哪方势力干的。

"什么人！站住！"院子外面传来张志军的一声暴喝。

我们都吃了一惊，同时端枪冲出门外，只见张志军枪口所指的方向，一个人影拖着脚步蹒跚而来，这人看见我们，顿时紧赶了几步，但明显是身上有伤，在向前猛冲了几步之后便一跤摔在地上。

来人正是猴子，我们赶紧过去把他翻过来，他右手捂着左肩部，鲜血正从指间汩汩流出，面色如纸般苍白，嘴唇结痂，眼皮耷拉，已经快丧失了意识。

"快去喊李医生！"我转头大喊，张志军连忙应了一声，飞奔而去。

"猴子！你醒醒！小凯西他们呢？去哪里了？"我拍打着猴子的脸，试图让他清醒过来。

猴子吃力地睁开眼睛，眼神空洞散乱，好一会儿才重新聚焦，挣扎着说："食人族……被食人族抓走了！"说着眼睛一白，又要晕过去。

"别睡！"我摇晃着猴子的头，在他耳边大声喊，"说清楚，食人族在哪里？"

"江……江心洲……"猴子又吐出几个字，声音轻得如同午夜梦呓。

"李医生来了，快让开！"我听到身后张志军一声大吼，我转过头，看见李瑾气喘吁吁地狂奔而来。

李瑾在猴子面前蹲下，迅速检查了一下他的瞳孔、脉搏和伤口。

"失血过多，已经休克了，伤口不深，没有伤及内脏，但可能切断了一条血管，还在流血，必须马上手术缝合！你们快把他抬进去，准备手术。"李瑾站起身，语速飞快，但声音镇定，就像是在医院急诊室对着护士发号施令。

"张队长，医疗包带了吧？"李瑾又对张志军说。

"带了带了……"张志军忙不迭地回答，"就是我背着的这只。"

"好！"李瑾一边往里走一边又说："一会把手术器械拿出来，还有生理盐水、消毒酒精、双氧水、麻醉药、注射器和绷带！"

"好……"

由于所有的家具都已经被洗劫一空，我们只能把猴子放在堆在门口的钢锭上，张志军把他的背包解下，从里面一样样地掏出李瑾要求的物品，原来他背着的这只大背包里面装的全是医药用品。

李瑾拿起一袋生理盐水，熟练地解开输液工具，准备给猴子挂上。

"李医生……"张志军这时突然低声说，"这人……有多大的生还可能？咱们的药物可不多啊。"

李瑾却连眼皮也没有抬，手脚麻利地把一次性输液管一段插入袋装生理盐水，让大力把袋子举着，另一头垂下，放出管子里的空气，"我是医生，发过希波克拉底誓言，不会放弃任何一个病人！"

"我需要一个助手！"李瑾给猴子挂上盐水之后对着我们说，"谁有处理伤口的经验？"

我想起曾经给 Maggie Q 缝合过伤口，虽然那次怕得要死，但总算有一次经历，便自告奋勇地说："我来吧……"

李瑾看了我一眼，平淡地点点头："好，你先把双手洗干净，肥皂张队长的包里有，然后用酒精消毒。"

还好，院子里的手摇井还在，我在李瑾的要求下仔仔细细地从肘部开始洗干净了双手，然后用棉球蘸着酒精上下细细涂了一遍。

李瑾一再嘱咐一定要洗干净，"百分之九十九的感染都发生在我们的双手和医疗器械上，我们没有太多的抗生素，所以一定要小心！"

此时天色已黑，除了在门口警戒的张志军之外，三毛、大力和杨宇凡人手一只手电，一起照在猴子的伤口上。

李瑾用手术剪把猴子的衣服从侧面剪开，把伤口暴露出来，然后用双氧水冲洗了伤口，伤口在左锁骨下方，一道大约 3 公分宽的细长刺痕，还在向外微微地淌血。

李瑾拿出注射器，抽了一些大概是麻醉药的液体，注射在猴子伤口的周围，等了一会儿，然后用两个止血钳一边一个夹住伤口，向外翻开，伤口如婴儿的嘴唇一样翻开。

……

做完手术，猴子兀自未醒，双唇紧闭，面色铁青，气息非常微弱。我担心地问李瑾情况怎么样。

"他失血过多，按情况应该给他输血，但我们做不到。"李瑾的声音平静得就像是她握着的手术刀，"接下去，就看他的造化了，如果到明天不发烧，他就可能挺过去。"

"咱们快去救小凯西他们吧，再晚就来不及了！"我们刚安顿好猴子，杨宇凡就抢着说。

食人族，江心洲……我这时才想起猴子的话，心里发出一阵颤抖，如果真如猴子所说，小凯西等人是落入了食人族手里，那他们可以说危在旦夕。

"是啊，事不宜迟！"三毛也随身附和，一边还抄起枪检查起弹药来。

"可猴子怎么办？"我轻声低语，"现在尸潮一定离这里不远了，江心洲在东面，正好在我们的撤退路线上，我们就算救到人，也不可能再回到这里，难道把他扔下？"

众人听了都沉默起来，事实确如我所说，如果要救人，便只能放弃猴子，虽然两厢相较，肯定是三土、凯西他们人数更多，更重要。但真实情况却不是简单的数字计算，猴子也是我们朝夕相处的同伴，如果把他一个人就这么扔下，一定是死路一条。

"干脆我们带上他！"大力突然说，"蓝房子那边应该没被发现，里面有手推车，我们搁上几床被子，给他做个暖病床，我可以推着他走！"

这确实是个权宜之法，况且尸潮已经近在眼前，我们不可能在这里停留很久，不管救不救人，都得设法把猴子带走。于是我也没有异议，点头同意，大力和杨宇凡马上跑出去，片刻之后，两辆独轮手推车便被他们带了回来，其中一辆车里铺了厚厚的几层棉被，另一辆则装了些食物和零碎的应急物品。

我们略微收拾了一下便上路了。

江心洲很小，长宽俱不足 1 里，洲上原本只有萋萋荒草，数群野鸥，并无人烟。

我们在午夜时分接近江心洲，和原本预计的不同，此时江心洲上并不是寂静一片，三层楼的农家乐里，竟然还有点点火光，间或还有一阵阵欢呼声隐隐传来。

"×，到现在还没睡！"三毛低声骂了一句。

"大概是在庆祝今天干了一票大的……"张志军从三毛的背包里掏出一个望远镜，朝岛上张望了许久，"太黑了，看不清楚有多少人，我先下去侦查一下。"

"一个人去，不会太危险吗？"我有些吃惊地看着张志军。

"一个人才安全，别担心，我以前是特种部队的侦察兵，对付这种乌合之众，小意思！"张志军笑着解下自己的背包，又检查了一遍自己的武器装备，"你们趁现在吃点东西，休息一下，等我摸清情况，再回来商量怎么救人。"

"小心点！"三毛过来拍了拍张志军的肩膀说。

张志军又是咧嘴一笑，也不答话，只是拍了拍手里的枪，便向着半岛方向跑了，几步之后，他的背影便消融在无边的夜色中。

我们按张志军的嘱咐，坐下来吃了些东西，从鬼市拿的这几个背包，里面的东西除了每人都有的必要装备和食物之外，其余的空间都是分门别类归类好的。张志军那只是医疗用品，我和杨宇凡背的都是水和食物，大力的是生活用品，三毛的则是望远镜、夜视仪之类的军用品。

我们坐在江岸上吃了些能量棒，又喂猴子吃了点蜂蜜，他的情况已经有明显好转，原本灰败的脸上有了一些活人的生气，李医生说他虽然还没脱离生命危险，但活下来的希望越来越大，这也让我们松了一口气。

大约半个小时之后，张志军回来了。

"这是一群比乌合之众还不如的家伙……"张志军捡了根树枝，在地上画出一个沙锤形代表江心洲，"连岗哨都不派，所有人都挤在大厅房子里喝酒，大概有四十多人……"他在江心洲中央画了一个转角形方块，指着一边说，"人应该关在楼上，楼梯在这边……对付这种货色，强攻就可以，一会儿我、三毛和阿源突击大厅，大力你和杨宇凡上楼救人！"

"好好好……"杨宇凡高兴地说，"我去救凯西！"

"他们的武器情况怎么样？"三毛问。

张志军笑着摇头："只有两个人腰里别了把破五四，我怀疑那枪压根打不响！"

我们自然不会怀疑张志军的专业判断，继续敲定了几个细节之后，我们便上路，穿过沙锤形半岛的尾端，朝江心洲扑过去。在此期间我们还为如何安置猴子和李医生起了一点分歧，最后还是张志军拍板，让他们跟着进去，按他的说法是里面的食人族根本不堪一击，没必要把他们留在外面承担不必要的风险，没想到这个决定后来几乎救了我们所有人的性命。

此时星月无声，除了岛上隐隐传来的欢呼声，我们身边只有潺潺流水，江心洲像一只巨兽一样趴在水中，在月光之下如鬼魅暗潜。早春的午夜，春寒料峭，我们呼出的气息在夜色中结成白雾，在月光下蒸腾、弥散。

连接江心洲的狭路只有两三百米长，仅仅几分钟我们就接近了江心洲，我们把李瑾和猴子，还有两辆手推车都留在此处。

"万一我们有个三长两短，你就赶紧走！"我指了指推车上熟睡的猴子，"也别管他了，你自己一个人跑！"

李瑾看了看我没说话，但眼神里却尽是惊恐不安。这个女人除了在行医的时候镇定自若，成竹在胸之外，其余时间从来都没什么主见，这也是她一直以来都被刘国钧呼来唤去，却还是不离开他的原因所在。

我最后朝李瑾一颔首，抓紧手中的枪，跟张志军他们一起朝那间农家乐摸过去。

我们还是呈散兵突击阵型，张志军已经侦察过地形，这次充当尖兵，剩下的人分两队跟在他身后。

这时岛上已经完全没有往日繁华的模样，经过半年自然的侵袭，上面长满了野草、爬藤和荆棘丛，应该是某次大潮的时候江水漫过了整座半岛，道路都被厚厚的黄沙掩埋。我们就像是走在隆冬的雪地里一样，黄沙在脚下发出咯吱咯吱的声响，如恶鬼随行身后。

正如张志军所说，这群家伙连个岗哨都不设，我们轻而易举地就摸到了农家乐附近。一切如张志军所画的，这栋设计拙劣的仿古建筑是一排带转折的三层小楼，楼前有一个院子，中间种着一棵大樟树，我们从一头的走廊穿过，来到大厅之前，透过雕花木门，可以看到大厅里人影幢幢，时不时响起一阵莫名的呼喝声，空气中还传来一股若有若无的肉香味，我一想到这群人平日里的食物便忍不住胃部一阵恶心，连忙摇摇头，把不好的想象画面赶走。

张志军指了指大厅左侧，那边有一道楼梯盘旋而上，然后又指指杨宇凡和大力，示意他们从那道楼梯上去救人。然后他又做了一个询问的手势，问我们准备好没有，我们一一做出准备妥当的手势，张志军点点头，把左手举过头顶，用手指比出"1、2、3"的手势，我知道数到三就是我们破门而入的时候。正全身肌肉紧绷准备出击，却听见那棵大樟树后面窸窸窣窣的一阵声响。

我们同时倏地转身，倒转枪口对着声音发出的方向，片刻之后，一个满头乱发的家伙提溜着裤腰带从树后面转了出来，他一抬头看见我们，明显愣了一下，然后马上张开嘴想要大喊，我正犹豫着要不要开枪，却只见寒芒一闪，一把匕首突然出现在这人的喉咙口，把他的喊声堵在咽喉里，这人发出咯咯的几声之后，便仰面向后倒下。

我转头一看，见张志军还一手高举，做着投掷的动作，看到我们都愕然看着他，他咧嘴一笑，还吐出舌头做了个鬼脸，仿佛刚才只是做了个游戏。

我们又举着枪待了一会儿，确定树后面再没有人之后，张志军走过去从那人喉间拔出匕首，又朝那人眼窝里捅了一刀，才在尸体上擦干净血迹把刀收好。趁着这功夫，我从大厅的窗棂间往里瞄了瞄，只见屋内正中间燃了一堆篝火，一群衣衫褴褛的家伙正围着火堆恣意狂欢，如同群魔乱舞，他们围着几个酒瓶不断地来回抢夺，我看到地上胡乱滚着几个芝华士和绝对伏特加的瓶子，正是从我们基地抢的战利品。这群人拥在一处，不时地大笑、喊叫，发出的声音却不似人语，只是如同野兽般的号叫，这群家伙一点也不比感染者高级。

我又看了看大厅另一边，马上心里一凛，只见远离火堆另一侧的地上，扔着一个被绑成粽子一样的人，再一细看，此人竟是我们的老熟人——刘国钧！

"嘘……"我听到张志军发出一声轻呼，转头一看，见其余人又做好了破门准备，我连忙点头，回到自己的位置。张志军伸出手开始比画手势。

1……

2……

3……

等他伸出无名指，我和三毛一左一右同时砰地一声踢开房门，三人持枪而入，大力和杨宇凡也迅速向楼上冲去。

"都别动！"三毛大喝一声。

那群人瞬间安静下来，齐刷刷地转头看着我们，手脚的动作定格在空中，明灭的火光照在他们漆黑、肮脏的脸上，这一幕像是按了暂停键的恐怖电影。

但我在他们眼中却看不到半分的恐惧，最初的惊愕过后，他们的表情便慢慢变得凶狠暴戾起来。

"当心！"我大喊一声，话音刚落，这群野人般的家伙便嘶吼着向我们冲过来。

"撤到门外面！"张志军两个点射，率先把两个冲在最前面的暴徒爆了头。

我和三毛一边开枪一边向后退，直到一只脚跨出门外，三个人在门口形成一道没有死角的射击线。面前的食人族如同"二战"中发起"玉碎"攻击的日本鬼子，不断朝我们涌来，又徒劳地在我们前方十余米处倒下。

屠杀仅仅持续了不到3分钟，一个弹匣还没打空，我们面前便已经没有站着的人了。等硝烟散去，我们三人都愣愣地呆了一会儿，似乎都不敢相信眼前这满地的尸首是我们造成的。

"源哥，三毛哥……"杨宇凡的一声大喊把我从恍惚中叫醒过来，我连忙转头，只见杨宇凡从楼梯上疾奔而下。

"怎么样？找到他们了吗？"

"没……没有……上面关着几个人，但没有小凯西他们……"

"怎么会……"我吃了一惊，心里马上升起一股不祥的预感。

"会不会关在别的地方了……有没有活口，咱找个人问问……"张志军嘀咕道。

我猛然想起刚才看到的刘国钧，连忙道："刚才我看到刘国钧了……"

"刘国钧？他在这里干吗？"三毛奇怪地问。

"好像也是被他们抓来的。"我想起刘国钧被五花大绑的样子，跨过满地的尸体向大厅另一头走去。

"呜呜……"一种喉咙里发出的闷响从前方传来，我循着声过去，看到刘国钧头向下趴着，双手背在身后，头努力向上昂起，嘴里塞了块破布，脸憋得通红，正以一种眼镜蛇般的动作，肚皮着地向我们游来。

看到他痛苦而又滑稽的样子，我胸中升起一股莫名的快感，心道你这老小子也有今天，一边蹲下身子扯出他嘴里的破布条，但偏不解开绑住他的绳子。

"阿……阿源……你们可来了……快，快给我解开……"刘国钧一边吐着口水，一边急切地说。

"小凯西他们呢？"心急的杨宇凡抓住他的胸口把他提离地面。

"啊？凯西……凯西他们也在？"刘国钧却好像丝毫不知情，神情惊愕地说。

"是的，被他们抓来了，你没看到他们？"杨宇凡抓住刘国钧的肩膀连连摇晃，急得语无伦次。

"没……没见着啊……"刘国钧在杨宇凡手中挣了挣，顿了一顿又说，"不过……"

"不过什么？"

"呃……你们知道……这些家伙……他……他们吃……吃的

是……"

杨宇凡脸色剧变，手一松，刘国钧的下巴砰一声磕在地板上，痛得他发出一声惨叫。

但现在我们都没心思理他，只是面面相觑，我突然觉得空中那股肉香味越来越浓了。

"该不会是……"三毛咕咚一声咽下一口唾沫。

"走！去看看再说！"张志军指了指后面，那边是肉香味飘来的地方，正是以前的后厨。

我们几人失魂落魄地跟在他后面向里走，越往里走，味道越浓，我只觉得一阵一阵的恶心，心脏也扑腾扑腾地乱跳起来。

里面除了现代厨房具有的不锈钢厨具以外，还有一口土灶，两口大锅，此时一边的锅盖上正袅袅冒着热气。我们在灶台前站了良久，最后我把心一横，把锅盖掀了起来。

热气慢慢散去，我看见一只小手静静地躺在锅里。

"啊……"杨宇凡惊呼一声，向后直退几步，我也手一软，手里的锅盖咣当一声摔了下去。

"刘国钧！！"杨宇凡狂吼着往回，冲入大厅。这时候刘国钧正像个王八一样试图把自己翻过来，正翻到一半，看到杨宇凡向他冲来，脸上不由露出极度惊恐的表情，在地上侧着身，像一只虾一样连连蹬腿，但没几下便被杨宇凡当胸揪住。

"是谁！他妈的是谁干的！"杨宇凡的眼睛都快贴到刘国钧脸上去了。

"啊？什……什么？"刘国钧眼珠子像两颗被扔进碗里的骰子一样滴溜溜乱转，"我什么都不知道，真的不知道……"

"那锅里……锅里……"杨宇凡已经泣不成声，最后把手一松，刘国钧的下巴又一次重重地磕在地上，但这一次刘国钧没有呼痛，而是努力仰起头，努力往一边滚，再一次试图翻过身，但绳子绑得太牢，让他没地方借力，只能在那徒劳地瞎扑腾，最后还是大力看不过去，推了他一把，才总算翻了过来，变成仰面向上。

"我去问问上面关着的人……"大力拍了拍蹲在地上号啕大哭的杨宇凡，向外走去。

"你们先别乱……"张志军在大厅里走了一圈之后，指着遍地的死者，"我看你们的同伴未必……未必都那啥了……"

我们早已方寸大乱，听张志军这么说，都齐齐转头，满怀希冀地看着他。

"我数了一下，这里总共只有 31 个……匪徒，你们的同伴有几个人？三个大人一个小孩？"

三土、张依玲、萧洁、小凯西……我在心里默数了一下，点点头。

"按道理 30 多个人，一下子……吃不了……呃……那么多啊……成年人的话，怎么着也得百来斤，就算是他们……"张志军指指地上的尸体，"也不大可能这么浪费吧……"

"那他们去哪儿了？"我问。

张志军耸了耸肩："也许逃走了吧……这帮家伙这么无能。"

"那小凯西……"杨宇凡一边抽泣一边期盼着问，似乎一点言语的安慰也能让他好受很多。

张志军叹了口气，摇摇头说："小孩也许……我听说……他们喜欢……不过也不一定，他们不是还关了其他人嘛，说不定那手是别人的。"

杨宇凡听了这话，眼泪又忍不住噼里啪啦地往下掉。我也心里一紧，小凯西虽然跟我不亲，但这孩子终日在我们面前蹦来跳去，每次我看到她，就会觉得这世间还是有一些色彩和希望，可现在……我只觉得胸膛里像是闷了一口烈酒，一股火焰熊熊升起，让我快要爆炸开来，只想要疯狂地毁灭，毁灭一切，毁灭这毫无人性的天和地。

门外突然传来一阵声响，是大力带着五六个被食人族关着当口粮的人下来了。

"怎么样？"杨宇凡一跃而起，焦急地问。

大力无奈地摇摇头："都吓破了胆，一问三不知。"

我看看大力身后的那几个人，都是蓬头垢面，身上连衣服也没有，只是裹着几块破布，在凛冽的夜风中瑟瑟发抖，我们几人又问了他们几句，但就像大力所说，除了摇头，什么都不知道，连眼神都不敢跟我们接触，最后只能挥手让他们离开，这几个人见我们允许他们走，便如蒙大赦般一哄而散。

"也许真逃走了？"三毛在室内转了一圈，从几个角落里找出四支从我们基地抢的 AK 步枪，我很庆幸这帮家伙是这般的不堪，既不知道布置岗哨，甚至连武器也没带在身边，但随即又想起一个问题。

"刘国钧！你为什么会在这里？"我转身盯着刘国钧，这时候他已经背靠着一根柱子坐了起来。

"啊？"刘国钧眼中闪过一丝慌乱，躲闪着不敢直视我的眼睛，"我，我就是出来透透气……就就就……就被他们抓了……"

"透透气？上哪透气？你小子不是怕感染者怕得跟鬼似的，从来不敢一个人出门的吗？"

这时其他人也被我的问题吸引了，在刘国钧面前围成了一圈。

"啊……阿源，别别，别开玩笑，快给你刘哥解开……"刘国钧看着我们，表情越来越不自然。

"是不是你把食人族引到我们基地去的？"我突然拔高音量，"为了那个戒指？！"

刘国钧脸色大变，像是刚从水里出来的狗一样疯狂地摇晃脑袋："不不不……怎么会是我……"

"猴子他们四个大人，都受过专业训练，每人一把步枪，基地里还做好了防御工事，怎么可能是这些垃圾能攻破的！"我厉声喝道。

杨宇凡听完我的话，一下子失控了，他冲上前，双手掐住刘国钧的脖子，把他死死地抵在柱子上，疯了一样狂吼："老子掐死你！你他妈还是不是人？！"

"小凡，别这样……"我连忙劝杨宇凡。

"谁都别拦着我，这个人渣！我掐死他！"杨宇凡咬紧牙关，脸上的肌肉一道道鼓起。

"快放手！"我和三毛一左一右抢着去扳开杨宇凡的手，可他用尽了全身的力气，我们扳了几下却没扳开，刘国钧已经被他掐得翻起了白眼。

"你快放手，我们还得问他小萧他们去哪了呢！"

杨宇凡听到这话，才慢慢松开刘国钧的脖子，改为抓住他的领口，用力摇晃："对！小萧呢？他们到底去哪儿了？"

刘国钧三魂七魄只剩了一魂一魄，三分是被杨宇凡掐的，七分是吓的，连喘了几口气之后，才沙哑着嗓子说："我真的不知道……他们中午就跑了……"

"跑了？跑哪去了？"杨宇凡抢着问。

"我不知道……这里有两艘船，他们抢了一艘，逃到江里去了。"

果然！我心里一喜，忙又问道："跑了几个人，小凯西在不在里面？"

"这……这我真不清楚了，他们……"刘国钧用下巴指了指地上的尸体，"为这事发怒了，把我也抓了起来。"

"活该把你千刀万剐！"本不大说话的大力这会儿也绷不住，往地上啐了一口后说。

我想继续问，却听见外面远远地传来李瑾的大喊："阿源！三毛！快……快来！"

我心里咯噔一下，心里升起一股不祥的预感，暗忖该不是猴子出什么事了……今天我们经历了太多，心情起伏已经快超出极限，已经无法再接受别的什么刺激了。

"大军，你和小凡留在这里看住刘国钧，我们去看看！"

我和大力、三毛迎着李瑾的呼喊声快步奔出，跑了一会儿之后终于看到李瑾推着独轮车，歪歪扭扭地向我们走来。

我第一眼便看向猴子，只见他面如金纸，神情委顿，但眼睛却微微地张着。

猴子醒了！我们都大喜过望，可既然猴子没事，李瑾又为什么这么慌张，还要冒险把他推过来呢。

"感染者！感染者来了！"李瑾一看见我们，便大喊。

我们同时一愣，果真听见一阵阵活死人独有的呻吟声从呼啸的夜风中隐隐传来，这意味着感染者离我们已经不远，至少已经过了江堤，到了伸入半岛的沙堤之上，我们的回头之路已经被堵死。

"肯定是被枪声吸引来的！我们快回饭店去！"我接过李瑾的独轮车，一边招呼其他人。

"还有……阿源……"李瑾跟在我身边，面色凝重如同江面上的浓雾，"刚才猴子醒了，他告诉我……是老刘……"

"先别说那么多了！"我知道李瑾要说的应该就是刘国钧出卖我们的事，她知道最好，免得我们处理起刘国钧来还得顾及到她。

"刘国钧！"刚进小院，我便故意放声大喊，以便让李瑾做好心理准备，李瑾一听到我喊，便倏地收住脚步，不可思议般怔怔看着里面，我暗叹一口气，自顾自冲了进去。

"你刚才说这里还有一艘船？"我一进去，就看到杨宇凡在猛扇刘国钧的耳光，张志军就站在一边，笼着手看热闹，我连忙过去拉住杨宇凡。

刘国钧两边脸都被扇得通红，一边眼睛也肿起来，鼻血长流。他拖着鼻音，瓮声瓮气地说："阿源，快救救我，别再让他打我了……"

"是不是还有一艘船！在哪里？"我拽住他的胸口拉向我，瞪着他的眼睛又问。

刘国钧抿了抿嘴唇，沉默不语，但瞄向后厨方向的眼珠子却出卖了他。

"大军，去那边看看！"我向张志军扬了扬下巴，张志军答应了一声便匆匆而去，片刻之后，他在后面大喊："真的有艘小船！"

"阿源！求求你饶了我吧！我不是人，我是畜生！"刘国钧一下子激动起来，上半身向前猛扑，用下巴钩住我的手，"您大人不记小人过，放过我这一次吧，下辈子我做牛做马报答你！"

我冷冷抽出手臂，站起身，连看也不看他。其他人听见张志军的话，都往后厨方向走去，只有李瑾还站在门外，呆呆地看着这边，脸上的表情也说不清是痛惜还是愤怒，是失望还是悲伤。

"李医生……"我走过去轻轻唤了一声，心里打定主意，要是李瑾开口，就把刘国钧的绳子给松了，但要救他上船，却是万万不能！

但李瑾挥挥手，没做任何表示，便抬步进了大厅，然后一步也没做停留，就往后厨方向走去。

刘国钧看到李瑾，眼中霎时放出光来，他一边挣扎一边大喊："李瑾！老婆！快……快帮我解开……帮我求求阿源……这次我真的知道错了……"

但李瑾连脚步也没停，像是什么也没看见，只是一步一步地往里面走，只有我看到两行眼泪从她脸颊上不住地滚落。

"老婆……"刘国钧的嘶喊最后变成了轻声呢喃，一脸不可置信地看着李瑾走进后厨。

"他妈的，陈源！三毛！你们今天敢把老子扔在这儿，老子做鬼也不会放过你们！"我听到刘国钧的哀求变成阵阵怒骂，在我身后响起。

后厨外面有一个小小的岬湾伸入江中，正好形成了一个天然的码头，靠近后厨门外，一条锈迹斑斑的小铁皮船在江水中微微荡漾，如同一片掉入水中的树叶。

我们先把猴子抱上去，把背包一只一只放好，然后依次而入。船虽小，但载我们七个人还是绰绰有余。我检查了一遍行李之后，解开了缆绳，三毛和大力一边一个，操起船桨向外划去。

小船出了岬湾，马上便被汹涌的江水裹住，速度骤然加快。此时已是凌晨时分，一层浓浓的水雾在江面上升腾，我们如坠云中，只有东面有一丝光亮，把雾气照得一片血红，陪伴我们的只有潺潺的江水和远处传来的刘国钧的惨叫声。

第十六章

逃跑

一个月零二十天前。

这是我第一次完整目睹尸变的过程——就像是一只雏鸟挣破蛋壳一样，它一边呻吟，一边努力地坐起来。

那老太还在欢呼，一边不停地搓揉自己孙子的后背，冷不防却被孙子抓住了手掌，拉到嘴边一口咬住了她的大拇指。

"欸？囡囡，你怎么能咬奶奶呢？"老太似乎一点也没觉得意外，儿童感染者的咬合力好像也不怎么足，但紧接着老太就大喊起来，"啊！囡囡，你把奶奶咬疼了，快松开！"

但那孩子完全没有因此停步，它扭动脖子用力一扯，老太的整个大拇指就像是烧鸡腿一样被整根扯了下来！

整个泳池里的人都被老人的尖叫声惊醒，很多人刚从睡梦中醒来，只是呆呆地看着疯狂惨叫的老太，不知道发生了什么状况。而那个尸变的孩子，就这么站着，嘴里一动一动的，咀嚼着自己奶奶的大拇指。

正在这时，我听到一阵让人毛骨悚然的呻吟声从泳池没人的那一端传了过来。我和道长一下子愣住了，二人缓缓地转过头看向声音来源的地方，只见那堆屎尿里面，一个黑影挣扎着，慢慢站起来，我再定睛细看，正是那个被甩棍抽死的"病秧子"看守。

恐惧这种东西，大概是世上最无厘头的情感。但我觉得，至少一半以上的恐慌，是绝对毫无根源，甚至是可笑的，而我们这些经历了被抓住、囚禁、威胁、随意打骂之后的人，在深夜听到有人尖叫着喊出"感染者"三个字的时候，那种猛烈爆发出来的恐慌情绪就可想而知了。

三毛早被我踢醒，老吕在那孩子出现状况的第一时间便翻身而起，杨筱月也被我拉到身后，我们一群人贴着泳池边，看着面前的人陷入疯狂。

到处都是失去理智的尖叫声，所有人都在毫无目的地狂奔，相互撞在一起，然后惊恐地推搡、厮打。有几个女的，似乎是被吓傻了，就这么站在泳池中央，抓着头发嘶喊，似乎尖叫能吓跑感染者让自己免受伤害一样。早已分不清谁是感染者谁是正常人，场面就像是在大锅里翻炒的豆子，混乱不堪。

一声枪响，那个看守大喊："都他妈给我停下！"

但是没人听他的，枪声更加剧了人们的恐惧，人们你推我挤地冲上泳池，往更衣室方向狂奔，在两个通道前挤成一团，像是早高峰来时的公交车站。

"走！"我看着所有人都上了泳池，便轻呼一声，招呼大家赶紧走。

我带着大伙猫着腰，轻手轻脚地穿过泳池，走上台阶，三步并两步跑到玻璃门前拉开门，挥手让三毛他们快速通过，然后我回身看了一眼，只见泳池另一边还是一团混乱，这些人还没感染病毒就已经成了没脑子的感染者。我摇摇头，一脚蹿出门外，轻轻地带上玻璃门。

一出中庭，抬头便是一轮明月，清辉直泻，照得中庭中的各种树木都像是张牙舞爪的怪物。我带着几人穿过鬼影重重的园林小道，来到一片被冬青树分割出来的花坛前面，我费力挤过冬青树，在它后面找到了那个通风口，我终于松了一口气，一屁股坐了下来。

通风口大概1米见方，上面焊了一些比筷子还细的钢筋。这口子是我有一次来这里散步突然尿急，想进来解决生理问题的时候发现的。

这时三毛他们也挤了进来，三毛看到通风口，只踩了一脚，那些钢筋便跟整个边框一起掉到下面去了。我往下一看，只见车库足足3米多高，并且旁边没有任何凭借，只能硬往下跳，踌躇间，却听见老吕自告奋勇地说道："我先下！"

老吕说完一耸身，攀着通风口便把身子往下吊，动作灵活得根本不像是个40多岁的中年人，等他整个身子都进入车库，便一松手，底下只传来"啪"的一声轻响，我一探头，只见老吕仰着头向我招手："快下来，我托住你们！"

我让杨筱月先下，然后是三毛和道长，我自己最后一个跳下洞口。

车库里除了几个通风口透下星星点点的月光外一片漆黑，我们摸索着向出口走去，头上传来一阵阵乱糟糟的敲打声、脚步声，情况似乎越来越混乱。

这个小区设计了严格的人车分流系统，整个小区的地下都被挖空，建造成了一个一体式的三层巨型地下车库，里面道路复杂得像个迷宫，而我们此刻看不到道路指示牌，只能像没头苍蝇似的到处乱撞，但总算是离开了活死人和步枪的直接威胁，心里也松了一口气。

"阿源……你你你……你看见没有？"道长也缓过一口气来，结结巴巴地说道，"死了的那个……又活过来了……"

我点点头，随即想起黑暗中其他人都看不见我点头的动作，于是开口回答道："嗯，也许是索拉姆病毒感染者在肉体死亡之后还能继续完成病毒传染。"

"不，我说的不是那个看守！"道长急着说道，"我说的是拿棍子打人的那个！那人刚才可没什么症状！"

我猛地一惊，停下脚步不可置信地说："什么？你确定？你什么时候看到的？"

"我也看到了……"老吕插话道，"就在我们跑上泳池的时候，我回头看了一眼，那家伙正好从地上爬起来。"

"怎么可能？"我嘀咕着说，心里仔细回忆了一番，那个甩棍男确实没有任何被索拉姆感染的症状。

"我想，很有可能其实很多人都被病毒感染了，只不过有些人发病，有些人没发病而已，就像是乙肝病毒携带者，并不一定会有乙肝的症状一样……"道长说道。

"这么说……我们身上也可能带着病毒？死了以后也会变成僵尸？"我轻声嘟哝道。

"不是可能……"道长喃喃地说，"几乎是肯定！"

"那是死了以后的事，现在管他娘呢！"三毛恨恨地说，"现在关键是要找到出口！"

"这么黑，怎么找啊？"我懊恼地说了一句。

"呃……能不能找辆车，我们砸掉它的车玻璃，打开车灯？"杨筱月突然怯怯地说道。

简直就是一语惊醒梦中人，我和三毛同时大喊一声："我怎么没想到！"这车库里别的没有，停着的汽车可是不少。

三毛更是一秒都不耽搁，飞起一脚，踢在旁边一辆奔驰 GL400 的引擎盖上，奔驰的双跳灯马上闪烁起来，在一明一灭的灯光中，我看到一块画着出口大箭头的标记牌正悬在我们头上。

"那边！"我们兴奋地大喊着往箭头方向奔去，一路上大家不停地乒乒乓乓踢打那些停着的汽车，绝大多数都会亮起警示灯，小部分甚至发出刺耳的警报声，在闪烁的黄光和警报声中，我们夺路狂奔，直到出口处一道厚重的卷帘门挡住去路。

三毛冲上去狠狠踢了卷帘门一脚，但除了让它发出哐哐的巨响以外，没有任何效果。

"一定是骚乱刚开始的时候保安把门都关了！"道长懊丧地说道。

我不甘心地摸索着找到门边的开关按了按，自然没有任何反应。

"现在怎么办？"杨筱月畏畏缩缩地说，"要不，咱们先在这等到天亮？"

我一想也是，这乌漆抹黑、兵荒马乱的，不如在这里找几辆车休息一夜，养精蓄锐到天亮再行动，而且我实在不愿意在夜里去面对感染者，我宁愿在光亮下面对真正的敌人，也不愿在黑暗中面对想象的恐惧。可我话还没说出口，老吕就抢先说："不行，一定要趁现在走！"老吕伸出一根食指指着上面，各种尖叫声、翻箱倒柜的声音还是不断传来，"现在乱，到了明天就不一定了，无论是狼爷稳定住局面还是僵尸占了上风，对我们都没有好处。"

"是啊……"道长满脸惊恐地接话道，"而且你们发现没有，感染者死亡之后的发病速度会变快，刚才那两个复活的死者，从死亡到尸变，不过四五个小时，现在的冲突万一死的人比较多，那就意味着到了天亮尸变的人也会越多……"

我一想到楼上密密麻麻全是感染者的样子，忍不住浑身打了个哆嗦，赶紧挥手说道："那事不宜迟，咱们快走！"

于是一行人又折回车库，想从地下车库通往各幢大楼的楼梯回到地面，但接连走了好几栋单元楼，却发现楼梯间的防火门全被放下来锁住了。没办法，我们只能又返回会所楼下，我知道会所咖啡厅内有一道供客人使用的专用电梯，应该是没有防火门的。

"老吕，你似乎不是这个小区的住户啊？"我一边走一边问老吕，这人刚才灵活的身手和冷静的分析给我留下了非常深刻的印象，但看他在地下车库总是跟着我身后，似乎对小区里的地形并不熟悉。

"哦……是……嗯……不是……我不住这里……"老吕似乎有些紧张，结结巴巴回答。

"那你怎么运气这么背，刚好在这里？也跟杨筱月一样，来走亲戚？"

"嗯……是，走……走亲戚……"

我又问了几个问题，但老吕都支支吾吾的语焉不详，我也没在意，只当他也是被眼下的形势吓着了，心神不宁的缘故。

"就是这里了。"我带着大伙穿过一个小门之后，指着露出来的一道楼梯说道。

我们在楼梯下面屏气凝神，仔细听着楼上的动静，楼上依旧是乒乒乓乓响个不停，但这种全钢结构搭建的房子，声波会在钢梁之间快速传导，根本分不清声音的来源是在远方还是在近处，我们仔细听了一会儿，只能大至判断我们头顶上这个房间应该没人。

我率先蹑手蹑脚地爬上楼梯，露出半个头迅速扫了一眼。

咖啡厅在刚才关我们的泳池对面，月光透过玻璃幕墙射进来，室内像是洒了一层盐，到处白惨惨的亮。大概是危机刚开始的时候，这里被哄抢过一轮，到处都是乱七八糟摔倒的桌椅，满地摔碎的玻璃碴和塑料袋，一些已经发霉的面包蛋糕之类甜点的碎屑星星点点地撒落在地，几只老鼠在座椅间穿梭，吱吱地叫着。

"没人……"我朝身后招招手，三毛老吕他们这才拾阶而上。

我捡起一根断裂的椅子腿，心里稍稍有了点底气。老吕熟练地翻过吧台，在里面翻箱倒柜，拿出一把双立人厨师刀来，他把刀递给三毛，自己继续翻了一阵，又拿出一柄冰锥来，他把冰锥递给道长，道长却不接，只是脸色煞白地连连摇头，老吕也不勉强，自己抓了冰锥，又翻过吧台，轻声说道："咱们走吧！"

我们继续轻手轻脚地往咖啡厅门外走，我知道只要出了咖啡厅的大门，再穿过一道差不多五十米的回形走廊，就可以逃到室外了。

三毛这时得了尖刀，眼睛似乎也不痛了，恢复了天不怕地不怕混不吝的本色，昂首走在最前面开道。其后道长手里捏了个手印，嘴里不停地哆哆嗦嗦嘟哝着："阿弥陀佛……菩萨保佑……临兵斗者皆阵列前行……"老吕跟在两人身后，手里拽着冰锥，半弯着腰，不停左顾右盼。我把杨筱月推在身前，自己拖在队伍最后。

走廊里一片漆黑，几乎伸手不见五指，只是几扇敞开的房门洒进来星星点点的月光，我们几乎是挨在一起，像人体蜈蚣似的往前蹭。前几十米空无一人，我们非常顺利地拐过回字形的前两个弯，来到泳池出口的那个健身房外面，这时候，那些吵闹、摔打、尖叫的声音便清晰可闻了，那些人竟然还在里面，甚至没逃出健身房的范围，不知道是被狼爷的人堵住了还是其他原因。

我正想催促前面带头的三毛快点通过这个是非之地，却突然听到一声尖叫，一个女的一边叫喊，一边从健身房冲了出来，我们都被她吓了一跳，但这女的看见我们却更加的害怕，双手像是投降似的举在肩膀上方猛烈摇晃，更加大声地尖叫了一阵之后，一转身又跑了回去。

"快走！快走！"我朝着前面大喊，大家加快了步伐，在走廊里狂奔而过，不远处就是一片亮光，正是会所的门厅大堂！

可是我们拐过回字形的最后一个弯，来到大堂，却看到玻璃大门被几把链条锁牢牢锁住，而大门外面，密密麻麻地挤满了人，这群人不停地推挤着玻璃大门，前面的几个整张脸都贴在玻璃上，皮肤清灰，双眼泛白，嘴角还抹着黑色的瘀血，竟然是一群活死人！

"啊！"道长吓得大叫一声。门外的感染者听到动静，更加鼓噪起来，玻璃门被挤得咣咣作响，有几只感染者从门缝里伸进一只胳膊，把头拼命从门缝里挤进来，其中一个甚至被尖锐的玻璃门割掉半个鼻子也浑然不觉。

"快上楼！"我拉了一把抱着头吓得不知所措的道长，指着大堂里的螺旋形楼梯。

会所二楼是一家美容院兼 SPA 水疗中心，典型的中国人臆想中的泰式风格装修。我们上了楼，迎面便是一座盘膝而坐的巨大尖头佛像，月光照亮佛像的半边脸，看起来倒不像是佛，而是什么邪神。

我们慌张地冲过佛像，往后面的走廊狂奔，走廊两侧的墙体装饰着各种恶俗的红底金色火焰雕花纹饰，两边是一个个小隔间，此时都是房门紧锁。我们一直跑到接近走廊的尽头，却发现并没有别的出路可以出去，正焦急间，突然听到前面传来一声惊天动地的惨号！

我们以为前面又出现了感染者，赶紧收住脚步。但仔细一听，只听见走廊最尽头传来一阵喝骂声，中间夹杂着一个女人的惨叫，我正犹豫着要不要回头，便看到最角落的门吱呀一声开了，里面跌跌撞撞地走出来一个浑身赤裸的壮汉，这壮汉先是背对着我们，一头撞向走廊尽头的一张供桌，把供桌上一只石雕大象碰倒在地上摔个粉碎，然后他扶着供桌慢慢地转身，我定睛一看，竟然是狼爷！

狼爷一手扶着供桌，面孔扭曲，眼睛里透着野兽似的疯狂，另一只手捂着胯下，鲜血从他的指缝间汩汩冒出，小溪似的顺着大腿流入地下。

他在凶狠地盯了我们一会儿之后，突然眼睛一白，轰然倒地。这时候，我听到楼下也传来一声巨响，那道玻璃大门终于被感染者推倒了。

"快进去！"我急得大喊。此时后路已断，已经没有第二条路可以走了。

进房间之前我瞄了一眼倒在地上的狼爷，发现他的下身一片血肉模糊，面色狰狞，不知道是死了还是昏迷过去了。但我们没人管他的死活，纷纷跨过他的身体来到室内，然后"砰"一声关上房门。

我环顾四周，第一眼看到的是仰面倒在按摩床上的小菲，她也是浑身一丝不挂，嘴上糊着一团血肉，脖子上一道紫红色的印痕。杨筱月走上去摸了摸她的脉搏，然后回头摇了摇头，显然，她是被狼爷活活掐死的，当然是在被她咬掉命根子之后。

这个房间大概是会所的高级套房，五六十平方米大小，中间的大床上方垂挂着一些暧昧的大红色丝线，小菲嘴里的鲜血跟红色丝线融为一体，就像是一幅色彩浓重的油画。房间一角则是一只足够四五个人一起泡澡的三角形大浴缸，浴缸旁边有一个储物柜，上面乱七八糟地放着一些浴盐之类的洗浴用品，还有那把95式突击步枪。

三毛见到枪，马上扑过去抄在手里，先是卸下弹匣看了看子弹数量，然后便翻来覆去地看，像是看见了久别的情人一样。

房间另一边是一扇向外突出的大飘窗，此刻窗帘洞开，我过去向外望了望，窗外一片寂静，没有感染者，也没有人。我把窗帘拉上，室内顿时陷入一片黑暗之中。

这间水疗室的隔音效果非常好，一关上门，便把大部分噪音隔绝在外，刚才狼爷和小菲大概是沉浸在"肉搏"之中，压根就没注意到楼下的骚乱，只是为什么两人会闹成这样，我们就不得而知了。

"他……他们不会上来吧？"道长吓得牙关咯咯打战，惊慌失措地说道。

就像是为了印证他的话一般，门上突然传来"咚"的一声重击，紧接着又是一下。

我的心脏也像是被重重打了一下，像是被猛踩了一脚油门的引擎一样疯狂地跳动起来，我们几个人面面相觑，都被吓得面无人色。

"咚……咚咚……咚……"敲门声还在继续，接着我听到一阵熟悉的、低沉的呻吟声。

我们在黑暗中连大气也不敢出，我用力捏着拳头，暗暗祈祷门外的感染者其实只是看到了狼爷，而没有发现我们。

这时门上的敲击声突然一变，变成了刺耳的抓挠声，就像是什么人用指甲在抓塑料泡沫一样，既粗糙又尖锐，让人忍不住心头发麻。但这个抓挠声并没有持续多久，只是片刻之后便消失了，房间里突然又陷入沉寂。

"它走了吧？"过了好一会儿，杨筱月打破沉默，她一出声，我们几个人才不约而同地松了劲，各自重重吐出一口气，我只觉得手心脚心全是冷汗，四肢一阵发虚，一屁股坐在了地上。

我坐在黑暗里，身心俱疲，只觉得眼前的一切光怪陆离，就像是一场荒谬的梦境，真想就这么闭上眼，睡上一觉，然后就会从噩梦中醒来。

我看着眼前的圆床，床上是小菲赤裸的尸体，她的双腿无力地垂在床边，这时我突然想到一个极其恐怖的问题，我的头皮一片发麻，汗毛根根倒竖，猛地跳起来喊道："不对！"

"怎么了？"其他几人被我吓了一大跳，纷纷问道。

我指着床上小菲的尸体，结结巴巴地说："她……她……是不是也会尸变？"

我话音刚落，原本坐在靠床一边沙发上的三毛像是触电似的拍着屁股蹦起来，其他人也是脸色大变。

"按这位老兄刚才的分析，的确是有这个可能性。"老吕像鸭子一样伸长脖子向小菲的尸体那边张望。

"那咱们该怎么办？"我慌张地问。

"对付感染者只有一个办法……"三毛这时已经跑过来跟我们站成一排，指着小菲赤裸的尸体说，"就是敲破她的脑袋！"

我、三毛、老吕三人各自捏着手里的武器，像是怕把小菲的尸体惊醒一般，蹑手蹑脚地上前，在床前站定。

"要怎么弄？"老吕拿着他的冰锥一边冲尸体比画一边又刨根问底地说道，"只要弄破头就行吗？扎脸行不行？"

"估计是要破坏脑髓吧……"我看着小菲白多黑少的圆睁着的眼睛，还有满嘴污浊的血肉，觉得后背一阵发毛，连忙把视线移到一边。

"用你那家伙最合适……给她脑门上来一锥子……"三毛指着

自己的眉心说道。

"嘶……"老吕吸了一口冷气，又转头看了看尸体，犹豫半晌，最后还是一松劲，把冰锥塞在我手里说，"我下不了手，要不还是兄弟你来吧？"

"我……？"我一下愣住了，心想我长这么大，连只鸡都没杀过，怎么下得了手？

我转头看看三毛，三毛咧了咧嘴也是满脸苦相，一阵抓耳挠腮以后，他一拍手里的 95 式步枪："拿锥子下不了手，要不我朝她脑袋开一枪吧？"

"不行！"贴着窗户尽力远离我们的道长突然一声大喝，"那会把感染者全吸引过来的！"

"也是……"三毛叹了口气，又开始抓后脑勺。

"要不我来吧？"杨筱月突然站出来。

"你？"我们几人异口同声不可置信地说道。

"我……我以前是个护士……"杨筱月答道，"还是神经外科的。"

我想了想，隐约记得以前她似乎讲过这事。现在有人自告奋勇我当然是如释重负，赶忙把手里的冰锥递给她。

"你们帮我把她翻过来。"杨筱月接过冰锥说道。

三毛和老吕两人连忙把尸体翻了个身，我看到尸体的后背有一大片云雾状的暗红色瘢痕。

"咦？"杨筱月奇怪地说了一句，"怎么这么快起尸斑了？"

"是啊，怎么着也得两个小时才会出现尸斑啊……"三毛也纳闷地说道。

"奇怪……"杨筱月摇了摇头，但也没继续追究这个问题，她把小菲尸体的头摆正，左手大拇指摸了摸尸体的后脑勺跟脖子的连接处。

"就这里！"杨筱月手一停，抬起头看了我一眼，似乎是想我过去摸摸那个地方。

我连忙直起身，向后退了一步。杨筱月不以为意地耸耸肩，左手继续按着尸体的后脖颈，右手反手拿着冰锥，朝左手按住的地方刺了进去……她舒了一口气，坐起身子擦了擦额头上的汗，说了一句："应该可以了。"

"这就行了？"我有些将信将疑地问。

"嗯，延髓是人体的中枢系统，人体的整个肌肉、呼吸、心血管系统都要通过它来实现功能，无论是什么病毒还是别的东西通过脑部控制人的身体，都需要经过延髓来实现，破坏了这里就等于破坏了敌人的总指挥部。"杨筱月用非常肯定的语气说道。

我这才放下心来。

我们把小菲的尸体搬到那个大浴缸里，又从柜子里找出一些浴巾给她盖上。

"天亮了……"站在窗边的道长轻声嘟哝了一句。

我透过窗帘的缝隙向外望去，只见外面已是一片清亮，远处的江面上升起一片暗红的光，血似的涂抹在天上。

"接下去怎么办？困在这里也不是个办法。"老吕剔着手指甲说道。

我和三毛、道长三人从昨天中午开始就一直滴水未进，杨筱月和老吕时间更长，到现在身体已经完全处于缺水状态，既疲劳又焦躁。这个房间早已被我们翻遍，里面除了一些精油和蜡烛，还有整柜子的浴巾、床单之外，别无他物。我们如果被困在这里，绝对无法再支撑过哪怕一天！

"我先出去看看吧！"我站起来说道，这里五个人里面，道长已经完全成为惊弓之鸟，老吕看起来身体已经过于疲劳，三毛又胖，跑不快，杨筱月是个女的，自然轮不到她，只能我自告奋勇了。

"我在门口接应你！"三毛站起来。

我点点头，跟三毛一起快步走到门边，先把耳朵贴在门上听了一会，确定外面没有动静之后，才缓缓拉开一条缝。

我探出一个头向外面望了望。

此时走廊里已经比较亮，光从走廊的另一头照进来，在外面这边的墙上投射出一道狭窄、矩形的灰暗光影。门口一片紫黑色的血迹，大概是狼爷留下的，但狼爷人却不见了，我想一定是凶多吉少。

我慢慢地走出门外，跨过一片狼藉的血迹，往光亮的一头慢慢走去。

短短的二三十米距离，我足足走了三四分钟，每一步都是尽可能轻地落脚，屏气凝神，竖耳静听，但没有任何动静，我只听到自己砰砰作响的心跳。

但当我快接近走廊尽头，已经能看清那具泰式佛像的时候，我突然听到一阵低沉的呻吟，然后是诡异的摩擦声，像是有人拖着身子，以腹部在爬行。我一下子愣住，想拔腿就跑，但同时又想要……要看个究竟。

那东西爬进光影里时，我终于看到它的脸——一张十分完整的人脸，但右眼球脱出了眼眶，左眼紧盯着我，而原本的哀鸣变成窒息般的嘶吼。我跳起来，转身就跑，跑近房间之际，门口接应我的三毛一把抓住我的手，把我拖回房间，"砰"的一声甩上房门。

我背倚着门大口地喘息，脑子一片空白，像是因为跑得太快灵魂没跟上。

"不止一个？"我稍作镇定之后问三毛。

三毛也是脸色煞白，惊恐地点了点头说："后面一大群！"

话刚说完，门上就传来"咚"的一声巨响，震得我后心发麻，我赶紧离开房门，转过身面对它。

咚……咚咚……一声声巨大的敲门声不断响起，房门被撞得不停摇晃，门锁和铰链发出恐怖的吱吱咯咯声。

"怎么办？"我们几个你看看我、我看看你，满脸惊惶，但想不出任何办法。

感染者没有思想，不会疲劳，不会感觉到疼痛，一旦它发现你，便会一刻不停无休无止地追猎你。所有的恐惧、愤怒、沮丧、消极、无聊等等这些人类的负面情绪它们统统没有，它们永不放弃，因为它们不知道放弃是什么意思，它们存在的唯一目的就是追上你，咬上一口。

所以，我们如果想不出办法逃出这里，这扇现在……只是现在看起来尚且牢固的房门，被它们撞开也只是迟早的事。

"床单！"杨筱月指着大床喊道，"我们可以把床单连起来编成绳子，滑到下面去！"

我跑到床边，一把拉开窗帘，强烈的光线直射进来，让我眼前一片发黑，我用手挡住额头，从窗户探出头去往下看了一眼。

裙楼的层高比普通楼层要高得多，一楼大堂就高达五六米，而因为建筑设计的原因，靠近我们现在所处的这一侧还多出了一个夹层，所以虽然我们身处二楼，但离地面却有足足十几米的高度，好消息是下面空无一人，没有感染者的踪迹！

"快，把床单都找出来！"我回身大吼。

好在这房间里最不缺的就是床单，众人七手八脚地把它们接起来，这时候又是老吕发挥了重要作用，他教给大家一种特殊的打结方法，能让绳结越拽越紧，不容易松脱。

我们用六条床单连成一条长绳，一端系在门把手上，三毛拉住另一端用尽全身的力气拉了拉，床单之间的绳结猛地收紧，发出咯咯的声响，看起来非常牢固，三毛一点头，把绳子从窗台抛下。

众人相互看了一眼，还是老吕一点头说："我先下！"

我们都见过老吕的身手，自然没有异议。老吕走到窗边，深吸了一口气之后便抓住绳子翻了出去，他双腿盘住绳子，双手交替，几下就下到了地面。

"筱月，你先走！"我指着杨筱月说道。

杨筱月也不推辞，点了点头便拉住绳子爬过窗户，她不像老吕一样用腿缠住绳子，而是双腿蹬住墙壁，双手交替往下攀爬，也许是常年户外活动的原因，她的速度竟然只是稍稍比老吕慢，接近地面时老吕伸手托了她一把，把她安全地接到地面。

"该你了！"我一拍道长的肩膀。

身患恐高症的道长吓得连嘴唇都白了，但也知道现在不是矫情的时候，哆哆嗦嗦地盘着床沿翻了出去，我和三毛一人一边抓住他的手把他拎到绳子上，道长双手双脚紧紧地熊抱住绳子，闭着眼睛一点一点往下滑，足足五六分钟才滑到地上。

"你先走！"我和三毛看着彼此异口同声地说。

两人都笑了，三毛伸过手拍拍我的肩膀，把他的宝贝步枪背在身后，抓过绳子向下荡去。

我看着他平安落地之后，连做了几次深呼吸，也抓着绳子翻下窗台。

看着别人爬和自己爬完全是两码子事，别看老吕和杨筱月那么轻松，轮到自己了，却觉得千难万难，没向下爬几步，我两边肩膀上的肌肉就开始火烧似的灼痛，我以前不爱锻炼身体，现在我的身体开始来讨债了。

我强行按捺住狂跳的心脏，一边试着用从贝爷的求生节目里看来的方法，一只脚绕过绳索，尽量把屁股坐上绳子，这样一点一点挣扎着往下蹭。

我正面对着玻璃幕墙，不敢往下看，只能牢牢盯着玻璃上自己满脸惊恐的倒影。等我滑下一层楼房，来到一楼和二楼之间的夹层的时候，却突然看到一张感染者的脸。它看样子是个二十五六岁的年轻人，穿着扯烂的军装，整个鼻子给咬掉了，就这样血淋淋地贴在玻璃上游移，在玻璃上划出一道道鲜红的印记，这感染者一看见我，便开始号叫呻吟，并用拳头猛击玻璃。

我吓了一大跳，下意识地一松手，身体向下连降了一大截，幸亏一只脚绕住了绳子，才没有跌落，等我的脚接触地面之后，我发现自己连站都站不稳，整个人像是筛糠似的剧烈颤抖。

"走，快走，先出去再说。"我伸手挡住三毛过来扶我的手说。

大家都转身向着小区大门奔跑，我落在最后面，这时候我才发现老吕不见了。

"老吕人呢？"我紧赶了两步追上道长问道。

"他讲有一样重要的东西落下了，非要回去拿，说在小区门口跟我们会合。"道长回答。

我心想这都什么时候了，还惦记着东西，这人看起来心思缜密，没想到也是这般财迷，正想着，却听见前面杨筱月"啊"的一声惊呼。

我抬头一看，只见跟我们下来的窗口只隔了几个窗户的楼上，也垂下一条白色的床单，上面赤条条地爬下一个人来，我再定睛一看，竟是狼爷！

我现在想起来，昨晚上一开始猛烈地敲门的，大概就是他。我不知道这家伙经历了一个什么样的夜晚，被人咬掉命根子，被感染者围困，竟然还能够孤身一人逃生脱困。

狼爷浑身肌肉一条条如山丘般坟起，手脚交替，只几下便下到了地面。他的脸色因为失血过多而变得煞白，胯下扎了一条白色的浴巾，此时还有血迹渗出。他朝我们面色阴狠地看了一眼，竟然一转身又跑进了室内。

我们自然不会去管他，还是朝着小区大门狂奔，非常幸运，我们没碰到感染者，顺利地跑出小区门外。

外面的街道完全被汽车塞满了，双向四车道的马路，硬生生并排挤了六七辆车，中间车道的汽车被两边牢牢夹住，连门也打不开。人行道、自行车道、绿化带……凡是有可能通车的地方，都塞进了汽车。各种颜色的车辆就像是一道无尽的洪流，在阳光下闪闪发光。

我们愣在当场，就像一个有广场恐惧症的焦虑患者，出了家门便不知道该何去何从。

刚才面对狼爷和感染者的威胁的时候，我们心无杂念，一门心思只想逃跑，可现在逃出来了，却发现自己一无所有，无处可去。这个时候，我才开始懊悔为什么自己比其他人提早一个星期知道感染者危机要爆发，却没有做一个撤离预案，狡兔尚且知道三窟，我们却连一个备用的庇护所都没有。

我们甚至连衣服也不齐整，我和道长、三毛三人都赤裸上身，只穿了一条运动短裤。四个人仅有的物资，只有三毛手里提着的95 式步枪和我手里的一把厨师刀。

我站在阳光底下，日头渐高，夏日的阳光直射在脊背上，我却觉得全身发冷……那是我从这次危机爆发以来第一次感觉到绝望的时刻，我觉得眼前这个世界既陌生又恐怖，恨不得转身，回到家里，关上所有的门，抱住膝盖躲在角落里。

第十七章

谈仙岭

现在。

不知多久以后，我在泥土、青草和带着淡淡甜味的风中醒来，花了几秒钟才想起自己身在何处。

今天凌晨我们的小船在江上飘了不到一个小时便开始大规模进水，我们不得不弃船登岸。而且更不幸的是，我们依旧在钱潮江的北岸，这意味着我们还要去前方找跨海大桥，才能渡过宽阔的江面到达南岸，更意味着我们依然处于感染者的直接威胁之下，感染者既然能走到江心洲半岛，当然也能追着逃难的人顺江而下。

好消息也有，一是猴子醒了，伤口也没有感染，在饱餐了一顿之后，他迅速恢复了行动能力，虽然还没到能跑能跳的地步，但自己一个人慢慢走是不在话下了。二是虽然我们只在江上飘了不到一个小时，却赶在了大部分逃难者的前头，也就是说，我们暂时不会受到感染者的直接威胁了。于是，我们一致决定，在春日的暖阳中睡上一个小时，以缓和昨天东奔西跑以及整夜无眠带来的极度疲劳。

我像是睡了一个世纪那么久，做了很多破碎而沉重的梦，但醒来后一看手表，却只有不到 45 分钟。我坐起身来，脊椎骨和防潮垫下面的荒草一起发出咯咯的声响，像是一架许久没有添加润滑油的老机器。

其他人都还在沉睡之中，我环顾四周，寻找说自己睡了一整夜，自告奋勇担当岗哨的猴子，却不见其踪影。我心里大惊，以为他又出了什么事，正要起身寻找，却突然觉得眼前一黑，一颗松塔砸在了我脑袋上。我仰头一望，只见猴子正悠然自得地躺在旁边那颗歪脖子松树的树枝上朝我做鬼脸。

我看他脸色虽然照样像纸一样苍白，但精神倒是不错，能上树也说明他的行动力恢复了很多，这是个好兆头，意味着我们在之后可以想象的艰难征途中多了一个得力的帮手，少了一个累赘。

我开心地朝他招招手，然后站起来，回身卷起地上的防潮垫，塞进我的背包外面，用扣子扣好。离我不远的张志军被我发出的声响惊醒，他醒过来以后的第一动作便是伸手去摸枪，直到看清楚站在他身旁的是我，才翻过手腕看时间。

"一切正常吧？"张志军站起来之后也看见在树上晃荡的猴子。

猴子晃了晃脑袋，指着大路的方向："你们自己来看！"

又出什么幺蛾子了？我心里嘀咕着，现在世界已经被大自然重新占领，我们睡觉的地方原本应该是一片农田，但现在全是一人多高的荒草。我学着猴子的样子，攀上那颗歪脖子松树，接过猴子递过来的望远镜，向他手指的方向望去。

只见那条昔日的省道之上，全是络绎不绝的人流。

"哪儿来的这么多人！"我嘀咕着把望远镜递给张志军，这时候三毛、大力他们也依次醒了，李瑾坐起身开始收拾东西。我看到她满脸憔悴，双目通红，看来是根本没睡，这是当然的事，谁碰到自己结发多年的丈夫被绑起来扔给感染者心里都不会好受，对此我们毫无办法，只有让她自己慢慢地去平复。

"怕是沿途村庄的人都逃出来了！"张志军拿着望远镜四下张望。

"那怎么办？咱们这身打扮，可不大好混进去。"三毛扯下一根茅草，在嘴里咀嚼。他说的没错，我们现在全身披挂，看起来就像是海豹突击队的，如果到大路上跟这些难民一起走，难保会让他们一拥而上全身扒光。

"我找找别的路……"张志军从三毛的背囊外侧翻出一张地图，在地上摊开，然后从腰间解下一个指南针在地图上比对起来。

"我们现在在这里，离跨海大桥大约还有50多公里……"片刻之后，他收起指南针，用手指着地图上的一个点说道。

我凑过去一看，见他手指的地方离钱潮市已经有一段距离，在越来越宽阔的钱潮江北侧，一块陆地就像是老寿星的额头一样向下突出，上面写着一个地名——黄湾镇。

"大部分人都会在江边的省道往前走……"张志军手指沿着钱潮江北侧划过，"既容易暴露，又绕远路……我认为我们不妨往东北走……"张志军的手指往上移，"这一片是山区，以前搞了个风景区，还有个高尔夫球场，人少，山也不高，我们完全可以翻过这些山岭，抄近路去跨海大桥，一切顺利的话，很可能会抢在这些人前面到达。"

我顺着他说的路线一一看了一遍，依次要经过紫云山、牛头山、谈仙岭、南北湖和观音山，张志军说的高尔夫球场，就在南北湖的一侧，观音山的脚下。

"这些地方……会不会有感染者啊？"杨宇凡最后一个醒来，脸上满带倦容。

"不会有吧……"大力嘟哝道，"感染者不是从北边过来的吗？"

"肯定会有！"张志军笑着用手指往地图上一戳，"大部分感染者都是从这里涌出来的！"

我一看，只见他手指的地方全是密密麻麻的代表建筑和道路的图示，上面写了两个字——海州。

"我们现在这个地方，可以说是在海州市的正下方，既没有大江大河的阻挠，也没有正规部队的保卫，怎么可能没有感染者？只不过钱潮市的人口更多，动静更大，而且连接两市的交通更为便利，大部分感染者才被钱潮市吸引过去了，再退一万步说，就算这边没有尸潮入侵，也不可能没有人感染索拉姆病毒的！"

"那我们就更有理由走这条路了！"我站起身，用力把背包抓起来，一只胳膊穿过背带，三毛拉着另一边帮我另一只胳膊也穿过去，我把胸前和腹部的扣子都扣好，真重，我在心里骂道，大概有五六十斤。

"是的，江边是人口密集区域，而且难民集中，搞出来的动静又大，难免会吸引感染者。"张志军也抓起自己的背包往身上套，"就是猴子怎么样？都是山路，能不能走？"

"没事，李医生技术好着呢，你看……啊哟！"猴子在地上蹦了蹦，试图证明自己已经恢复了健康，但不小心扯到了伤口，疼得他不停地吸冷气，滑稽的样子引起我们一片哄笑。

山路并不好走。仅仅不到一年的功夫，那些无人养护的青石板之间便长出了丛丛野草，甚至一些小树也在中间生长，用看似脆弱的生命日复一日把沉重的石板拱开。山洪的破坏力则更强，一冲便是一大片，像是推土机般把石阶冲得七零八落。

最让人讨厌的是满山遍野覆盖的带刺的荆棘，江南夏日温润的气候让这些寄生植物疯狂地生长，然后在秋天枯死，它们有时候会在道路上纠结成一团，我们不得不挥刀把它们砍开，这大大拖慢了我们的前进速度。

真浪费。我在前面挥舞着砍刀，荆棘在刀下噼啪作响，经过一个冬天的暴晒，它们已经彻底干透……只要一点火星，我暗忖道，便能熊熊燃烧，比那些破家具钢琴什么的强多了，而且遍地都是，不用冒生命危险采集。

不止植物，活物也有很多。最多的是野兔，它们成群结队，经常在我们面前突然蹿起，"嗖"的一声穿过道路消失在对面的丛林之中。我们还看到两头黄麂，在山崖上好奇地看着我们，直到大力拿着大棒走近，它们才掉头离开，这是个好兆头，动物不怕人，说明这里很少有活人来。

"不知道这里有没有猛兽……老虎豹子什么的？"在一只野猪蹿过路面之后，杨宇凡好奇地问。

"不可能！顶多有几只野狗、狼或者狐狸黄鼠狼……"大力用他心爱的无极刀把一根树枝的一端削尖，做成一支短矛，他来自赣南的山区，从小跟着父亲上山打猎，这一进山看见这些动物，就好像是回到了马达加斯加的斑马，兴奋得就差没冒鼻涕泡了。

"这些动物大部分都是我们人类圈养的家禽家畜逃逸之后野化的，你看刚才那野猪，连獠牙也没长全……猪啊兔子啊鸡啊这些，野化速度很快，繁殖也很快，加上现在没有天敌，没繁殖几代就到处全是了……"大力试了试手里短矛的尖，满意地点点头，"可猛兽的种群恢复起来就没那么快了，野生的华南虎金钱豹早就绝了种，就算有几只从动物园逃出来，要找到配偶交配产仔也没那么容易。"

"要是能开枪就好了……"大力又万分惋惜地说，"不然晚上就能吃烤肉了，我烤的麂子肉串可是一绝！"

"会有机会的！"我停下手里的刀，喘着气擦干额头上的汗，然后朝大力挥挥手，示意他接替我开路的位置。

大力点了点头，从背上解下他那把宝贝无极刀，走过来对着荆棘丛猛砍，他的刀法比我有章法多了，每一刀都砍在荆棘的主干上，一掀开就是一大丛。

"可惜了这把好刀，怎么就砍起柴来了。"大力像个侠客一样挥舞着 Maggie Q 指点我们打造的无极刀。

"我宁可拿它来砍柴，也不想拿它砍人。"我杵着自己的刀柄，只觉得腰部一阵阵的刺痛，我们前面还有十余米这样的荆棘路，再往后是一道隆起的山梁，起码现在能看见的这一段路上并没有什么东西，而且两边还有星星的小野花，看起来像是个童话世界。

"也是。"大力同意我的话，他一开始干活，便沉默下来，手上刀势如风，速度马上快了起来。

"我们这是到了哪里？"我问正拿着地图研究的张志军。

"这里就是谈仙岭……"张志军指着前面的山梁说，"过了这里，应该就是观音山了……"

"要我说，咱们干脆在这待下来得了，干吗非得过江啊？"杨宇凡突然说，"这里又没人又没感染者，山里面动物也多，咱自己再种点粮食蔬菜，肯定缺不了吃的，山里有小溪，还不愁没燃料……"

说实话，自从进了山，我在路上就不止一次冒出跟他一样的想法，在这个山清水秀的地方搭个窝棚安顿下来，哪儿也不去了，从此以后做一个在山里打猎刨食的猎户，与世无争，那该多好啊！

可是现实总是残酷的。我叹了口气摇摇头，把那些不切实际的想法挥出脑袋："不行！这片山岭看着大，咱们也走了大半天，其实在地图上就是个小点，在我们四周，光一个钱潮市就有多少感染者？一千万？两千万？这里以前居住的人口可是有四五千万，加上海州市的两千多万……"

"随便爆发个小尸潮，这里就全被淹了……"三毛接话道，"还有这小山坡，根本没险可守，就算感染者不来，随便来一个小小的军阀势力，也得把咱们端了。"

"再说，咱们还得去找三土、凯西他们啊……"三毛搂过杨宇凡的脖子，揶揄道，"还有你的小萧呢，你不想找了？"

杨宇凡脸都红了，挣扎着拽出脑袋："当……当然要去找的！"

"兔子！"在前面开路的大力突然一声大吼，我抬头一看，只见他已经砍开最后一丛挡路的荆棘，一只灰色的野兔从荆棘丛中蹿出来，向一边的林子疾奔而去。

大力把手里的无极刀脱手掷出，刀锋擦过兔子的长耳朵，"嗖"的一声插在它逃窜的路上，兔子一个急刹，脚下泥土飞溅，硬生生在刀前拐了个弯，改向山梁方向跑去，大力在后面紧追不舍，这兔子也像是被吓破了胆，此时竟不向两边林子里逃窜，而是只知道直直地跑上山梁，这一人一兔，一个跑一个追，眨眼间便都消失在山梁后面。

"大力！"我捡起大力扔下的刀，也飞奔过去，刚跑上山梁的最高点，就看见大力站在下面拐角处的一块山石上面，右手还保持着丢石头的动作，而他前面的不远处，那只灰兔倒在路边，头上鲜血直流，还在不停地抽搐。

"你打中它了！"我欣喜地大叫。大力转过头憨憨地一笑，跳下山石，拎起兔子抓住它的头尾，像是拧毛巾似的一拧，结束了兔子的痛苦。

接下来我们为应不应该生火做一顿烤肉大餐而争论不休，我自然以生火容易暴露，可能会引来不必要的危险为理由反对生火，三毛却说咱们现在训练有素，武器装备齐全，有什么可怕的，应该是别人怕我们才对。

"什么危险？我们才是危险！"三毛挥舞着无极刀咆哮。

最后还是李瑾的意见起了决定性的作用，她说猴子现在需要摄入大量的优质蛋白质来加速伤口的愈合，而其他人也需要一顿热食来恢复体力。

"火堆可以生在下面……"张志军指着山梁下面，隐隐可以看见一小片平地，"我在上面百来米的地方设一个狙击位。"

"那赶紧，趁现在天还亮，火光不容易被发现。"我最终点头答应，"志军，那你辛苦一下。"

"哪儿的话。"张志军笑着拍拍手里的枪。

"一会儿我来替你。"三毛拍着张志军的肩膀说，"放心，我们会给你剩块肉的。"

我们迅速翻下谈仙岭，在下面的山坳里找到一个几乎被藤蔓完全覆盖的凉亭，凉亭上有一块匾额，写着"流觞亭"三个草书大字，两边挂着一副对联，但早已斑驳脱落，不复辨认。

亭子旁边有一条小溪流过，大力在水边剖了兔子，这只看起来非常肥大的兔子，扒了皮之后便只比老鼠大上一点了，三毛和杨宇凡早就用树枝弄好了烤架，大力把兔子细细地抹了一层盐，架在了远离明火的烤架上。

我们走了半天山路，早已累得够呛，这时被暖暖的营火一烤，身体和精神马上松懈下来，纷纷在火堆旁坐下，三毛习惯性地把鞋袜脱了，开始捏脚，引得我们齐声咒骂。

"不能用明火，用明火就焦了。"大力手里转着烤兔子，像是街边烤羊肉串的阿凡提大叔，"最好的办法是用炭火慢烤，把烟熏的香味全逼进肉里去，讲究一点的要用果木，串肉的签子得用沙漠红柳枝……"

"大力你不是在不锈钢厂干活吗？为什么对烧烤这么懂？怎么？想开烧烤店？"我揉着酸痛的脚腕随口问道。

"是啊，老在外面总不是个办法，家里还有老人和孩子，总想着回去离他们近一点，也能照顾。我有手艺，又能吃苦，就是没有开店的资金，本想攒上一两年，够了本就回去……"大力快速地翻动兔子，兔子外面的皮开始慢慢紧绷，变得焦黄，油脂滋滋地往外冒，一股烤肉的浓香开始在空气中弥漫。

"开烧烤店好啊，不是有句话吗——世界上没有什么事情是一顿烧烤解决不了的，如果有，那就两顿！"三毛用力地搓着自己的脚丫子，一层层白色的皮屑在他指间窸窣落下，每搓完一个脚趾，他还把手指凑近鼻端闻一闻，像是捏着什么美味佳肴一样。

这时候，我们看见了第一只感染者。

第十八章

木头房

一个月零十九天前。

"老吕来了！"道长看着小区里面说道，声音里透着一点兴奋。

我转头一看，只见老吕背着一个像是赵本山拍的电视剧里村长背的那种人造革皮包，满头大汗，急匆匆地向我们跑来。

"我们去哪里？"还没等老吕跑到我们跟前，我和三毛、道长异口同声地问。

老吕先是一愣，随即说道："这里危险，先离开再说！"

我一听顿时醒悟过来，现在我们还身处险地，感染者就在咫尺之遥，还有甚至比感染者还恐怖的狼爷那帮人，马上远离这里才是最好的选择。

有了计较，我心里便镇定下来，稍一思量便说："往城区走肯定不行，无论感染者还是人都多，往南也不行，江边宽阔，太容易暴露，咱们往东走，那边都是市场和工业区，人少。"

众人都道一声好，于是便走。还是三毛领头，我断后，我们贴着墙角，在阴影里快步奔跑。

越跑便越心惊。路上空无一人，道路两边的商铺门脸几乎全被砸坏，大部分有过火烧的痕迹，黑洞洞的像是某种猛兽的巢穴。路上杂物遍地，各种各样的衣服、鞋、包、纸张、塑料袋、包装盒、碎玻璃……甚至手机、各种破碎的家用电器、锅碗瓢盆等等，像是洪水退去后留下的垃圾布满每一个角落。整个城市，触目所及，就像是经历了一场高中生结束高考之后的疯狂狂欢，彻底的无序和凌乱。

我和三毛道长各自捡了几件衣服胡乱套在身上，虽然脏兮兮的难受得要命，但总算比光着膀子多了些许的安全感。眼尖的老吕又从一家被砸得粉碎的五金店里找出了几根轮胎撬棍，我们人手一根，顿觉有了底气，扛在肩上连走路都带了风，感觉自己像是在尖沙咀街头横行的古惑仔。

"怎么样？现在咱们去哪里？"拐过一个街口以后，终于远离了我家的小区，三毛招呼我们停下，把大家凑到一起。

"当务之急是找到水和食物。"道长终于缓过劲来，从昨天中午到现在第一次发出理性的声音。

"那我们去找超市？"三毛用手里的95式步枪往远处一指，说，"万象城就在那边！"

"不行！"道长马上否决三毛的提议，"谁都能想到去商场超市找吃的，现在这些地方估计已经成为最危险的地方了，再说城市崩溃之前超市的东西就被抢购光了，现在去还有什么用？"

"那你说，去哪儿？"三毛没好气地说。

道长也一时语塞，转身拉了拉我的手说："阿源，你说说看，去哪儿好？"

这个时候，我正朝着身后我们来的路呆呆地看着我家所在的那栋高楼，努力地想找出二十八楼我的那套房子。说来奇怪，当我父亲买下这套房子，让我跟他们一起住的时候，我是多么厌倦，甚至是讨厌这里，一门心思想逃离这种让人窒息的家庭生活。直到后来我父母去世，我一个人住进来，也觉得里面压抑、郁闷，我从来没有把它当成一个可以长久居住的家来看待，但是现在真正离开了，却觉得心里空落落的，像是少了一块什么东西。

我长叹一口气，收回视线，转身面对大伙，沉声说道："道长说得对，不管有没有变成感染者，人多的地方肯定不安全，我看，咱们还是尽量避开商场还有政府机关、军队驻地这些地方。"

"那去什么地方？"三毛又问。

"最好还是找个居民区，找找那些主人已经逃离的房子，一来可以找些食物，二来也能当作庇护所，就是现在都是防盗门，破门很麻烦。"我回答。

"这个……"逃出来以后就一直沉默寡言的老吕突然插话说，"我可以搞定。"

我们都纳闷地看着他，心想你哪里来的本事能破门而入？

老吕嘿嘿一笑，伸手拍了拍他挎在腰间的皮包，略显尴尬地说道："我有工具。"

"莫非老吕你是开锁的？"我挠着头问了一句。

"呃……是……是开锁的……"老吕支支吾吾地回答。

这时候三毛突然拉了我一把，示意我别再继续问了，他岔开话题说："那去哪个小区？"

我略一沉吟，用手一指前方说："还是往东走，先去那个小区！"

众人顺着我手指的方向看去，只见马路另一侧挂着一块巨大的广告牌，上面画着一幅美轮美奂的建筑图像，外加一行描金大字——198个传奇！

"哈哈！"三毛发出一声大笑，拍了拍手里的枪，豪情万丈地说道："好！就去那里！"

198个传奇指的是钱潮市最顶级的豪宅"阳光海岸"，50亩的占地面积，却只建造两栋房子，198套公寓，最小面积380平方米，180度无遮挡一线江景，几年前开盘的时候，创下了当时钱潮市房价的最高纪录。

"终于可以去吃那些狗大户了！"三毛咧着嘴说。

但我选择这里并不是因为它豪华。我父亲有个朋友住在这个小区，我曾经跟着他去过一趟，这地方虽然临江，但入口很隐秘，要绕一个大圈子才能找到，符合有钱人期望闹中取静的要求。加上这座豪宅虽然已经交付四五年，但入住率一直不高，有钱人喜欢来这里度假、凭海临风住上几天，但他们又嫌江风潮湿，多数不愿在此久居。

僻静无人，光这条理由就足够我们选择这里了，并且它还有一条地下通道，穿过临江景观公路，直达江堤，原本是供富豪们停靠游艇的小码头，现在却成为最便利的取水之处。

我说了这两条，其他人自然没有丝毫异议，甚至都有些兴奋起来，纷纷催我快走。于是由我带头，一行人继续前行。

阳光海岸位于这片新城的最东面，这一带基本都是双向八车道的宽阔马路，因为钱潮市能过江的三座跨江大桥全部集中在西面，所以越往东走，车流便逐渐稀疏起来，虽然还是堵塞道路，但已经不是挤成密不可分的一团，供我们行走的空间大了许多，我们的行进速度也快了起来。

"奇怪，为什么路上一个人也没有？"跟在我后面的杨筱月问道。

其实我心里也一直在犯嘀咕，我们这一路至少走了有三四公里，不要说人，除了天上的飞鸟以外，连一个活物也没见着，整座城市像是已经死去，生机灭绝，这跟一个礼拜之前那种几百万人挤成一团的热闹情景形成了鲜明的对比。

"难道都死了？"三毛嘟哝道。

"死了也要有尸体啊，或者……或者变成感染者，可是我们连一个感染者也没碰到啊。"杨筱月说。

这诡异的现象让我心里一阵焦躁，总觉得哪里不对劲，但在我拐过一个街角，正面面对阳光海岸的大门的时候，一颗呼啸而来的子弹解答了我的疑问。

当时我对着眼前面目全非的小区大门瞠目结舌，原先那些低矮的铁栅栏围墙已经消失不见，取而代之的是高达两米多的混凝土高墙，上面还设置了角楼、雉堞、射击孔，门口又挖了一道壕沟跟沙包一起铸成第一道防御工事，好几个头戴钢盔、士兵模样的人正躲在工事后面，手里黑洞洞的枪口正对着我。我只听到耳边"咻"的一声尖啸，正在疑惑为什么没听到开枪的巨响的时候，三毛一把将我拉回了街角。

接着又是几声尖啸，子弹打得我身边的墙角石屑纷飞，像是石灰粉似的撒在我头上。

机枪之后，对方的攻势戛然而止，一个声音大喊："不要过来！"

我们惊恐地面面相觑，不知道对方是何方神圣，待了一会儿之后，我摇摇脑袋抖落石屑，也大喊道："别开枪，我们没有恶意！"

"快走开！离开这里！"那声音继续发出警告。

我知道这警告不是虚言，只要我们从街角露头，他们必然会毫不留情地开枪，而我们只有一杆95式步枪，不到30发子弹，自然没法跟他们抗衡，豪宅计划彻底终结。

我们后退了好几个街口才停下。

"×，他们为什么有这么多武器，还修好了工事？"三毛骂骂咧咧地说。

"不奇怪……"道长说，"这里的住户本来就是有钱有势的人，也许早就得到了风声，把这里改造成了避难基地。"

"真是的，就咱们几个人，不能收留一下吗！"三毛继续絮叨。

"得了吧，换成你，你也不会收留，来一个狼爷那样的怎么办？"我拍了拍他的肩膀说。

"现在怎么办？"杨筱月无力地问道。

"看来居民区是不能去了！"道长摊摊手说，"应该都是这种情况。"

"大桥被炸了以后，大家过江无望，又总得找地方遮风挡雨，只好回到以前的住处。"道长继续说，"那几天骚乱，乱七八糟地互相抢了一通，江堤上还发生了尸变，这些人逃回家以后，已经成了惊弓之鸟，对陌生人的信任感完全消失。

"一些小区会形成一个个小团体，就像古代宗族、村落一样结社自保，加上每个小区总或多或少有一些警察、军人之类的住户会带武器回去，所以现在的钱潮市，大概已经成了《三体》里说的黑暗森林，大家躲在角落里瑟瑟发抖，生怕别人注意到自己……这也是为什么现在街上空无一人的原因。"

我们闻言都沉默起来，这时候已经接近中午，烈日挂在正中，刚才一阵赶路已经消耗掉我身体里仅有的水分，我只觉得嘴里像是拌了一大口黄沙，连口水都分泌不出半点，从肺部到喉咙都火辣辣的疼，手脚无力、头晕眼花。我看看其他的伙伴，一个个也都眼窝深陷、嘴唇起皮，我们已经快要油尽灯枯了。

"你们有没有听说过砂之舟？"老吕突然说道。

我对这个名字半熟不熟，似乎在哪里听过又似乎没有，只好纳闷地看看老吕。

"砂之舟全在地下，没什么名气，旁边也没住宅小区，人们要是抢东西，肯定是去不远处的万象城或者银泰广场，我估计去那儿的人肯定不多。"老吕继续说道。

"我记得那地方是卖衣服的啊。"三毛说。

"有一条美食街……"道长说，"有朋友请我在那边吃过饭。"

"这里很可能很早就关门了，实在是没生意，不是双休日，连个鬼也没有。"老吕撇撇嘴非常不屑地说，"所以我觉得还会有一部分食物留存下来，还有个好处是，地下广场四通八达，出入口很多，就算里面已经有人了，也占不了那么大的地方，封也封不住。"

道长和三毛都看我，我暗忖老吕说得挺有道理，而且就算里面找不到吃的，起码也可以给我们提供一个暂时的栖身之所，于是便点点头，示意老吕带路。

砂之舟离这里不远，我们走了十几分钟便到了，果真如老吕所说，远远地看，只是一片开阔的平地，走近了才看到地上裂出一条十余米宽的缝隙，这条缝隙便是地下广场的主街，两边则无限向里延伸，大部分商店都深埋地下。

我们接近地缝时已经非常注意不发出任何声响，只是靠着栏杆向下望了一眼，里面虽然略显萧瑟，但远比外面马路上井然有序得多，两边的店铺也都没有受损，只是关着卷帘门，有些商店门口还立着促销信息，仿佛只是临时关门，过几天就要营业一般。

"咱们往那边下。"老吕指指一侧的电动扶梯。

扶梯当然不会再动，扶手上积了一层厚厚的灰尘，楼梯尽头一张巨大的蜘蛛网，一只蜘蛛盘踞在网中心，感觉到我们的动静，飞速地跑了。

打头的老吕用撬棍扯开蜘蛛网，我们便窥见了这条街道的全貌，这是一条欧式风格的风情街，大到商铺，小到中间的休息座椅、招牌，无一不模仿欧洲某些著名的商业街，但总是不对味。

主街两旁都是名牌奢侈品特卖店，LV、GUCCI、Bottega Veneta、Giorgio Armani……各种奢侈品商店应有尽有，而跟主街交错的其余通道，都黑魆魆地深入地下，我们只能看清楚最近处的两三家商店，其余的都在一片黑暗之中。

"看！前面是什么！"三毛一声欢呼。

我抬眼一瞧，只见前面不远处挑出一块招牌，上面一个鲜艳的明黄色"M"字样非常显眼。

"太好了！"大家都兴奋起来，加紧向前跑去。

"门锁着！"跑在最前面的三毛又高兴地叫道。

锁着门就意味着没被人抢过，里面还有食物留存的可能性大增。

跟别的商店一样，这家麦当劳也是外面一道古铜色格栅卷帘门，里面一道玻璃门。我用手挡在眼睛周围望了望，里面窗明几净，桌椅都非常整齐地放着，点餐台上的招牌、收银机一丝不乱，我舒了一口气，回身看看老吕说："老吕，你有办法打开门？"

老吕点点头，在他的皮包里翻了一会儿，掏出一把钥匙来，然后拿着钥匙左右看看我们，露出一个略显尴尬的笑容。

"没什么好看的。"三毛突然搂着我的肩膀把我带到一边，"来我们去别的地方看看，让老吕专心开门。"

老吕感激地朝三毛点点头，蹲下身子开始开锁。

"这家伙是个小偷。"三毛带着我们走了几步之后，在我耳边轻声说道。

原来如此！我暗忖这老吕之所以一直对自己的来历讳莫如深，还会开锁，原来是干这个职业的，我早该想到了。

正想着，就听见"哗啦"一声响，我们齐齐转头一看，只见卷闸门已经被整个拉开了。

我们冲入店内，直扑后厨，我在一排排货架上来回寻找，有几盘小圆面包，但已经长了寸把长的绿毛，一些蔬菜，也已经干枯腐烂。我又打开一个冰柜，扑面而来一阵恶臭，里面都是些半成品的牛肉饼、鸡块之类的肉制品，早已经烂成一摊。

"这里有水！"外面道长大喊。

我们连忙跑过去，只见道长拎着一只透明的塑料大桶，里面装满了黑褐色的液体。

"这是可乐！"道长笑着说。

准确来说这是还没有加二氧化碳的可乐糖浆，一般快餐店都会自己勾兑好这种糖浆，然后放在饮料机里，再充上二氧化碳卖给顾客。虽然这种既没有气又有点温的东西就像是药水一样难喝，但对于此刻的我们来说，简直不啻玉液琼浆！

我用麦当劳的大杯子连灌两大杯，才止了渴，加上可乐里的糖分进入血液转化为血糖，为肌体提供了能量，两天来，我第一次觉得精神又回来了。

"女士们先生们，你们需要来点什么？"三毛在收银台后面搞怪地说道，手里还提着一袋面粉。

麦当劳就好像是阿里巴巴和四十大盗的宝库，当我们打开厨房后面的小仓库的时候，那种突如其来的巨大幸福感差点让我晕厥过去。

我们发现了足足五箱矿泉水，两箱橙汁饮料，三箱汉堡酱，一大箱小包装的番茄酱，一大箱酸甜酱和蒜蓉辣椒酱，一箱砂糖包，一箱咖啡用奶精，两大包奶粉，两大包豆浆粉，两大桶棕榈油，还有各种制作餐品用的糖浆、巧克力酱、鸡酱、鱼酱、芥末酱、巨无霸酱、板烧酱、辣味板烧酱、咖喱板烧酱、芝士粉……

可惜的是，冷库里的半成品，包括各种肉类、面包、蔬菜都已经腐坏，只剩下一箱片状奶酪，虽然说明书上说要冷藏保存，但我们闻了闻并没什么异味，应该还能吃，另外还有几个有点发芽的洋葱。

虽然大部分都是些调料，缺乏基础的碳水化合物，但这些东西单位热量都很高，并且富含蛋白质，维生素也不缺，足够我们生存一阵子了。

除了食物以外，还有整整三大箱子餐巾纸，一箱洗洁精，一箱一次性刀叉，几把西式厨刀和水果刀。

我们把所有的食物都归了类，把它们都搬到大厅。老吕又打开员工休息室，从里面找出了一些干净的麦当劳制服，还有两支大号手电筒，一个工具箱，四个一次性打火机，一瓶沐浴露，一瓶洗发液，几包士力架之类的零食。道长也从大厅的柜子里翻出了几瓶洁厕灵还有一袋消毒粉。

我们已经饿坏了，就着矿泉水塞了几口干的奶粉和豆浆粉，又挤了一些酱料，胡乱吃了，虽然味道实在有些怪异，但我们吃得还是颇为香甜。

"接下来怎么办？"三毛往嘴里挤出最后一滴番茄酱，咂着嘴吞下之后问，"就守在这儿？"

"我觉得不错。"我说，"这里有吃有喝，地方又隐蔽。"

"不行！"道长马上否决，这家伙在离开险境之后，又恢复了军师本色，"还是太容易暴露，咱们要吸取前车之鉴啊。"

我一想起自己三人提前准备了一个星期，自以为面面俱到，却在十几分钟之内便被人骗开了房门，以至于差一点就死在那个恶臭的游泳池里，心中很是惭愧，忍不住长叹一口气，只觉得危机爆发才十几天，可天下之大，已经没有我们的容身之处。

"而且你们想过没有？"道长指着中间的一大堆东西继续说道，"这些食物看着多，但其实供不了我们吃多久，尤其是水，只有五箱矿泉水两箱橙汁，一共173瓶，我们现在就喝掉五瓶了……按每人每天一瓶水算，这些水只够我们喝一个月的，接下去怎么办？"

"还有一个更重要的问题……"道长又说，"就是燃料！等这些水喝完以后，如果要喝江水，就一定得烧开，可咱们拿什么烧？"

我看着四周这些不锈钢塑料桌椅吞了口唾沫。

"我看可以再往里面走走。"老吕抿了一口水，用手一指身后说，"这个地下商场大得很，而且四通八达，也许还会有其他的饭店什么的能存下食物，咱们可以找一处隐蔽的地方，把食物运过去，先躲一段时间再说。"

道长皱着眉头想了想说："可是里面太黑了，就两只手电筒，电池用完之后怎么办？连出都出不来。"

"这个不用担心……"老吕摇着头说，"除了这里以外，还有一些半露天的地方，有玻璃顶，可以透光，车库里也有一些通气孔，咱们可以把庇护所安在这样的地方。"

道长沉吟片刻，开口道："这样也好，先进去看看，有合适的地方就待下来，没有的话咱们再想办法。"

我们本想让道长和杨筱月留下，一来看管食物，二来两人都没什么战斗力，万一我们碰上危险，他们也帮不上什么忙。但两人都坚决不同意留守，杨筱月甚至说宁可跟着我们让感染者吃了，也不愿意在这跟道长一起被吓死。道长也拿出各种恐怖片里因为分头行动而导致被杀手或者妖魔鬼怪各个击破的事例来证明分兵的坏处。我们没办法，只好同意大家统一行动。

于是五人再次上路，这次由老吕领头，我还是断后，出于节约电池电量的考虑，只让老吕开了一盏手电筒，还有一只放在我包里备用。

有人说，电的出现，才是现代文明的标志，电改变了一切，在建筑设计上更是如此。电让建筑物不需要考虑采光问题，因为一天二十四小时都可以电灯长明；可以不考虑通风，新风系统片刻不停；可以不考虑日照，空调和暖气让室内一年四季都温暖如春……可是一旦没了电，这样的建筑就成了一座黑暗的坟墓，完全失去了实用性。

我们现在就在这样一座坟墓中穿行，前面只有手电筒照出的一个微弱光斑，周围那些本应熠熠生辉的霓虹灯招牌此刻黯淡无光，像是湮没了很久才出土的古城遗址一般。没有人说话，大家连脚步也放得极轻，好像是生怕惊醒坟墓里的幽灵。我紧盯着身前的杨筱月，生怕一不留神便跟丢了。

途中经过了几家饭店，其中有一家必胜客，一家面馆，一家港式茶餐厅，都如麦当劳一般锁着门，应该也会有些存货，但这几家都没有老吕说的天光，做庇护所显然不合适，我们在做好记号之后便匆匆离去。

收获最大的是一家户外用品店，在杨筱月的强烈要求下，我们去里面搜索了一番，结果找出了很多头灯和露营灯，几套野营炉灶和小瓶瓦斯，一些便携套锅，水壶，还有睡袋、防潮垫、背包、帐篷、便携水桶、登山杖、急救包、多功能折叠铲、绳索……还有一大堆干电池！

有人提议这下有灯具有电池，不怕黑了，而且还有燃料，就在这里宿营得了。但马上便被道长和老吕同时否决了，因为几罐小瓶瓦斯不能让我们长期吃上热饭，电池也终究有一天会用光，而且在这黑暗的地底发出亮光，太容易暴露自己，带来危险。

不过，我们还是兴高采烈地装备了一番，个个换上了速干衣裤登山靴，戴上头灯，又拿了几个背包之后才重新上路。

又转了一个多小时，正在三毛抱怨脚都走断了的时候，前面的老吕突然停住了脚步。

"关上灯！"老吕轻呼一声。

我们依言把头灯熄灭。片刻之后，我的眼睛慢慢适应黑暗，我看到一束白光从头顶射下，我们正前方有一道宽大的台阶，台阶直通二楼，在台阶的顶端，有一块硕大的牌匾，那束白光正好射在牌匾之上，上面有三个古朴的浮雕大字——逸品轩。

圣经里说，上帝创造世界的第一天，第一句话便是"要有光"，可见光是一切事物的前提和基础。现代进化论也说，人类区别于其他动物的重要标志之一，便是人类会使用火，会创造光明，光明让人类脱离了蒙昧。人类的适应能力极强，寒冷如极地，干旱如撒哈拉沙漠，炎热如赤道，都有人类生存，但从来没有人可以生活在没有一丝光亮的地方。

我们沿着逸品轩门口的台阶拾阶而上，带起的灰尘在亮亮的光束中飞舞，一扇巨大的双扇铜门在台阶尽头挡住去路，门边还刻着一行小字——高端古董红木家居生活馆。

"老吕，这门打得开吗？"看着那个巨大、厚重的铜门，我心里有些忐忑。

老吕嗤笑一声，不屑说道："这种样子货，中看不中用，两分钟都不用。"

说完从包里掏出一把尖端带钩的螺丝刀样工具，蹲下身子，在下面的门缝处摸索了一会儿，然后把工具伸进缝隙，略微捣鼓了几下，门发出"咔塔"一声轻响，老吕站起身，拽住门把手往外一拉，大门吱吱呀呀地向外打开。

一股浓烈的原木香味从里面冲出来，门后面是一个雕花的圆形拱门，光线从拱门后面射进来，把里面的家具都照成一个个剪影。突然的强光，让我眼前一阵发黑，我以手遮额往里走，里面是一个个的纯中式展厅，我们像是穿越到了古代，陷入一排排八仙桌、条案、香几、圈椅、罗汉床的包围。

展厅最里面又是一个楼梯，这展厅是楼中楼的设计，里面一半隔成了两层，光线正是从上一层射进来的，楼梯下方横着一条类似银行指引排队的那种隔离带，前面竖着一块牌子，写着"VIP展厅，非邀请客户请勿入内"。

我把隔离条取下，走上楼梯，上面非常明亮，阳光从落地玻璃窗直射进来，原来这一层已经位于地上。

整个二楼，完全布置成居家模样，不像是展厅，倒像是古代达官贵人的居所，靠窗放着一张巨大的雕花大床，我走过去看了看标签，上面写着——明式海南黄花梨拔步床。

"这么便宜？"三毛拿着标签狐疑地问道，"就1180？"

"哥们，你少看了一个万字！"老吕拍着三毛的肩膀笑道。

"一张床一千多万？！"三毛触电般扔下标签往后一缩，像是生怕不小心把床弄坏了一般。

我没理他，绕过拔步床，走到落地窗边向外望去，外面是一个小露台，竖了两把灰色的遮阳伞，伞下布置了两桌藤制桌椅，我打开玻璃门走出室外，发现外面是一道人造水景，平台下方的墙面被装饰成假山模样，原本应该有瀑布从石间落下，但现在已经干涸，连青苔都变得枯黄。再远处则是一片开阔，这块略高出地面的露台可以俯瞰整个砂之舟，且方圆几公里都一览无余。

我倏地回头，高兴地说了一句："这个地方好！"

这确实是个好地方，首先是光线充足；其次是位置隐蔽，从地下进要经过蜿蜒复杂的地底商场，地上则有水景作为掩饰，不注意看，只会觉得上面是一块假山而已；第三是视野开阔，便于观察，有危险可以第一时间预警；还有因为这是个家具店，有床有桌有椅，生活舒适度也有保障。

"这简直就是《神秘岛》里的花岗岩宫！"道长喃喃自语。

"什么花岗岩宫，都是木头，分明是木头房！"三毛在任何时候都敢于暴露他的无知，但也一锤定音，这地方从此就叫了木头房。

"男女要分开，我睡那边，你们男生睡这头……"杨筱月跑来跑去地给外面分配住处。

"我们先把食物和那些户外用品运过来，待会在这边吃完饭，床铺也好铺起来。"我说道，"筱月你就别去了，留在这里收拾一下。"

杨筱月这次没再坚持，点头同意了。我们在木头房的工具室里找出两辆平板推车，四人推着走回麦当劳。

回到主街的时候已是下午 5 点多，我远远地看见麦当劳的红底明黄色标志便觉得兴奋起来，脚下紧赶了两步，想往前跑去，但却被老吕一把抓住。

"嘘……"老吕把一根食指竖在唇边，做了一个安静的手势，然后轻声说道："里面有人！刚才我们走的时候门是拉下来的！"

我再仔细一看，果不其然，那倒卷闸门已经被拉开一条 1 米多的空隙，足够成年人猫着腰进出了。

我们面面相觑，都张大了嘴呆住了，好一会儿之后，三毛才一拉手里步枪的枪栓，说："过去看看再说！"

我点了点头，几个人放下推车，抽出随身的武器，蹑手蹑脚地走过去，在麦当劳的门口，我探过半个脑袋，向里面迅速瞄了一眼，只见一对看起来四十多岁的中年男女正在疯狂地往嘴里挤各种酱料。

第十九章

伪装者

现在。

它从黄昏的薄雾中孤独地走来，踏过谈仙岭和观音山之间已经微微发绿的草地，它的一只脚已经折断，脚踝向内夸张地扭曲，头发脱落得没剩几根，鼻子像骷髅一样向内凹陷，眼睛因为不会眨眼和分泌泪珠，覆盖上了一层灰色的灰尘。它身上穿着一件夏天的短袖 Polo 衫，衣服因为肌肉和脂肪的萎缩显得空荡无凭，下半身却不着寸缕，两条光秃秃的腿上全是干透的烂泥和可疑的褐色污迹。它脚上蹬着一双皮鞋，鞋面因为满是污渍，已经辨不出本来的颜色，只有一个巨大夸张的银色搭扣证明这是一个在往日极端昂贵的奢侈品牌。

我们赶紧做好战斗准备，三毛慌慌张张地光脚套上他的登山靴，我们掏出军刺严阵以待，感染者从来都是成群的出现，有一只就会跟着另一只。

可是没有，我们静静地等了好久，却再没等到第二个活死人现身，这个光屁股的感染者男就像是独行者，孤独一人游荡在这片山谷之中。更奇妙的是他一直都没有发现我们，只是不住来回踱步，从南到北，一碰到溪水便自动地转身，然后走到草地尽头的一颗大枫杨跟前再度折返，像是个小孩子的玩具般循环往复。

"可怜……"我们慢慢放下武器，杨宇凡嘀咕了一声。

"等它把牙齿咬进你的喉咙就不可怜了。"三毛朝着感染者来的方向翘首以望，"这家伙是从哪里来的？"

"先结束它再说。"我脱下靴子，把裤腿挽高，准备渡过小溪。

"要帮忙吗？"三毛问。

我耸了耸肩，一脚踩入溪水，溪水冰冷刺骨，但流过我疲惫的双脚，却带来异样的快感。我几步跨过小溪，走上草地，这时那感染者总算注意到我了。

它猛地一顿，转头盯着我，片刻之后，喉咙里像是含了一口痰一样喀喀作响，挥舞着双手向我扑过来，只是它拖着断脚，走路一瘸一拐，非但速度不快，看起来还非常的滑稽。

我站在溪边等它，把军刺高高地平举，伸在它脑袋的必经之路上。

感染者嗥叫着逼近，但对眼前的军刺却不管不顾，三棱的刺尖从它的眼眶慢慢刺入，我手上传来一种奇怪艰涩的感觉，它眼中灰白色的内容物被慢慢地挤出来，眼珠子像是颗塑料球一样挂在外面，感染者越感到阻碍自己便越用劲，直到"噗"的一声，军刺扎透了颅骨，它才像个耗尽了电力的玩具一样向后摔倒，我顺势抽出了军刺，在它倒地的瞬间，我看到它的 Polo 衫的胸前绣着一行字——大富豪高尔夫俱乐部。

"这么说这个高尔夫球场离这里不远了？"三毛吮吸着手上亮晶晶的兔肉油脂，像是襁褓中的婴儿吮吸母亲的乳汁。

"应该没错……"我接过大力递过来的兔肉，我分到了一截前腿，大概小孩拳头那么大的一块肉，肉烤得刚刚好，外层酥脆，里面鲜嫩多汁，大力这手艺要是开家烧烤店，生意一定差不了。

"那可是富人区啊，高尔夫球场旁边都是大别墅……"猴子分到最大一块，足足整只兔子的四分之一，吃得满嘴流油。

"意思就是有带席梦思的软床、干净的床单、松软的枕头……"杨宇凡分到一块肋骨，那些细小的骨头在他嘴里咔咔作响。

"说不定还有热水澡……还能找个姑娘给你暖床。"我把腿骨上的肉一丝丝舔干净，又把骨头咬开，像嚼甘蔗一样嚼了一遍。

"那咱赶紧走啊！"杨宇凡两眼冒光。

我仔细考虑了一下，按照张志军的地图，从谈仙岭翻过观音山如果按我们这半天的路口估算，至少需要五六个小时，但如果路况好，路上的时间则会直线下降到只需要两三个小时。现在天刚擦黑，还不到七点，如果能在十一点前到达高尔夫球场，再找个房子好好睡一觉，得到的休息肯定比现在露宿山间强多了。而且从这个瘸腿的感染者都能游荡到这里来看，这条路八成不会像前一半那么难走。

先找张志军下来商量一下吧，在山里走夜路还是不太保险，我暗忖着，回头对着张志军说的狙击位举目四顾，但他像幽灵一般融化在夜色中，不见踪影，不过我知道虽然我们看不到他，但是他一定正在某处注视着我们，我伸出右手举过头顶，做了一个约定的手势。片刻之后，张志军从树林里走了出来。

"那行！都听你的！"张志军听完我的想法之后干脆地说。他不知道是本性如此，还是出于谨慎，遇事顶多提点参考意见，从来不下决定性的命令，绝不流露一星半点想当老大的苗头，我觉得他有点谨慎过头了。

于是我们便收拾行囊重新上路，我们给张志军留了一块兔肉，他边走边吃，一边夸张地大呼小叫称赞大力的手艺，说以后安顿下来了，一定要跟他合伙，开一家烧烤店，一起发大财。

路况比我最乐观的设想还要好很多，观音山以前是一个被深度开发的景区，盘山公路一直修到了山顶，我们从谈仙岭的青石板小道翻过连接观音山的山梁之后，就看到一条宽阔的双车道公路盘旋向下，柏油路面在月光下闪闪发光，像是在森林之间穿行的一条白银缎带。

我们仅仅花了不到两小时，就下到了观音山底，远远地看见一个标准十八洞高尔夫球场在我们脚下犹如巨幅画卷般展开，那些昂贵的别墅像是积木玩具一样整齐排列在草地周围。

"大家小心！"我抽出军刺，出声警告。

这样的场景 Maggie Q 也给我们做过预案，因为前方有可能有感染者也有可能有人，所以我们要两头准备。我、大力和杨宇凡拿着军刺和无极刀突在前面，三毛和张志军两个枪法好的分别列在两侧稍稍拖后，李瑾和刀伤未愈的猴子当然是远远跟在后面。

观音山底这部分是一个小型的练习场，外面用高高的铁丝网团团围住，只有一侧留了个小门，上面挂了块牌——大富豪高尔夫俱乐部——贵族运动，彰显不凡，下面还有一行小字——私人领地，非请勿入。小门没锁，在夜风中不住地开合，发出咣啷咣啷的撞击声。

我们小心地穿过这片草地，来到对面的双层挥杆练习场，下面的玻璃门也敞开着，里面黑漆漆的没有一点动静，我正想打亮手电探头进去看看，冷不防一个人影从里面冲出来向我直扑过来。

"僵尸！"我听到这人影发出低沉的号叫，便放心地低吼一句，然后挺着军刺就向它脸上扎去，满心以为它一定会像刚才那个一样自己撞过来，没想到这感染者却突然把头偏了一偏，险险地躲过了军刺，然后一头撞进我的怀里，双手抱着我，对着我的肩膀就是一口。

完了！我感觉到尖锐的牙齿咬进我的三角肌，心里万念俱灰。

一切都像是一场慢动作的电影。

我看到趴在我身上这个家伙被他们拉扯开，然后几柄军刺同时对着它的脑袋猛刺，直到它再也无法动弹。三毛把我拖起来，放在门外的躺椅上，拍着我的脸颊对着我狂吼，唾沫星子喷溅在我脸上，但我一点都没听见他在喊什么。

我怔怔地看着他，感觉他的脸遥远而又模糊，他那焦急恐惧的表情看起来滑稽可笑，他在说什么？

"阿源！你怎么了？你有没有事？"

是啊，我怎么了？我的灵魂慢慢地回到身体里。

"我被咬了……"我轻声说道。

"不！"三毛的鼻涕眼泪一下子飙射出来，他疯狂地撕扯着我的衣服，"你一定没事的，你穿得这么厚，牙齿咬不穿的，没见血就没事……"

我任由他一层层地剥开衣服，最后露出肩头，一排血淋淋的牙印赫然在目，三毛一下子瘫软在地上。

"这不是感染者！"这时一个如天籁般的声音传来，我抬起头，看到李瑾蹲在那"感染者"旁边，吃力地把他翻过来，露出那家伙被扎得千疮百孔的脸，那些洞里鲜血直流，把整张脸染得如同鬼魅。

所有人都愣了愣，然后三毛率先反应过来，用力晃着我的肩膀，语无伦次地大喊："对啊！他有血！有血啊！"

"对！感染者是不会流血的！"李瑾放下"感染者"，向我走过来。

"那么说，我不会死了？"我完全蒙了，脑子里也不知道是悲是喜，就好像是被判了死刑，拉入刑场，刽子手刀都举起来了，却突然说被赦免了，精神在短时间内被大喜大悲轮番攻击，已经宕机了。

"那也不一定！"李瑾打开手电照着我肩膀上的伤口，"这人也不知道多久没刷牙了，嘴里都是细菌，万一感染了，还是有致命的可能的……张队长，把消毒喷雾给我。"

李瑾在我肩上喷上喷雾，一阵刺痛把我从恍惚中拉出来，这时候我才感觉到一阵轻松。

"这家伙哪儿来的啊，不是感染者怎么也乱咬人？"张志军蹲下身子拨弄那"感染者"。

这人上身穿着一件黑色夹克——其实从这点也应该看出他不是感染者，感染者大都衣衫不整——胸口也绣着"大富豪高尔夫俱乐部"的字样，看样子应该是这里的工作人员，但是骨瘦如柴，那脱落的头发和如同皮革一样贴在骨架上的皮肤，看起来跟感染者完全一样。

"这家伙真臭！"张志军一扒开他的外衣便捂着鼻子跳起来，"比感染者臭多了！"

我一时好奇，伸长脖子探过脑袋过去看了一眼，只见这人身上的衣服已经像石头一样结成了硬块，里面的衣服根本分辨不出本来的颜色，胸口更是被一摊黑乎乎如同柏油似的东西糊满了。

"是干掉的血迹……"张志军捂着鼻子厌恶地说。

"这家伙真把自己当感染者了？"我喃喃自语。

"快看这里！"在我被咬伤后一直以警戒的名义躲在远处的杨

宇凡突然大喊。

我们悚然一惊，不知道又出了什么么蛾子，连忙朝他走去。

杨宇凡在长长的挥杆练习走廊的一端，等我们走近，他便用手电筒指着他脚下的东西让我们看。

那是一团纠结在一起的皮毛血肉，一大堆兔子、老鼠、蛇、黄鼠狼之类的小动物，每一个上面都有明显被牙齿撕咬的伤痕，它们被随意地开膛破肚，肠子内脏胡乱流了一地，臭气熏天。

"那家伙……不会是生吃这些东西的吧……"我想起刚才那个攻击我的"感染者"胸前那一大片凝固的血迹，不禁一阵毛骨悚然。

"还有……"杨宇凡又压低声音，沙哑地说，"这里面……好像有什么东西！"

他拿手电扫了扫两个躺椅后面的玻璃门，那里的玻璃早已碎裂，只剩下空洞洞的门框，透过微弱的手电光线，我看到一圈红色齐胸高的围栏，围栏上挂了个牌子——小小神童儿童探险中心。我们凝神细听，一阵叮叮当当的声音从里面传来。

我和三毛对视一眼，两人同时抽出军刺。

"还是得用长家伙！"大力放弃了军刺，拿出他的无极刀，喃喃地说。看来刚才的惊魂一刻让他很是后怕。

杨宇凡和张志军也都换了近战武器，我们五人蹑手蹑脚地摸到那道围栏边，探出身子向里面张望。

这是一个下沉式的儿童游乐中心，里面比我们站立的地面低了一层，摆放了一组大型的儿童攀岩探险设备，顶部有一口小小的铜钟，以前是让完成所有探险项目到达终点的孩子作为奖励敲响的，此刻正在自己无规律地摇摆，发出刺耳的叮当声。

我的手电光顺着敲响铜钟的绳索向下移动，到达攀岩墙的底部，我的头皮一下炸开了，只见地上一层死灰色的感染者，像是一大片地毯一样正在慢慢蠕动。

"啊！"杨宇凡忍不住惊叫出声。

就像是一滴水甩进油锅里，下面立刻炸开了锅，感染者一下子朝我们所在的方向涌过来，挤在这边的围栏下面，像是待哺的小鸟一样朝上伸长着脖子，嗷嗷大叫。

我只觉得一阵毛骨悚然，连忙把视线移开，用手电到处查看有没有能让这些感染者冲上来的路径。还好，这个儿童乐园差不多就是全封闭的，买完票的孩子要通过一个他们标示为"时光隧道"的滑梯滑到底部，下面只有一扇小门，但显然被关得严严实实的。

"它们一定是被钟声吸引来的，感染者对高频的声音特别敏感……"张志军用手电照着底下，"这些感染者大多数都摔断了腿，肯定是循着钟声到这里以后，直接跳下去的，先跳下去的感染者无意间触动了敲钟的绳子，然后吸引了更多的感染者……"

"那第一声钟声是谁敲的呢？"三毛问。

"这里不是有活人嘛！"我用手电指指门外。

"那家伙！"三毛像牙疼似的抽了抽冷气，"这招很高明啊，想出来的一定是个狠角色，这家伙怎么沦落到自己扮僵尸玩呢？"

"因为恐惧……"张志军耸耸肩说，"一个人守着这么一群感染者过日子，日防夜怕，精神高度紧张，最后心理崩溃了，甚至开始模仿自己恐惧的对象，幻想成为它们中的一员就不会被攻击了……类似斯德哥尔摩综合征吧……"

张志军猜测的对不对我们不得而知，但我们的威胁总算解除了，我们在练习场转了一圈，再也没发现其他的活人或者感染者，然后按照猴子的建议，我们找了一间装修精美的别墅住了进去。

虽然别墅里也到处落满了灰尘，但好歹有围墙和天花板能遮风挡雨，我们安排好岗哨之后，便各自找了床睡觉。条件虽然不像我们一开始预想的那么美好，别墅里没有热水和干净床单，更没有姑娘暖床，但床垫柔软异常，让我觉得像是包裹在云朵之中。疲惫感一阵阵袭来，床垫幻化为一口见不到底的深井，在我身下徐徐展开，我拽着自己跳下去，任由黑暗吞没。

第二十章

再次逃亡

一个月零十九天前。

三毛大吼一声，"轰"的一声把卷闸门拉开，抄着步枪就冲进去。

"啊！"里面两人一声尖叫，那男的更是猛地蹦起来，一个箭步往后厨跑去。

"别动！"三毛一声大喝，那男的刚要拉开收银台的门，听到这声大吼，马上顿住，高举双手转过身来，这人显然吓得不轻，脸色煞白，浑身哆嗦，结结巴巴地说道："啊……同同同……同志……朋友……兄兄……兄弟……啊不……好汉！别开枪！"

"你们是什么人？"三毛厉声喝道。

那中年男子吓得全身一震，转头看看还呆呆坐着的女子，苦着脸说："我我我……我叫刘国钧，是是……是这里的开发区管委会主任……"

这就是我第一次见到刘国钧和李医生李瑾的情景，如果当时知道他会在今后给我们带来这么大的麻烦，三毛一定会一枪崩了这个老小子，但现在他只是一个身材发福，满脸惊慌，看起来人畜无害的中年秃顶胖子而已。

事实上，在得知李瑾是医生之后，我们几乎是求着他们加入的。在这样的乱世，有个医生在身边可就太好了，特别是道长，一个劲地拉着李医生问东问西，说自己这几天受了惊吓，一直心慌气短，不知道是不是心脏病了。

李瑾是钱潮市一家著名的三甲医院神经外科的副主任医师，城市保卫战之后好几天，她还坚持在岗位上照顾病人，因为医院有一些食物储备，加上组织架构比较紧密，医生对于病毒之类的忍受力又比普通人要高得多，溃散的军队也还没丧心病狂到要打医院主意的地步，因此秩序竟然一时没有崩溃，直到三天前太平间里的死尸突然集体复活，咬死了一直作为主心骨的院长，医生和能走的病人才一哄而散。

李瑾家就在这附近，她跟刘国钧夫妇二人在家里躲了几天之后，吃光了所有能吃的东西，只好出来碰碰运气，刘国钧当过这里的管委会主任，知道有这么一个商场存在，所以就往这儿来了。

"医院里有感染病毒尸变的患者吗？"我一边往平板车上堆矿泉水，一边问旁边的李医生。

李瑾叹了口气，点点头说："一直有，从打仗之后几天开始就陆陆续续有人发病，还好我们医院受过国家疾控中心的突击培训，知道索拉姆病毒发病的症状，那些早期发热的病人都提前搬到隔离病房去了。可是谁也没想到已经死了的尸体会突然复活。"

"唉……"道长突然也长叹一口气，"可惜了，要不然医院还是挺好的庇护基地，建筑坚固，还有医有药。"

李瑾神色一黯，摇摇头说："一开始还行，到后面几天，简直就是人间地狱，医院病房都是封闭式的建筑，一停水停电，没了空调里面就成了病菌培养室，加上那么多没有行动能力的病人，我们人手有限，根本看护不过来，他们连拉屎拉尿都只能在床上解决……"

我们听了也是一阵沉默，当灾难来临的时候，像我们有胳膊有腿，没病没灾还好些，那些行动不便的病人可真是叫天天不应唤地地不灵，只能躺着等死了。

当天，我们连夜把所有有用的物资都搬到了木头房，杨筱月在见到刘国钧李瑾二人之后，显得非常高兴，拉着李瑾的手姐姐长姐姐短说个不停。

我们首先分配了住处，为了方便布置岗哨，我和三毛睡二楼靠窗的位置，道长和老吕搭帐篷，睡最靠近地下门边的位置，杨筱月和刘国钧夫妇都住中间的床铺。

然后三毛安排了夜间岗哨，虽然杨筱月和李瑾都极力要求自己也加入轮岗，但我们还是一致决定两位女性不用参加。而刘国钧则一直声称自己出门的时候崴了脚，行动不便，说休息几天再参加。我们那个时候还不知道他是一个如此无赖的人，也不怀疑，反而劝他要多加休息。

接下来的几天，我们搜索了那几个之前做好记号的店铺，也是收获颇丰，必胜客里找出来一大堆面粉，还有意式萨拉米香肠、帕玛森干酪、淡奶油、黄油、意大利面、各种饮料冲调粉等；面馆里则有大量的油盐酱醋辣酱之类的调料；而粮食储量最多的，还是那家港式茶餐厅，仓库里竟然堆了几百斤大米，这让我们简直欣喜若狂。

于是我们经历了一段危机爆发以后最快活的日子，我们有水，有食物，还不缺燃料。木头房里动辄几十万上百万的古董家具，统统被我们劈成了柴，用来烧火做饭，虽然烧出来的米饭几乎每次都是夹生的，但因为燃料昂贵，似乎也增添了不少风味。

烧火的地方设在国际会议中心的地下二层电梯井里，烟气被长长的电梯通道迅速抽离，然后迅速冷却，排出户外的时候已经变得极淡，而且在高楼之上，这样就不会轻易暴露位置。

当然，我们也吸取了上一次的教训，在地底商场的另两处有自然光的位置也设置了庇护所，把粮食和装备分了一部分过去。

而这个时候，幸存的人们，开始慢慢适应新的环境，渐渐恢复理智，新的秩序也开始逐步建立。

如果说城市保卫战之后的两三个礼拜，可以叫作崩溃期的话，目前这段时间，可以称之为平台期，或者适应期。

在崩溃期，人们第一次认识感染者这种以前只出现在电影电视中的怪物，并且目睹了军队的溃败之后，心理彻底崩溃。在这一时期，人们普遍认为感染者是不可战胜的，很多人因为绝望而陷入疯狂，一部分人选择自杀，另一部分人则用烧杀劫掠，用毁灭和暴力来掩盖内心的恐惧。据后来的推断，大约有三分之一的人类在这段时间内丧生，而其中只有一半死于感染者和病毒的直接攻击，其他人都是自杀或者被自己的同类戕害。

在度过了崩溃期之后，剩下的人类开始慢慢缓过神来，这一部分人，身体和心理相对都还算不错，而且或多或少都直接接触过几只感染者，发现感染者其实也是可以杀死的，并没有谣传中那么可怕。这时候的人类开始以家庭、朋友、同事或者社区为中心，结成一个个小团体，虽然相互之间会因为抢夺资源而争斗不休，但并不会毫无原因和理由地攻击他人，甚至，在实力均等的前提之下，团体之间还会相互交换资源和情报。

这段时间，每到吃饭的时间，我站在露台上极目远眺，就可以看见一道道炊烟冲天而起，整个钱潮市，就好像处于战争中一样，笼罩在一片浓烟之中。

古人和现代人的重要区别之一，就是信息掌握的数量和速度。在原始时代，人们只能通过周围接触有限的几个人，口耳相传，或者岩洞里的壁画来保留、传递零星的碎片化的内容。后来随着文字、纸张的发明，人类终于可以较大容量地保存信息。再后来，伴随着驿马、邮局、电报、报纸等等一系列信息传递手段的出现和发展，人们掌握的信息越来越多，直到电脑、互联网的出现，人类终于连成了一体。一个普通人，只要自己愿意，随时可以知道地球背面正在发生的事情，可以预测今后半个月的天气情况，可以查阅浩如烟海的图书、资料。一个小小的 U 盘就能带走整个图书馆，甚至一个邮票大小的二维码，也能存储多达几千字的内容……

我们现在就像是回到了原始社会，接触的信息少得可怜，对于目力所及之外的世界，一无所知，这对于一个三分钟不看手机就觉得跟世界脱节的人来说，感觉简直就像被整个世界遗弃了一般。

直到我们接触到周围的几个小团体，才交换到了一些情报，让我们对目前的钱潮市有了一个模糊的概念。

从北边过来的尸潮在突破了防线之后，并没有席卷整座城市，而是在大运河之前停下了脚步，但整条运河北面已经成为人类禁区，完全是感染者的天下。据从城北逃难来的人讲，那些感染者在街道上挤成一团，漫无目的地四处游荡，只要河对岸稍微发出一些声响，一道又浅又窄的运河根本不足以挡住它们的去路。

而那些从前线溃退下来的军队，除了部分逃散者之外，大部分被军官收拢，但分裂成了好几个势力团伙，他们虽然不至于欺压、鱼肉百姓，但靠武力占据了粮库、油库、政府大楼等战略要地，甚至有一伙还占据了钱潮市著名的景区湖心亭，他们把所有的资源都据为己有，对普通百姓的求助完全置之不理。

那个盘踞在 198 个传奇阳光海岸的势力也有了些许眉目，有人说那里已经被打造成一个末日堡垒，领头人是刘云宏，里面应有尽有，储藏的食物几年都吃不完，地下有几十米的深井，屋顶有最先进的无土栽培种植园，甚至还有一个微型核反应堆提供电力……但我觉得这应该是无稽之谈。

我们在木头房过了差不多一个月的时间。这一个月里，我们日出而作，日落而息，白天劈柴、做饭、搜索新区域；晚上大家聚在露台上乘凉，彻夜长谈。有时候我看着天上的繁星，听着虫鸣，闻着夜风中的青草味，恍惚中会觉得自己生来就是如此，之前的生活只不过是南柯一梦。

其他人的状态也不错，除了刘国钧一直声称自己的腿没有恢复，并且渐渐暴露出他那懒惰猥琐、欺软怕硬的本色之外，其他人都度过了最初的慌乱，开始慢慢适应这个时代。

三毛每天最爱干的事就是劈柴，据他自己说，把那些价值不菲、危机之前把他称斤卖了也买不起的古董细细地劈成条子，有一种莫名的幸福感。道长则对他这种明显有报复性倾向的行为非常愤慨，常常斥责他，说他是文化屠夫，那些古物历经了这么久的岁月，经过多少人的手，今天却毁在他的斧头之下。而老吕则会在一旁嬉笑，说这些"古董"没有一样是真的，全是没多久前新造的，骗骗傻大款的货色。

在统一行动以外的时间，道长一直一个人在研究什么东西，经常拿着纸笔在一旁画来画去，神不守舍，我问他在干吗，他说在研究一种可以克制感染者的阵法，我说你拉倒吧，你还真当自己是茅山老道了。

老吕则继续他的老本行，这家伙对开锁溜门有一种执念式的痴迷，一些我们认为没有探索价值的店铺他也一定要进去一探究竟。但他的存在，几乎是给我们开了作弊的金手指，大部分别人进不去或者要花很大力气的地方，我们不费吹灰之力就能进入，这大大增加了我们获得资源的能力和速度。

李医生李瑾是那种典型的东方女性，坚忍、温柔、话不多但肯干，而且非常维护丈夫的权威。虽然我们的身体都还算不错，她没有运用医学技能的机会，但每次我们外出，她都主动要求跟随，说自己丈夫腿脚不便，两人不能都吃白饭，自己理应顶上。

杨筱月丰富的户外经验派上了大用场，她有很多匪夷所思的点子，最关键的是，她会生火！生火这项基本的生存技能已经被现代人彻底遗忘了，一般人即便是给他火种和木柴，也很难生起一堆篝火。而杨筱月简直就是火焰专家，她不仅能熟练地点燃柴堆，还能够控制火焰的大小，让寥寥几根柴火就隐隐地燃烧一整夜。她还能把棉布衣服剪成布条制作火绒，只要碰到几点火星就能烧起来……这家伙还是个天生的乐观派，每天叽叽喳喳的，像是剪了舌头的八哥，给我们的生活增添了很多欢乐。有这么一个开心果在，团队里一些悲观绝望的情绪就不大起得来，成员之间也不容易产生矛盾，有好几次，三毛想对阴阳怪气的刘国钧发作，但杨筱月嘻嘻哈哈地讲几句笑话就给按下去了。

不过这样平静的生活很快就被一声炮响打破了，尸潮伴着战争卷土而来，后来，人们把这场军事团伙之间因为分赃不均引发的战争叫作"第二次城市保卫战"，我经常对此嗤之以鼻，但在当时，我们对正在发生的事情一无所知。

那天正是中伏天，一年中最热的时候，又是正午，我们在地底厨房吃过一顿烙饼蘸各种酱料，来到二楼露台上，热得跟狗一样伸着舌头大喘气。我躺在遮阳伞下的藤椅上，觉得身上每一个毛孔都在往外冒火。正闭上眼睛打算眯一会儿，突然一声震天动地的巨响，房子一阵剧烈地摇晃，把我从藤椅晃到了地上。

"怎么了?！"在房里休息的三毛等人也大吼着冲出来。

我凭栏远眺，只见大约一两公里之外，一道浓烟如龙卷风般冲天而起。

"大概是打炮了！"我惊愕地说道。

话音刚落，又是两声巨响，这次我们看得明明白白，炮弹击中我们左侧不远处的市政府大楼，爆开两丛玻璃、钢筋、混凝土组成的花朵。

"快看，坦克！"眼尖的老吕指着我们正前方大喊。

我眯起眼睛看去，只见三辆坦克呈品字形从市民中心东侧缓缓开过来，它们压过那些堆挤在马路上的汽车，像是行驶在波涛起伏的海面上的轮船。

开在最前面的那辆突然猛地一顿，炮管上冒出一蓬黑烟，一两秒钟之后，炮弹出膛的巨响才如无声处起惊雷一般在我们耳边轰然炸响。我们看不到炮弹落向何处，只是感觉到地面又是一阵剧烈的震动。

坦克后面跟着一群身穿城市迷彩的士兵，猫着腰，在废弃的车辆间艰难穿行。

突然一道火光如天外飞仙般划过天空，击中最前面的坦克，坦克像儿童玩具一般被瞬间撕碎，上面的炮塔被巨大的爆炸力整个掀翻，飞出老远。

后面的几个士兵，被爆炸的碎片击中，发出声声惨叫，其余的士兵纷纷四散，各自寻找掩体，然后开枪还击。另一边的枪声也响起来，子弹在坦克和废旧汽车上打出一串串的火星。

"我们被夹在中间了！"三毛惊慌地喊道。

话音刚落，又是两发炮弹袭来，就在我们面前几百米处轰然炸响，爆炸卷起狂风，带着石屑直扑过来，我们身后的玻璃被冲击波震得整个粉碎，钢化玻璃碎成玻璃雨，浇在我们头上。我们惊呼着，捂住头蹲下身子，等冲击波过去，我再向前望去，原本平坦的地面上出现两个黑洞洞的大坑，露出部分地下商场，一些服装店已经开始熊熊燃烧。

"快走快走！"我朝其他人大喊。

刘国钧像只被猫追的耗子一样蹿进屋内，浑然看不出受过伤的样子。

好在我们为撤离已经早就做好了准备，每个人都准备了一只巨型始祖鸟背包，装好了必要的食物、饮用水以及求生装备，就放在门边，随时一拎就可以走，只可惜预先准备的其他几个庇护所都在这片地下，已经失去了意义。

我们预设好了三条撤离通道，第一条是爬下露台，从地面撤离；第二条是走主街，撤到江边；第三条是走地底，从楼梯上地面，向东走。现在地面已经成为坦克战场，通往主街的路又被炸塌了，只剩下第三条路线可以选择。

　　我们在浓烟密布的地底通道快速奔跑，隆隆的爆炸声不停地响起，震得头顶上各种灰尘、石屑不停扑簌落下，像是穿行在快要塌方的煤矿坑道里。好在我们的头顶没有被炮弹直接命中，一路有惊无险跑到了附近国际会议中心底下的车库里。

　　我们以最快的速度爬上楼梯，冲出会议中心的大堂，却发现我们正对面是一道严谨的军事防线，到处都是荷枪实弹的士兵，几台庞大的自行火炮正在调试设计角度，其中一台还把炮口徐徐转向了我们的方向。

　　"回去！快回去！"我大喊着拦住还在往前冲的刘国钧，挥着手让他们往回走。

　　前面的阵地也开火了，子弹从我们耳边呼啸而过，发出"啾啾"的呼啸，打在附近的墙体上叮当作响，我们猫着腰缩着脑袋像受惊的土拨鼠一样跑回会议中心。

　　"后面！往后面走！"三毛挥着手大喊，我们这时候已经像是没头的苍蝇，完全失去了思考的能力，脑袋一片空白地跟着三毛夺路狂奔。

　　但这座奇葩建筑后面根本就没有出路，它是一种坡形的设计，前面跟地面齐平，后面却有三层多高的落差，足足十余米的高度，我们仓促之下，根本下不去。

这时炮声又响了，我们头顶上一声惊天动地的巨响，一发炮弹击中会议中心的圆球，支撑球体的钢挂结构纷纷崩塌，巨大的钢梁发出尖啸声，慢慢扭曲，然后轰然落下。

幸好我们站立的地方上面有一道屋檐，挡住了这阵钢雨，等尘埃落地之后，我们呆呆地往下望去，只见原来十余米深的落差，现在填满了钢梁、玻璃和水泥块，其中一根长长的钢梁正好一头架在我们面前，一头斜斜地搭在远处的一个花坛上，就像是一座独木桥。

"老天保佑！"我双手合十向天一拜，大喊，"老吕，你先走！"

这种时候让老吕先走已经成为一个惯例，因为他身手好，爬起来速度快，一来给大伙做个示范，二来又能做好接应。

老吕当然不客气，高声答应一声，便双手一攀上了钢梁。钢梁不过十余公分的宽度，在上面行走是不可能的，老吕采用的是一种特种部队式的攀爬方法，他用双手双脚钩住钢梁，整个人翻过来吊在下面，然后双手交替往前爬，只几下，他便放开双脚，手一松跳到了地上。

"快！"老吕落地后朝我们挥手喊道。

我本想喊杨筱月让她先走，不料刘国钧一把推开站在他前面的李瑾，抓着栏杆就上了钢梁。不过这小子根本没有老吕那样的技术，上了钢梁之后便开始筛糠似的哆嗦，只会死死地抱着钢梁往前一寸一寸挪。

"放松点！"杨筱月在后面朝他喊，"你越紧张越容易掉下去！"

可她话音刚落，刘国钧便一下手没抓稳，摔了下去！

杨筱月和李瑾同时发出一声惊呼，但刘国钧大难不死，正巧始祖鸟背包上面的一条带子钩住了钢梁，他被四处无凭地吊在半空，像个王八似的不停挣扎。

"别动！"杨筱月一声大喊，迅速解下自己身上的背包，我连喊她都来不及，她已经嗖地一下就上了钢梁。

"快！快来救我！"刘国钧带着哭腔大喊。

"别乱动，坚持住！"杨筱月攀在刘国钧头上，用手去拉他背上的背带。但刘国钧是一个中年胖子，加上身上的背包足足近两百斤，哪是她一个姑娘能拎起来的。

三毛急着也解背包的扣子，想上去救人，我连忙一把拉住他。

"太重了！"我指指钢梁架底部，老吕正用了全身力气顶在那里，分明是已经松动了，如果钢梁滑下去，那大家都得完蛋。

杨筱月放弃了把刘国钧硬拎上来的想法，她也像老吕一样倒挂起来，同时伸出手去："刘哥，抓住我的手！"

刘国钧摸索了一下，碰到杨筱月的手之后赶忙一把抓住。

"刘哥，背包太重了，我喊一二三，你解开背包的带子！"

刘国钧哆哆嗦嗦地说："你你你……你可千万别撒手啊。"

"我一定不撒手！"杨筱月大喊。

"1……2……3！"

刘国钧解开胸口的扣子，整个人马上向一边倾斜，背包脱开钢梁，像一具尸体一样轰然掉下，摔在一堆狰狞的建筑垃圾上。

刘国钧被杨筱月单手抓住，像是被摁在案板上的猪一样尖声嗥叫。

"刘哥，你抓着我的手爬上去！"杨筱月的脸因为使力憋得通红，对着刘国钧大喊。

刘国钧这时也发挥出了身体潜能，另一只手也甩上来，抓住杨筱月的胳膊，像是攀绳一样往上耸，杨筱月也同时使劲，刘国钧终于一把抓住了钢梁。

但这小子抓住钢梁之后，便不顾一切地往上爬，根本不顾杨筱月还在下面吊着，他双腿乱蹬，一连几脚踢中了杨筱月的头，杨筱月这时候已经耗尽了体力，被刘国钧这么连踹几脚，便双手一松，掉了下去。

"筱月！"我失声惊呼，不顾一切地爬上钢梁，但只看到杨筱月像个破布娃娃一样摔在下面，几根钢筋从她胸口戳出来……

我几下爬到地面，走到杨筱月身边，但距离越近看她的样子就越惨，我的眼泪不争气地涌了出来，只觉得身体里有股子劲一下子被抽空，浑身发软。我颤抖着想伸出手去摸摸她的脉搏，但又不敢，似乎只要不确定她的死亡便还有活过来的希望。

直到身后一只手搂住了我的肩膀，李瑾在我耳边轻轻地说："阿源……她已经走了。"

我回过头，看到李瑾脸上也是涕泪纵横，我抓着她的手，哀求道："李医生……求求你，救救她……"

李瑾哽咽着摇摇头，我一下子痛哭出来。

"你他妈的怎么搞的？"三毛刚爬下钢梁，便一把抓住刘国钧的领口狂吼。

"我我我……我也不是故意的……是她自己没抓牢……"刘国钧面色惨白，连连摆手。

三毛重重一拳打在刘国钧的脸上，把刘国钧直接打翻在地，又冲上去拳打脚踢。

"行了，三毛，行了！"老吕连忙上去抱住他，用力把他向后拖。

我愣愣地看着杨筱月的尸体，只觉得自己像是被一个无形的罩子罩住了身体，那些声音既遥远又模糊，像是从水底传来的，甚至又有几发炮弹落在我们不远处，炸得震天动地，我也觉得似乎跟我没什么关系。

"阿源，咱们该走了……"道长过来拉了拉我的肩膀。

我茫然地转头看看他，只见所有人都焦急地看着我，这时又有两发炮弹落在不远处，震得地面一阵摇晃，那根钢梁也松脱了，咣啷啷的砸落下来。

"快走！"三毛抓起杨筱月的背包，对着我大吼。

"等等！"我挣脱道长的手，指着杨筱月的尸体，哭着说，"我不能让她就这么倒在这里，万一她变成了感染者怎么办？"

杨筱月胸口被四五根钢筋扎透了，钢筋血淋淋的透体而出，如果她真的尸变了，只怕就会像被绑在高加索山上的普罗米修斯一样，永远地困在这里挣扎呻吟。

"老吕，把你的冰锥给我。"我深吸一口气，让自己的心情平静下来。

老吕从背包的侧口袋里拿出冰锥递给我。

"帮我把她翻过来。"我又说。

我们几个人一起，拉着杨筱月的双手，把她从钢筋上拔出来，然后轻轻地俯身放下。

"安息吧，筱月……"我深吸了一口气，手下一用劲，把冰锥送入……

我们用一些崩落的钢筋水泥块搭在杨筱月身上，把她草草掩埋了一下，这时隆隆的炮声频率和密度都高起来，我们对面的弯月形大剧院也被炮弹拦腰击中，火光冲天。

"走走走走走……"刘国钧见我们掩埋完杨筱月的尸体，便忙不迭地大喊，背上包率先抱头鼠窜而去。

这时候我们已经顾不上东南西北，只管埋头乱跑，哪里有路便往哪边走，炮弹不断地在身边爆炸，几幢附近的高楼被击中，发生了整体崩塌，整个新城像是末日灾难电影一般，到处都是硝烟和瓦砾。

"这炮是哪里打来的？"三毛一边跑一边怒吼，"这是大口径火炮，这么近的距离没法打！"

"是那边！"老吕指着我们前方喊。

这时候我们已经跑到钱潮江边，只见在白波潾潾的江水掩映下，江对岸正在升起一片片黑烟，炮弹在空中划出如鬼哭般的尖啸，在瓦蓝的天空上留下一道道浅白色划痕，像是某个熊孩子留下的拙劣图画。

"他娘的，他们没事轰咱们干什么？"三毛怒骂道。

"感染者！"刘国钧突然指着我们身后，满脸惊恐地大喊。

我回头一看，只见被炸断的跨江大桥那边，密密麻麻的人群像蠕动的灰色地毯一样滚滚而来，炮弹不停在人群中爆炸，炸起成片的断肢残骸，但除了核心的几个被炸成碎片之外，其余被炸飞的，只是在地上打个滚，又站起来继续往前疾奔。

我们被吓得几乎灵魂出窍，大喊着转身加快脚步狂奔，只是身后的背包实在太重，没跑几步就开始气喘吁吁，速度明显慢了下来，这时虽然感染者群离我们起码还有1公里，但以这样的速度，被追上也是早晚的事。

刘国钧第一时间解下了背包，我刚以为他要扔呢，没料到他竟然把硕大一个背包一把塞到李瑾怀里，自己甩开膀子没命地跑了。

李瑾被丈夫出格的举动弄蒙了，前后两个大包，停下脚步瞪圆了眼睛呆呆地看着丈夫的背影。

"扔了扔了！"我过去夺下李瑾怀里的包，扔下江堤，又帮她卸下她自己的背包，也扔了下去。

然后我招呼三毛他们几个也解下自己的背包，把里面大部分东西都拿出来扔了，只留下少量食物和水，再重新背上继续跑。

我们沿着江堤狂奔，炮弹不断落下，爆炸点离我们越来越近，我只感觉脑子被震得阵阵眩晕，像是脑浆都被掏出来用力揉捏，耳朵嗡嗡作响，仿佛一万只野蜂在耳旁飞舞。

我们没命地跑着，等停下时发现已经到了新城的边缘，江堤边已经没有路了，只有一条施工小道斜斜地插向城区方向，我们没有任何选择，只得拐进小道。小道两旁是一大片垃圾场，新城建造的很多土石方、建筑垃圾都倾倒在这里，两边堆得高高的像是小山一般，可喜的是轰炸似乎是以新城为界，并未延伸到这里。

　　垃圾堆后面是一个城中村，我们刚跑进村子路口，就看见几个身穿迷彩的士兵从旁边的路上跑过来。我吓了一跳，生怕这几个士兵对我们动什么歹念，连忙收住脚步，让出道路。但这几个士兵就像没看到我们一样，从我们身边匆匆而过。

　　我正想舒一口气，却看到士兵们跑来的路上突然出现几个感染者，咿呀咿呀叫着扑过来，紧接着又是几个，后面竟然陆陆续续地跟了一群，足足五六十个！

　　"妈呀！"我们还没反应过来呢，原本撑着大腿喘气的刘国钧一声惊呼，拔腿就跑。

　　我们也赶紧跟上。城中村很小，转眼就跑到了头，我们跑过另一头的出口，迎面是一条大马路，马路上方有一个很大的广告牌，上面写着"江南工业园欢迎您"。

　　路两旁都是整齐划一的厂房，但每一扇门都是紧闭的，我们越跑速度越慢，身后的感染者越来越近，我心里越来越绝望，好想就这么停下不再跑了，让感染者咬死算了。

　　马路慢慢到了尽头，我们远远地看到一道围墙封死了去路，众人都发出一声惊呼，知道这次在劫难逃，三毛已经从肩上卸下步枪，准备转身战斗。

"救命！救命！"刘国钧开始慌张地大喊。这家伙虽然人品低劣得让人恶心，却有一种蟑螂般的求生欲望，在他的词典里大概从来没有"死"这个字。

"别鬼哭狼嚎了！你喊破天也没人来救你！"三毛"啪"的一声给了刘国钧一个脖儿拐，"死就死了，起码像个男人！"

但三毛话音刚落，旁边一扇铁门竟然"吱呀"一声开了，里面探出一个头发花白的脑袋，朝我们大喊："快！快进来！"

我们赶紧连滚带爬地夺门而入，大门在我们身后"砰"的一声关上，片刻之后，感染者撞了上来，大门咣咣作响，但两扇铁门都厚重坚固，连晃都不晃一下。

我这时才心下稍定，转过身来，发现周围站了好几个陌生人，其中有人微笑，有人怒目。为首的是一个看起来六十多岁的老人，我知道他是我们的救命恩人，连忙抱拳一拱手，正色说道："多谢各位救命之恩。"

那老人似乎有些难为情，连连摆手。

"老伯您贵姓啊？"道长也上来问道。

"哦哦……不，不贵姓……"老人连连摆手，"我姓冯，他们都叫我冯伯……"

（未完待续）